KB117958

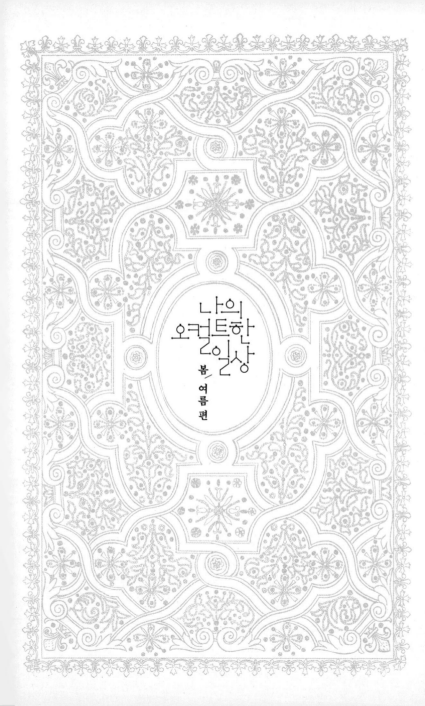

나의
오컬트한
일상

봄/여름
편

봄/여름 편

나의 오컬트한 일상

박현주 연작 미스터리

은행나무

2

가을 / 겨울 편

1 봄/여름 편

나는 애인의 손바닥,
애정선 어딘가 걸쳐 있는
희끄무레한 잔금처럼 누워

아직 뜨지 않은 칠월 하늘의
점성술 같은 것들을
생각해보고 있었다

　　　– 박준 「미신」 중에서

전해 3월

"졸립다."

나도 모르게 마음속의 생각이 소리가 되어 입 밖으로 나왔다. 동시에 '졸립다'가 아니라, '졸린다'가 되어야 맞춤법에 맞는 게 아닌가 해서 신경이 쓰였다. 이 모호한 단어가 바람 속에 묻혀 사방으로 흩어지다 주위의 사물에 부딪히기라도 한 듯, 풍탁이 나른하게 울리고 나뭇잎 하나가 나풀나풀 떨어졌다.

마루에 같이 앉아 있던 남자가 내 목소리를 기대하지 않았던지 고개를 들고 이쪽을 흘긋 보았다. 평일 낮에 도심의 절에 와 있을 만한 사람은 아니었다. 신심이 무척 깊거나 갈 곳이 따로 없는 노인들, 등산복을 입은 초로의 남녀들, 중국인, 일본인 관광객이 들르는 곳이다. 이 남자는 그 어떤 부류에도 해당이 되지 않았다. 초봄답지 않게 날씨가 따뜻해서 네이비색 재킷은 벗어 손에 들었다. 하얀 셔츠나 베이지색 면바지에는 주름도 별로 가지 않았다. 무엇보다 경내를 한들한들 거니는 산책자의 여유로움이 이 사람에게는 감염되지 않았다. 안경 너머의 눈빛은 세무사나 회계사 같았다.

"아."

나는 남자를 향해 낯선 사람을 만날 때 쓰는 미소를 씩 지어 보이고는 문밖을 향해 다시 한번 하품했다. 십 분만 극락전에 앉았다 오겠다고 한 경은은 올 기미도 보이지 않았다. 남자는 예의가 요구하는 것 이상으로 나를 쳐다보는가 싶더니 다시 앞을 바라보았다. 그의 직업이 무엇일지, 만약 있다면 뭘까 잠깐 생각해보았으나 오지랖이 넓게 말을 걸어 캐묻지 않는 다음에야 알 수 없는 일에 오래 관심을 두고 싶지 않아 그만두었다. 나 또한 뒤로 두 손을 짚고 비스듬하게 앉아 앞만 멍하니 바라보았다.

사월의 절은 고왔다. 커다란 목련 송이가 탐스럽게 맺혔고 개나리 덤불에도 노란 불이 켜질 기미가 보였다. 햇빛을 받은 나뭇잎들은 새옷을 입은 듯 산뜻했다. 절의 건물

몇 곳은 개보수를 하는 중인지 기왓장 같은 것들이 여기저기 쌓여 있었다. 지금 내가, 낯선 남자와 우연히 함께 앉아 있는 이곳은 절의 한쪽 구석에 있는 한 이름 높은 스님의 기념관 격인 전영각이었다. 스님의 저서와 진영眞影이 모셔져 있는 곳으로 잠시 마루에 앉아 스님의 저서를 읽으며 딴생각하기 좋았다. 잠시 꾸벅꾸벅 졸거나.

남자와 나 사이에 잠깐 어색한 침묵이 흘렀다. 존재를 의식하지 않는다면 우연히 만난 장소에서 낯선 사람은 그저 배경 속의 소품 같은 역할을 할 뿐이다. 하지만 내가 소리 내어 말한 문장 때문에 그림이 깨어지고 말았다. 나는 뭔가 설명해야 할 것 같은 의무감이 바짝 들었다. 사람들은 그것이 내 단점이라고들 한다. 굳이 사람들이 원하지 않는데 앞서서 정보를 준다. 그런 다음 후회한다, 지금처럼.

"아, 어제 잠을 못 잤거든요. 일하느라."

남자는 '그런 얘기를 굳이 왜 나한테'라는 표정을 잠깐 지었으나 대놓고 무시하지 않을 만큼의 사근사근함은 있는 사람이었다.

"네."

또 어색해졌다. 침묵이 길어지기 전에 남자가 갑자기 움찔하며 한 발을 들었다. 나도 공연히 따라 놀라 일어서며 퍼뜩 옆으로 비켜섰다. 마루 밑에서 나온 건 등에 검은색과 회색 줄무늬가 있는 고양이였다. 고양이는 스스럼없이 남자의 다리에 몸을 비비며 야옹거렸다. 그 상황을 질색하는 사람도 있겠지만 남자는 당황하는 기색 없이 고양이를 쓰다듬었다. "녀석, 놀랐잖아."

인간에게보다는 정다운 목소리였다.

붙임성이 좋은 고양이인지 남자 쪽이 고양이 자석인지는 알 수 없었다. 다만 그 고양이가 나를 향해 돌아보며 보란 듯이 야옹, 한 번 운 것은 내 착각 같기도 했다. 고양이는 내 쪽으로는 다가오려 하지 않았다. 고양이는 남자가 목을 쓰다듬어주자 기분 좋게 갸르릉거렸다. 그 소리가 다시 한번 나른한 봄 안으로 흘러들었다. 봄의 나무 아래 좁은 마루에 앉은 남자가 고양이를 쓰다듬어주고 있다니 동양화의 한 장면 같았다.

봄은 고양이로다. 그런 시가 생각났다. 아니, 고양이는 봄이로다였나? 내가 시구를 생각해내려고 애쓰는 동안, 고양이는 수염을 파르르 떨더니 바람을 쫓아가듯 건물 뒤쪽으로 휙 뛰어가버렸다. 남자는 잠깐 고개를 돌려 고양이를 바라보더니 다시 몸을 똑바로 하고 두 손에 묻은 고양이 털을 털었다. 나는 들고 온 캔버스 가방에서 물티슈를 꺼냈다.

"드릴까요?"

갑작스러운 제안에 당황하는 듯했으나 남자는 고개를 한 번 숙였다. "네, 감사합니다."

나는 물티슈를 한 장 꺼내어 건넸다. 남자는 긴 팔을 시원하게 뻗어 휴지를 받았다.

남자가 휴지로 꼼꼼하게 손과 바짓단을 닦는 동안 나는 말했다.

"고양이에게 인기가 좋으시네요."

남자는 고개를 들지 않고 닦는 일에 집중했다. "그런 것 같기도…… 합니다."

상대가 대화를 원치 않는다는 걸 감지했을 때는 입을 다무는 것이 어색함을 피하는 방법이다. 하지만 나는 이걸 알면서도 항상 실행하지 못했다.

"좋으시겠네요. 저는 고양이를 키운 적도 있지만 길고양이들이 항상 경계하던데."

남자가 허리를 펴며 주머니에 휴지를 넣더니 고개를 돌려 처음으로 나와 안경 너머로 눈을 맞추었다. 처음이었다. 세무사나 회계사 같다는 생각은 틀렸나?

"그런가요."

"네, 개들은 저를 좋아하지만. 고양이들은 왠지 피하는 것도 같고."

나는 역시 아무 말이나 하고 있었다. 이런 식으로 말하다가가는 사람들도 피하기 쉽다. 남자는 이제 이 이상한 여자를 피해 언제 일어나나, 를 고민하고 있을지도 모른다. 남자가 코를 살짝 찡그렸다. 웃음 같기도, 불편함 같기도 했다.

내가 쓸데없이 정보를 더 털어놓는 실수를 범하기 전에 구해준 것은 경은이었다. 경은이 느긋하게 걸어오며 길 저편에서 손을 흔들었다. 먼저 일어날 기회를 놓치지 않고, 나는 실크 플레어스커트의 주름을 펴면서 마루에서 일어났다. 옆의 남자는 딱히 관심이 있는 것도 없는 것도 아닌 표정으로 우리를 훑어보았다. 나는 그에게 흘긋 눈길을 한번 주고 노란 불이 들어오기 시작한 덤불 쪽으로 걸어갔다.

"왜 이리 오래 걸렸어?"

경은은 극락전에 잠깐 갔다오겠다고 했었다. 나는 참선에는 관심이 없어서 위에서 기다리겠다고 한 참이었다.

내가 타박하듯 말하자 경은이 늘어지게 기지개를 켰다.

"조금만 앉아 있다 오려고 했는데 깜박 졸았지 뭐야. 잠이 솔솔 오는 것 있지."

"너, 참 허리도 좋다. 그렇게 앉아서 잠이 오디?"

"오더라. 마감 독이 안 빠져 그런가."

경은은 월간지 기자다. 소위 여성 라이프 스타일을 다루는 잡지에서 일했다. 경은이 만드는 잡지는 나한테도 매달

오기는 했지만 보통 인터뷰나 신간 소개나 가끔 읽을 뿐 '라이프 스타일' 쪽은 뛰어넘기 일쑤였다. 경은에게는 비밀이지만. 몇 날 며칠 밤을 새우던 경은은 어제야 마감을 했다더니 오후에 산책 가지 않겠느냐며 연락을 했다. 귀찮은 마음이 없는 것도 아니었지만 '딱히 누가 불러주지 않으면 나갈 일이 없는 나는 모든 것이 경험이다'라는 원칙에 따라 아침에 택배만 부치고 나오겠다고 했다. 며칠 전 중고나라에서 판매한 물건이 있었다.

경은이 가자고 한 곳은 시내의 절이었다. 이전에 내가 지나가는 말로 경은에게 언젠가 같이 가자고 말한 적이 있는 곳이기도 했다. 원래 유명한 요정이었는데, 주인이 덕이 높은 스님의 가르침에 감화되어 건물을 절로 시주했다고 하는 사연이 붙어 있다.

내가 이곳에서 흥미를 느끼는 것은 이전이나 지금이나 외로운 사람들의 영혼에 무척 대조적인 방식으로 기여하는 건물들을 보는 게 즐겁기 때문이고, 경은이 이곳을 좋아하는 까닭은 근처에 취향에 맞는 스테이크하우스가 있기 때문이다. 절 근처에 스테이크하우스라니 어울리지 않지만 영혼이 굶주린 사람이 배도 굶주리지 말란 법은 없으리라.

우리는 온 길로 돌아가지 않고 절의 본당과 별당을 지나

스님들의 숙소를 오른편에 두고 내려갔다. 옆에는 시내가 흐르고 군데군데 다리도 있다. 극락전 가까이까지 내려오면, 건물을 시주한 옛 주인을 모신 돌탑이 보인다. 나와 경은은 별로 이야기도 나누지 않고 그곳까지 천천히 내려왔다. 절 뒤편의 찻집에서 차나 마실까 생각을 하던 차에, 한 떼의 사람들이 큰길 저편으로 보이는 돌탑 주변에 모여 있는 모습이 보였다.

그들의 복장에는 별로 특이한 점이 없었다. 요즈음 전국 어디에서나 흔히 볼 수 있는 아웃도어 룩이라고나 할까. 주머니가 많이 달린 조끼에 브랜드 로고가 선명히 수놓인 등산복 바지. 회색이나 파란색의 운동화. 챙이 둥근 모자. 어느 산에서나 볼 법한 백만 쌍둥이 아저씨들 중 네 쌍둥이라고 할 수 있겠다. 하지만 이 남자들은 친구라고 하기에는 나이 차이가 뚜렷했다. 아무리 봐도 친구 관계라고는 할 수 없는 사이.

네 명의 남자 중 한 명이 손에 들고 있는 것은 등산객에게서는 흔히 볼 수 없는 물건이었다.

"야, 저걸 뭐라고 하더라?" 경은이 내 옆구리를 툭 치며 물었다.

나는 혼잣말처럼 대답했다.

"다우징."

그래, 네 쌍둥이 등산객 중 안경을 쓴 오십 대의 남자가 들고 있는 것은 수맥 탐사에 쓰는 L 자형 로드였다. 그는 돌탑 주위를 돌면서 무어라 중얼거렸다. 남자 옆에 파란 조끼를 입은 남자는 L 자 로드를 든 사람보다는 확연히 젊어 보이는 삼십 대 초반의 나이로, 그가 하는 말을 수첩에 받아 적고 있었다. 나머지 육십 대와 사십 대의 두 남자는 부자 같아 보이는 인상이었다. 아래로 처진 눈매라든가 뭉툭한 턱의 윤곽 같은 부분이 묘하게 닮았다.

그들이 하는 말은 내게는 잘 들리지 않았다. 문득 실려오는 단어는 '수맥파', '차단', '등기'와 같이 연결되지 않는 단어들뿐이다. 그들은 돌탑 주변을 돌면서 분주히 속닥거리고 있었다. 몇몇 다른 사람들도 그 근처를 맴돌았지만 그들은 별로 딱히 개의치 않았다. 반면, 경은은 호기심을 감추지 못했다.

"뭐하는 걸까? 풍수지리 연구?"

"야, 들리겠어."

"들리면 어때? 물어볼까?"

"수맥 동호회 같은 게 아닐까? 언뜻 봐도 여기 풍수가 남다르잖니." 나는 농담이 아니라 사실적인 관찰에 따라 대답했을 뿐인데 경은은 재미있는 경험담이라도 들은 듯 눈을 반짝거렸다.

"좀 들어보자."

남의 이야기를 적극적으로 듣는다는 건 어딘가 모르게 꺼림칙한 일이다. 그렇지만 약간의 꺼림칙한 기분을 가볍게 누를 정도의 호기심이 있는 인간의 에너지에는 존경스러운 점도 있다. 나로서는 물론 어쩌다 '우연히' 한자리에 있게 되었고 그러다 보니 남의 말이 내가 서 있는 자리까지 공기를 타고 흘러들어오는 것까지 막을 수야 없다는 정도의 심사였다.

"굳이 엿듣는 건 내키지 않지만 저기 돌탑을 한번 볼 수는 있겠지."

경은은 힐끔 나를 쳐다보더니 기세 좋게 돌아서서 다시 돌탑으로 올라갔다. 나는 뒤에서 주변 풍경을 감상하는 표정을 지으며 따라갔다. 나 역시 궁금하지 않은 건 아니었다. 말은 그렇게 했어도, 무례한 선을 넘지 않게 들을 기회가 있다면 굳이 사양할 이유는 없다.

이번에도 남자들은 우리의 존재를 별로 의식하진 않았다. 파란 조끼 남자는 고개를 들어 우리를 아래위로 쓱 훑어보았지만 딱히 관심이 있다기보다 이성애자 남자들에게서 적잖이 찾아볼 수 있는 탐색 습관 같았다. 우리는 그런 본능적 관심 이상을 보낼 상대는 못 되었는지 파란 조끼는 다시 안경 남자에게 집중했다. 가까이에서 보니 아버지와

아들 사이로 보이는 두 남자는 청중에 지나지 않았고 주로 이야기하는 사람은 안경 남자였다.

"그러니까 여길 둘러싸고 있는 게 청룡인데 말입니다. 저쪽 극락전 쪽이 백호라고 할 수 있겠죠. 이곳 자체가 북한산 가운데 들어와 있어서 정혈인데, 그중에서도 여기가 청룡이 여의주를 문 부분, 정혈 중의 정혈인 자리입니다. 여기에 이 절의 창립자이신 회장님을 기리는 탑을 세웠어요. 그렇다면 자손들이 그렇게 잘되고 집안에 보화가 그득해야 하는데…… 그게…….";

남자는 목소리를 낮췄다. 그 뒤는 잘 들리지 않았다.

사십 대 남자가 놀란 목소리로 말했다. "아, 그래서 지난 청문회 때…….";

안경 남자는 고개를 끄덕였다. "아시겠지만 작년 장마 때 내린 비로 여기 산 흙이 흘러내리지 않았습니까? 그러다 보니 수맥의 흐름이 바뀐 게지요.";

또 다른 육십 대 남자가 의아하다는 표정을 지었다. "그런 이야기는 최 선생에게 처음 듣습니다.";

안경 남자는 다시 목소리를 낮추었다. "요새 풍수 흐름이 그렇습니다. 동서양과 지오그래피를 접목시켜…….";

소곤대는 소리를 들으며 나와 경은은 그저 돌탑에 관심 있는 관광객인 양 그들에게서 약간 거리를 두고 탑을 돌았다. 그러다 우리가 내려온 길 쪽을 문득 돌아보았을 때 아까 전영각에서 보았던 남자와 눈이 마주친 느낌이 들었다.

내리막길 위에 선 그는 비스듬한 나무들과 대조되었기 때문인지 앉아 있을 때 짐작했던 것보다 키가 더 크고 등이 곧고 어깨가 넓은 느낌이었다. 그는 다리 건너편에 서서 이쪽을 무심히 보는 듯했다. 나가려다가 사람들이 있어서 쳐다본 걸까? 우연히 스쳐간 인연이지만 내게 인사라도 하려고? 아니, 그렇게 사교적인 남자처럼 보이지는 않았다. 굳이 말하자면 그 반대였다. 어떤 경우에도 길에서 만난 여자에게 먼저 인사를 하거나 전화번호를 물을 타입은 아닌 듯했다. 물론 남자에 대한 내 판단은 언제나 틀릴 수 있다. 이제까지의 경험이 증명해준다.

하지만 이번만은 내 생각이 틀리지 않는다는 느낌이 들었다. 그는 나를 보고 있는 것이 아니었다.

경은과 함께 절을 나섰다. 절의 정문 앞, 전통 상품 상점 앞에 검은 슈트를 입은 남자들이 담배를 나누어 피우고 있다. 그들 앞에는 검은 대형차가 두 대 서 있었다. 80년에 지어진 듯한 이 층 저택들과 모던한 콘크리트 건물들이 사이좋게 나란히 늘어선 동네의 길을 따라 내려왔다. 새로 문을 연 전통찻집의 현수막이 주차장 위에서 살며시 흔들렸다. 경은은 스마트폰을 들여다보며 스테이크하우스 이후에 갈 카페를 검색하느라 정신이 없었고, 나는 높은 담 너머 나무들과 그 뒤의 지붕들을 구경하며 말없이 걸었다. 주위엔 사람이라고는 없었다. 아래에서 뛰어오는 고등학교 교복을 입은 소년 둘밖에는.

그중 키가 큰 소년이 내 옆을 지날 때 하마터면 나와 몸이 스칠 뻔했다. 내가 "아" 하고 작게 말하며 옆으로 한발 물러나자 소년이 나를 잠깐 돌아보며 살짝 고개를 꾸벅했지만 멈추진 않았다. 아이들은 곧 모퉁이 너머로 사라져버렸다. 나는 한 박자 늦게 말했다.

"이렇게 오르막길인데 기운도 좋네."

경은은 휴대전화에서 고개를 들어 소년들을 보았지만 뒤에 남은 것은 그들이 남기고 간 봄바람 같은 기운뿐이었다.

"그러게. 고등학생들인가? 나는 평지에서 뛰라고 해도 못 뛰겠는데."

그들이 헤치고 간 공기 뒤에는 어딘가 모르게 활기의 여운이 남았다. 고요 속에서 일종의 리듬이 흘러, 경은과 나는 어느새 발맞추어 걷고 있었다. 다시 나는 관광객 모드가 되어 내리막길 관광을 즐겼다. 전통적인 부잣집들의 분위기를 풍기는 집들과 최근에 외국에서 수입해 온 듯한 양식의 건물들이 이제는 세월이 지나 어울리지 않는 초등학교 동창들의 만남처럼 같이 있었다.

그러다 어느 집 담 너머 계절에 맞지 않는 붉은 꽃이 맺힌 나무에 눈길이 닿았다. 매화인가? 이젠 벚꽃의 계절인데? 붉은 꽃 나무를 지나자 어릴 적 읽던 소녀 잡지에 연재되던 소설에 나올 것 같은 이층집들이 이어졌다. 프랑스 인형처럼 머리를 돌돌 만 소녀들이 레이스 칼라 달린 원피스를 입고 나올 것 같은 문들. 초저녁의 공기에도 느긋한 풍요가 약한 전류처럼 흐르는 듯했다.

경은도 이런 분위기를 자기도 모르게 감지했는지, "아까 그 아저씨들 엄청 돈 많아 보이던데"라고 불쑥 말했다.

나는 지나치던 집 대문을 돌아보면서 이 집이 유명한 한류 드라마에 나왔던 집일까 생각하던 참이었다.

"그래, 그런 것 같더라."

경은이 전화에서 시선을 떼지 않고 말했다. "그래, 아저씨들 중에 되게 비싼 아웃도어 입었던 사람 있었잖아. 중후하고 좀 있어 보이는 지긋한 아저씨. M 브랜드 중에서도 국내에서 팔지 않았던 한정판 같던데. 그 사람 아들도 같은 브랜드였고. 그리고 보니 얼굴도 어딘가 낯이 익어. 경제지 같은 데 자주 나오는 사람일 거야."

"어, 그런 거였어? 옷이 다른 거랑 조금 다르게 고급스러운 것도 같고."

내 대답에 경은이 그때서야 고개를 들었다. "너, 우리 잡지 안 보니? 몇 번씩이나 다룬 럭셔리 브랜드인데. 게다가 이번 달은 심지어 아웃도어 특집이었고. 옷이 아니면 넌 어떻게 알았는데?"

"절 앞에 기사 딸린 차가 기다리고 있었잖아. 그것도 두 대나."

"그게 그 아저씨들 차인지 어떻게 알아."

"지금 아저씨들이 그 차 두 대를 타고 지나가니까."

앞에 지나가는 차는 나의 눈에도 익숙한 국산 브랜드의 대형차였다. 뒤를 따르는 차는 길이 약간 익숙하지 않은 모양이었다. 그릴이 붙고 각이 잡혀 있는 앞모습, 네눈박이처럼 일렬로 박힌 전조등, 가운데 "B"라고 찍힌 날개 달린 엠블럼이 눈에 들어오는가 싶더니 지나가버렸다. 전체적으로 선팅이 진해서 확실하진 않지만 앞 창문으로 아까 스쳤던 교복이 보이는 것도 같았다. 옆에는 누가 타고 있는지 잘 보이지 않았다.

경은이 고개를 끄덕였다.

"그러네."

차 안에 다른 남자들도 타고 있는지는 알 수 없었다. 검은 차 두 대는 하나로 이어진 듯 주택가 골목을 조용하고도 유연히 빠져나갔다. 우리는 차들이 흔들고 지나간 공기

의 궤적을 따르듯 천천히 걸었다. 이 동네는 저런 정도의
고급 차가 연이어 지나가는 일은 흔하다는 양 의연하게 고
요했다. 길조차도 온순하게 숨을 죽이고 있었다.

　사거리에 이르러 꽃집을 향해 길을 건널 때, 우리가 온
방향에서 검은 차가 내려와 앞에 섰다. 우리가 건너기를
기다리는 듯했다. 나는 앞유리창을 쳐다보았다. 안경을 쓴
운전자가 보이는 듯도 했지만 때마침 뉘엿뉘엿 지는 햇빛
에 비쳐 분간할 수는 없었다. 차 안에 탄 사람이 개인지 늑
대인지가 아니라, 연인이라도 알아보기 힘든 시간이었다.
그러나 유리창 너머 사람이 고개를 살짝 숙인 것 같기도
했다. 그저 신호를 주는 건지도, 하지만 인사를 하는 건지
도. 나는 언제나 착각을 잘한다.

　"재인, 직진 아니고 이쪽이다."

　차를 바라보느라 방향을 놓치고 계속 곧바로 걸어가려
는 나를 경은이 불러 세우며 손짓으로 옆 골목을 가리켰
다. 꽃집 옆으로 작은 골목이 있었다. 나는 고개를 돌리고
거침없이 레스토랑을 찾아가는 경은을 따라가다 뒤를 돌
아보았다. 검은 차가 지나가는 순간 바닥에 떨어진 빨간
꽃잎이 살짝 휘날리던 모습은 차에서 점점이 떨어지는 핏
방울 같았다.

경은과 내가 다시 만난 곳은 공교롭게도 일 년 전 절에 갔다가 들렀던 바로 그 스테이크하우스였다. 전날, 경은은 다짜고짜 전화를 걸어서 "다친 뼈에는 고기가 최고"라고 우기더니 다음날 바로 그 식당으로 나오라고 했다. 비록 뼈에는 금이 가긴 했지만 '모든 것이 경험이다'라는 원칙에는 아직 금 가지 않은 나는 면 원피스에 기다란 후드 카디건 하나만 걸치고 털레털레 걸어나왔다.

지나치게 편안하게 생각했던 모양이다. 뉴욕식인지 런던식인지 모르겠지만 천장이 높고 배선 파이프를 그대로 드러낸 인더스트리얼풍의 레스토랑 안에는 패션쇼 맨 앞자리에 앉아 있거나 상견례 자리에 앉아 있어야 할 것처럼 한껏 차려입은 여자들이 가득했다. 그 모습이 오히려 이질적으로 여겨졌다. 작년에 들렀을 때와는 달리 오늘은 주말이니까 이들 모두 결혼식에라도 갔다 왔는지 모른다. 어쩌면 그사이 이 스테이크하우스가 미슐랭 가이드 같은 데라도 올라 장안의 모든 멋진 사람들이 다 이리로 몰려왔는지도 모른다. 모두들 선물 상자에서 금방 튀어나온 듯 신선했고 산뜻했다.

결국 고깃덩어리를 힘차게 써는 사람은 경은이었고, 나

는 샐러드에 든 루꼴라만 뒤적였다. 뼈가 부러져 영양을 보충하겠다는 의욕에 사로잡힌 쪽은 경은이라고 해도 믿을 정도였다. 레어로 구워 선홍색 핏물이 거의 그대로 보이는 고기를 입안에 넣으며 경은이 말했다.

"그간 고생 많았다. 지금은 괜찮아? 걸을 만해?"

"응, 이젠 핀 빼는 수술도 끝났고."

"참, 그게 웬일이니, 사람이 넘어져서 발목이 그렇게 크게 부러지다니. 언제 사고가 닥칠지 알 수 없다니까."

그렇다. 나는 넘어져서 다리를 다쳤다. 집밖에 나오는 건 고사하고 한동안 걸을 수조차 없었다.

"그 회사에서 보상은 못 받았어?"

"어차피 그 회사 직원도 아니고, 사보 원고 때문에 잠깐 들른 거였잖아. 즉, 그들 입장에서는 하청업자이지. 사실 항의하려고도 했고 고발하려고도 알아봤는데, 시설 관리에는 문제가 없고 내 실수이기 때문에 자기들은 책임이 없대. 변호사도 만나봤는데, 다리 아픈 상태로는 다니기도 어렵고 사고 직후 바로 이의를 제기하지 못해서 CCTV도 확보하지 못했어."

사건의 전말은 이러했다. 허울좋은 자유 기고가와 소소한 번역가를 겸하는 나는 일 년 전 평소 원고를 납품하는 대기업 사보실의 담당자와 의논을 하러 그 회사 건물에 들렀다. 익숙하지 않은 길이라 일찍 서두르면 아침에 다른 차들이 많지 않을 때 도착해서 주차장이 한산할 줄 알았다. 하지만 웬걸, 아침인데도 차가 기이할 정도로 많았고, 나는 한 번도 들어가보지 않은 주차 구역으로 안내를 받았다.

간신히 내 소형차를 주차하고 내려 몇 걸음 가지 않았을 때 발이 미끄러지는 바람에 넘어졌다. 제대로 걸을 수 없을 만큼 다리가 아팠지만 일은 처리해야 했기에 애써 담당자와 미팅을 마치고 다시 운전해서 돌아왔다. 하지만 근처 정형외과에서 다리뼈가 부러졌다는 진단을 받고 급작스럽게 응급수술을 받았다. 그후에는 드러누울 수밖에 없었다. 그렇게 일 년 남짓 지났다. 그간 취재 원고는 할 수 없었고 대부분의 일도 끊겼다.

"그렇구나, 곤란하겠다."

"그래, 요새 심지어 중고나라에 팔 만한 물건은 다 팔고 있다."

나는 일부러 가볍게 말했다. 경은은 속지 않았다.

"너 다치기 전부터 중고나라는 열심히 했거든. 사진 않고 팔기만 했지만."

"그래, 하지만 요샌 더욱 열심히 팔고 있어."

메인 접시를 치우고 직원이 브라우니에 아이스크림을 얹은 알라모드를 가져다주었다. 저 말을 할 때 경은은 진지하게 걱정하는 어조였다. 남의 재난과 불행에 이만한 정도의 걱정도 보여주기란 쉽지 않다는 것을 알기 때문에 진심으로 경은이 고마웠다. 오늘 불러내준 것도 오랫동안 외출을 삼가고 두려워했던 내 기분을 생각해서, 집에서 멀지 않은 이곳으로 정했다는 것도 알았다. 지금 타인의 걱정과 관심에 마음이 흔들리는 시기인가, 생각했다.

"응, 그동안 엄마네 집에 있었는데, 이 나이 들어서 부모님에게 수발받으려니 힘들더라. 죄송한 마음도 있었지만 답답하기도 해서 이중으로 괴로웠지. 혼자 생활하는 게 문제없어져서 내 집으로 오니까 조금 마음 편안해졌어. 지금은 아주 괜찮아. 수술은 받았으니 이제 더는 걱정도 없고, 좁은 집이라 움직일 것도 없어서 나은 점도 있어."

"이런 말 성급할진 모르지만, 앞으로는 어떻게 할 계획 있어?"

일 년 정도 공백은 인생에서 크지 않지만 이런 기간이 길어지면 곤란하다고 생각하던 참이다.

"글쎄, 이제까지는 빨리 몸이나 낫자는 생각이어서. 다치기 전에 출판사랑 의논하던 프로젝트가 있었는데, 그걸 다시 서서히 의논해볼까 싶기도 하고. 원고나 좀 쓰면서 업무 계획을 세워보려고."

"그래. 운이 나빴어. 고생했다." 경은은 포크를 들고 뭔가 생각에 잠긴 듯한 말투였다.

나는 내 자신을 불쌍하게 여기는 분위기를 떨치려 짐짓 명랑하게 말했다. "정말 재수도 없지. 작년에 쓴 부적이 잘못되었나, 아니면 집에 수맥이라도 흐르나."

경은은 지나치게 깜짝 놀랐다. "응, 그게 무슨 말이야?"

"아니, 작년 입춘 때 엄마가 부적을 가져다주었거든. 내가 작년 삼재라면서. 그런데 그 부적으로는 막을 수가 없을 만큼 재수가 없었나 봐. 점이라도 보러 가야 할 것 같아. 집의 가구 배치를 바꾸어보든지."

경은과 나는 고등학교 동창이자 점집 동지였다. 고등학교 때는 반이 달라 얼굴만 알고 있었지만 대학 친구인 지연이 경은과 같은 편집부에서 같이 근무했던 동료였다. 후에 잡지사를 그만두고 일산에서 교사를 하고 있는 지연은 오컬트 마니아다.

지연이 알아낸 사주 카페에 셋이 같이 갔다가 동창으로 재회하여 기이한 인연에 기뻐했던 사이였다. 사주 카페의 기능 본질상, 자신의 신상이나 바람 같은 것을 공개할 수밖에 없어서 개인적인 사항을 알게 된데다, 우리를 맡은 점쟁이가 형편없는 사기꾼이었기 때문에 일종의 사기 피해자적 동료 의식까지 생겨났다. 가령 점쟁이는 사주를 풀어주는 것보다도 우리의 전화번호를 알아내는 데 급급했고, 심지어 내게는 자기와 잘 어울리는 나이 터울에 관상도 어울린다는 말까지 하면서 수작을 걸었다.

경은은 고개를 끄덕였다.

"그래, 지금 이 시점에는 그런 것도 필요하지. 게다가 너네 부모님 그런 데 민감하시니까…… 너 어릴 때부터."

나는 이 화제는 더 얘기하고 싶지 않았다. 나는 찻잔 가장자리를 한 손가락으로 훑으며 불쑥 말했다.

"참, 수맥 하니 생각난다. 나 그 아저씨들 봤어."

"누구?"

"전에 여기 맞은편 절에서 본 아저씨들. 다우징 로드 들고 있었던 사람하고 조수 같았던 사람."

"아아." 경은도 기억이 나는 모양이었다. 그날 저녁도 바로 이 식당에서 그들 이야기를 했으니까. "그런데 그 아저씨들을 어디서? 너 다음날인가 다치고 그다음부터는 외출도 별로 하지 않았잖아."

"아니, 일 년 전에 다친 바로 그날 금방 만난 거야. 내가 다쳤던 회사, J그룹 본사 건물에서. 주차장에서 같은 엘리베이터 탔었어. 내가 넘어지고 난 후에 바로 왔나 봐. 평소라면 알아봤겠지만 너무 정신이 없었으니까. 집에서 누워 있으려니까 생각나더라."

"야, 그 사람들이 거기 왔다면 수맥 조사하러 온 거 아니겠어? 역시 그 회사 수맥이 나쁜 거야."

"그럴까."

심드렁한 내 대답에 경은이 오히려 한층 더 열을 올렸다.

"그렇다니까! 네가 넘어지기만 했을 뿐인데 그렇게 크게 다친 것도 다 거기 터가 안 좋아서 그런 거지. 그러고 보니 J그룹 몇 년 전부터 소문이 흉흉하잖아. 그 집의 큰아들이 사고로 죽고 그다음에 회장님 사모님도 심장마비로 곧 죽고, 올해엔 베트남 공장 화재도 났었지? 굿을 한다는 소문도 있더라. 네가 그 회사의 안 좋은 운수에 휘말린 거야. 수맥에 겹쳐 나쁜 기운이 드리운 별자리가 문제인 거지 네가 잘못한 건 없어."

그날 밤, 나는 침대에 누워 음악도 틀지 않고 불도 켜지 않은 채로 가만히 경은의 말을 생각했다. 넘어져서 다친 후로, 나를 괴롭게 했던 문제 중 하나는 어째서 내게 이런 시련이 닥쳤는지 영 알 수 없다는 것이었다. 아니, 이런 식으로 넘어지는 일은 충분히 예상할 수 있다. 그런 일은 매일 일어나는 것이고, 나조차도 짐작할 수 있었다. 하지만 그냥 넘어진 것뿐인데 뼈가 부러지다니? 이런 사고는 일상적으로 예상하기 힘들다.

우리의 시련은 언제나 불가해한 것이다. 누구도 자신이 시련을 받아야 할 이유 같은 건 알지 못한다. 그런데도 나는 시간을 들여 생각했다. 아픔도 심했지만 그 때문에 일에 지장이 생기고 상황은 점차 괴로워지고 있었다.

그러지 않아도 평판이 좋지 않은 그 회사의 사보 일을 하기가 싫었는데 얼마 안 되는 푼돈 때문에 꾸역꾸역 하다가 생긴 일일까?

발을 확실히 디디고 평소에 뼈를 튼튼하게 하는 등 건강 관리를 해야 했는데 게을리했기 때문에?

아니면 그간 내 인생은 무사했고 나는 운 좋게 살았다고 남몰래 자부해서 벌을 받은 건가?

분명 그 회사의 시설 관리에 문제가 있었지만 나 같은 비정규직 납품업자는 어떻게 되든 상관없다는 태도 때문에 일이 커진 건가? 그날 담당자는 내가 주차장에서 넘어진 후 다리를 다쳐서 만나기 힘들겠다고 전화를 했을 때, 기왕 온 거 만나고 가면 안 되겠느냐고 했다. 의사는 넘어진 후 왜 곧바로 병원에 오지 않았느냐고 질책했다.

고통과 시련은 누군가 탓할 사람이 없을 때 한층 더 심해진다. 부모님은 부주의했던 나를 나무라지는 않았지만 "남 탓 할 것 없다"고 말씀하셨고 나는 내가 자초한 일임을 알았다. 담당자도 회사도 크나큰 사건의 연쇄로 보면 책임이 있을지도 모르지만, 직접적으로는 책임이 없다는 것도 알았다. 설사 있더라도 물을 수 없다는 것도 알았다. 사고 후에 나를 괴롭혔던 건 불운을 만든 게 나 자신이라는 사실.

그런데 확실하진 않아도 수맥 때문에 그런 거라고 넘겨버리는 경은의 태도에는 시원한 점이 있었다. 누구의 탓도 아니다. 그저 그 회사의 터가 나빠서 그런 거지. 혹은 그럴 운수였던 거지. 운명론과 오컬트적 풍수설에는 나의 행동이 아닌 다른 제삼의 힘에 원인을 돌리는 편안함이 있었다. 이런 태도가 비겁하다는 것은 알고 있었지만, 한 달 동안 나를 책망해온, 그리고 무관심한 타인을 살며시 원망하느라 지친 나에게는 위안이 되었다.

그렇게 생각하다 어느새 잠이 들었던 듯하다. 꿈결에 누가 이렇게 속삭였다.

"잘못은 우리 별자리에 새겨져 있는 거야."

고민서 기자에게서 메일이 온 것은 그로부터 사나흘 후였다.

보내는 사람: 고민서 msko@ocmagazine.co.kr
받는 사람: 도재인

안녕하세요, 《오씨 매거진》 피처 에디터 고민서입니다. 경은 선배에게 연락처 받아서 메일 드립니다. 다양한 연령대의 여성의 라이프 스타일, 패션과 뷰티를 다루는 저희 《오씨 매거진》은 지금 창간 준비중인 잡지입니다.

이전에 경은 선배 잡지에 기고하신 글을 재미있게 읽었습니다. '동거 후 헤어진 연인, 갈라설 때 체크 리스트 10'이었던가요? 감상이 살짝 섞여 있으면서도 법적으로나 경제적으로나 실용적이어서 인상이 깊었습니다! 특히 과거의 물건은 그 사람의 기운이 어려 있으니 시원하게 팔아버려야 한다면서 중고나라 판매법을 자세히 적어놓은 것이나, 찾아드는 구 남친의 기를 끊어야 꿈에 나타나지 않고 잠도 편하게 잘 수 있다면서 가구 배치를 바꾸는 법 등을 말씀하신게 재미있어서 언젠가 한번 같이 일해보고 싶었습니다.

그래서 경은 선배가 말씀해주셨을 때 저희 잡지에 딱 맞는 필자라고 생각을 했어요. 원고 청탁을 드리고 싶어서 이렇게 연락을 드립니다. 이번에 창간하는 저희 격월간 잡지 《오씨 매거진》은 여성지이긴 하지만, 패션, 뷰티 중심의 기사만 싣지 않고 다양한 관심사를 다루려고 합니다. 특히 이름에서 연상하셨을지 모르지만, 발행인이 약간 신비주의적인 성향이기도 하세요.

그래서 오컬트적인 요소를 실어보자고 하시는데요, 저희는 정확히 어떤 기사를 실어야 할지 알 수 없더라고요. 그래서 경은 선배에게 물어보니 도재인 씨가 그런 주제에는 제격이라고 추천을 해주시더라고요. 게다가 저희도 이전에 쓰신 기사의 스타일이 마음에 들었습니다. 생활에 밀접한 오컬트를 소개해주는 내용이면 더 말할 나위가 없습니다.

일단 형식은 자유롭습니다만, 다양한 탐방기나 취재기가 어떨지 생각하고 있습니다. 발행인도 그걸 원하시고요.
분량은 잡지 두 페이지니까 A4 두 장 미만일 것 같은데요. 구체적인 형식이나 취재비 등은 전화로 의논드리면 어떻는지요? 제 전화번호는 010-3489-****입니다. 편하실 때 연락주시면 감사하겠습니다.

고민서 드림

P.S. 물고기자리시라고요? 저희 발행인께서는 전갈자리라서 서로 잘 맞을 것 같다고 좋아하셨습니다. 나중에 생시까지 알려주시면 사주를 한번 보고 싶다고 하시네요.

오컬트를 지향하는 잡지라니 흥미로우면서도 수상한 느낌도 없지 않았다. 하지만 격월에 한 번 취재 기사를 써도

된다니 내게는 꽤 편리한 조건이었다. 경은이 내가 다리를 다쳤었다는 말은 따로 하지 않은 모양이었다. 메일을 두 번 더 훑어본 후 내가 이전에 썼다던 기사를 컴퓨터에서 찾아서 읽어보았다. 그런 다음 휴대전화를 들고 버튼을 눌렀다.

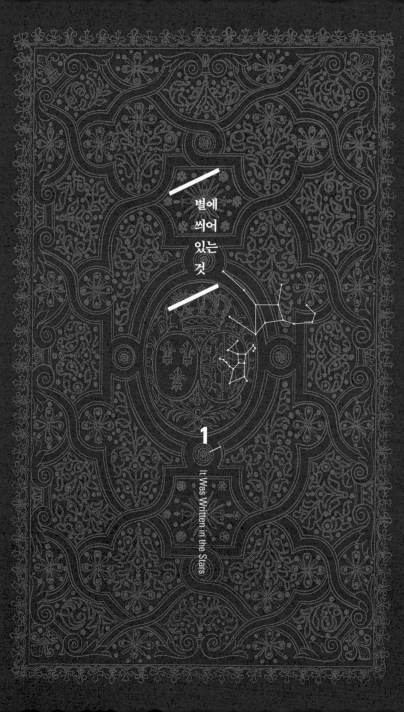

별에
씌어
있는
것

1

It Was Written in the Stars

"약간 심술부리고 싶었을 뿐이야. 날 기억해내라고."

그해 3월 ~ 4월

"그래서 지금은 상태가 어떤데?"

전화기 너머로 들려오는 목소리는 우물거린다. 어쩔 수 없는 일이라는 것 알지만 슬며시 짜증이 난다.

"그래, 전화해서 다른 날로 잡긴 했어. 빈 날짜가 없다고 처음에는 도리어 버티더라고. 하지만 일단은 식 전날 아침에 스튜디오 촬영만이라도 한다고 했는데, 시간이 어떨지 모르지. 오빠가 나중에 다시 전화해."

들고 온 백화점 봉투를 거실 소파 옆에 놓는다. 봉투가 스르르 넘어지면서 리델 마크가 찍힌 상자가 밖으로 쏟아질 것 같아서 전화기를 어깨와 얼굴 사이에 끼고 봉투를 재빨리 세

운다. 그 와중에 통화가 끊어지고 만다. 그렇지 않아도 불쾌했던 기분이 한층 더 심해진다.

어머니도 사촌 언니도 외출했는지 집안은 조용하다. 끊긴 전화는 다시 오지 않는다. 이쪽에서 화가 나서 끊은 것으로 착각한 모양이다. 잠시 기다려보았지만, 전화가 올 것 같지도 않고 이쪽에서 전화하기도 싫어서 쇼핑백을 들고 일단 방으로 들어간다.

방은 평소와 달리 깨끗이 정리되어 있었다. 여느 때라면 벗어놓은 옷가지가 그대로 널려 있고 머리카락도 떨어져 있기 십상이었을 텐데, 인선 언니는 자기도 항상 완벽하지만 남이 지저분한 것도 참고 보지 못하는 사람이다. 공항에서 온 날에 바로 집 부엌을 청소했을 정도였으니 말 다 했다. 그래도 굳이 남의 방까지 청소해줄 필요는 없는데.

침대에 앉아 아까 사 온 와인글라스 상자를 꺼낸 후, 플랩 뚜껑을 열어 지문이 묻지 않도록 조심스레 스템을 잡고 한 개를 들어올린다. 며칠 전에 샀던 피터 리드 베갯잇에 붉은 얼룩이 묻은 걸 나중에야 발견해서 환불하러 가야 했던 경험 이후로 뭐든 다시 확인해보는 습관이 생겼다. 평소에 꼼꼼하지 못한 성격이지만, 이번만은 뭐 하나 흠 없이 완벽하게 하고 싶다. 거기에 인생의 성공이 달려 있는 것처럼.

전부 살펴본 잔을 흐뭇하게 협탁 위에 내려놓는데, 그 위에 놓아둔 기억이 없는 물건이 있다. 노란 바탕에 두 소녀가 손을 잡고 있는 편지 봉투. 봉투 겉면에는 멋부린 글씨로 "나의 운명(My Destiny)"이라고 씌어 있다. 지금과는 약간 다르지만 자신의 필체이다. 왠지 가슴이 덜컥했다. 기억이 의식의 수면 위에 뱃머리를 내밀고 올라오려는 잠수함 같다.

봉투를 열어본다. 그 속에는 하얀 종이가 한 장 들어 있을 따름이다. 프린트된 종이 위에 손글씨를 덧붙여 놓았다. 그 글을 눈으로 읽어본다.

"비가 오나 해가 뜨나 이 쌍둥이자리의 사람이 당신 곁에 있어줄 것입니다. 두 사람은 서로를 지키는 수호성 자리입니다. 한 사람이 절망에 빠져 있을 때, 다른 한 사람만이 그 속에서 구해줄 수 있습니다. 당신의 성공도 이 사람의 손에 달려 있습니다. 하지만 만약 그 사람을 잃는다면, 불운의 별이 닥쳐오겠지요. 재앙을 막을 길은……."

종이 위에 쓴 글씨도 역시 자신의 필체다. "쌍둥이자리의 사람"이라는 구절 위에 분홍색 하이라이트를 하고 거기에 보라색 펜으로 써놓았다. "다.이.애.나."

기억의 잠수함은 이제 완전히 떠오른다. 종이를 퍼뜩 내려놓다 잘못해서 옆에 놓인 와인잔을 건드린다. 와인잔이 바닥으로 떨어지며 산산이 부서진다.

"이 근처 어디인 것 같은데."

동물병원 앞에서 한 블록 앞 안경 가게가 있는 쪽을 바라보았다. 휴대전화 메시지로 받은 약도와 일치하긴 했으나 하얀색 건물은 쉽게 보이지 않았다.

영선을 돌아보았지만, 동물병원 진열장 앞에 비친 자기 모습을 보며 머리 모양을 다듬느라고 여념이 없었다. 잠자고 있던 아기 몰티즈가 눈을 떠 빤히 쳐다보았지만 영선은 자꾸 이마 위로 흘러내리는 머리카락 한 가닥에만 신경을 쓰고 있었다. 영선은 아직 삼월 말이라 이른데도 겉에 걸쳤던 트위드 재킷을 벗어 손에 걸었다. 원래 피부가 하얀 편인데 겨우내 햇볕을 쐬지 못한 팔이 티셔츠의 반소매 아래서 더 뽀얗게 빛났다. 동물 병원의 유리창 앞에 스틸레토 힐을 신은 영선의 다리가 비쳤다. 키는 작지만 비율이 좋다며 친구들 사이에서 부러움을 사던 기억이 새삼 떠올랐다.

나는 눈 위에 손을 대 햇빛을 가리며 다시 주민센터 대각선 건너편을 살폈다. 아무래도 주변의 건물에 막혀 보이지 않는가 싶어, 근처까지 가서 뒤편을 찾아봐야 할 것 같았다. 내가 아무 말도 없이 길을 건너자 영선은 그제야 총

충히 뒤에서 따라왔다.

"삼월치고 너무 덥지 않니. 촬영할 때 입을 드레스를 역시 튜브 톱으로 했어야 했어. 홀터넥이 답답해 보이면 어쩌지."

아직 걷기엔 무리였나. 지팡이를 들고 왔어야 했다고 후회했다.

"삼월에 튜브 톱은 너무 썰렁하지 않겠니. 너희 스튜디오 촬영만 한다면서."

나는 심드렁하게 대답한 후 휴대전화를 들여다보면서 블록을 따라갔다. 아무래도 간략한 약도라서 그런지 세세한 부분은 알기 힘들었다. 건물들 뒤에 있는 작은 골목으로 들어가야 할 것 같았다. 영선은 내 태도엔 아랑곳하지 않고 명랑하게 재잘거렸다.

"아니, 스튜디오에서 맨 처음에는 일정 바꾸자니까 빈 날짜 없다고 뻗댔는데, 내가 막 진상 피우니까 결국 식 이틀 전 목요일에 해주기로 했어. 오빠도 휴가 낼 수 없다고 하더니 결국 해보겠다고. 그래도 역시 홀터넥이 우아해 보이기는 하겠지? 내가 목은 좀 길잖아."

신혼여행도 유럽으로 9박 10일을 가고 그전에도 휴가를 받을 수 있다니 좋은 직장이네, 하는 생각이 들었다. 어쩌면 요새 회사들에는 다 이 정도의 복지 제도가 있는지도 모른다. 조직 생활과 결혼 준비, 어느 쪽도 내가 조언을 잘 할 수 있는 영역은 아니었다. 그래서 나는 대답 대신, "너네 오빠 뾰루지는 다 나았고?"라고 물었다.

영선은 사진 촬영 전날 남편 될 사람이 심하게 뾰루지가 나고 알레르기 반응을 일으켜서 사진 촬영을 미룬 것이라고 전화로 설명했다. 그렇게 재수없는 일이 연달아 일어난다면서 자기도 오늘 따라오겠다는 말이었다. 일이라고 설명했는데도 방해하지 않겠다고 장담하면서 데려가달라고 졸랐다. 그렇게 급하다면 왜 혼자 가지 않는지 싶었지만 달리 떨쳐버릴 만한 핑계도 없기는 했다. 장소와 시간을 알려주겠다고 했더니 영선은 전철역에서 만나서 같이 가자고 우겼다. 예약 없이 가면 안 될 듯했지만 상담을 영선에게 양보하고 그 내용을 취재하면 될 것 같다는 계산 정도는 하고 있었다.

친구의 상담을 취재 용도로 이용한다는 것에 죄책감이 잠깐 스치기도 했으나 영선은 개의치 않는다고 말했다. 영선은 자신의 사정을 남과 나누는 일에는 대담했다. 나도 타인에게 내 상황에 대해 솔직한 편이지만, 어떤 면은 말하지 않는다. 그 점에서 영선과 나는 묘한 기질적 차이가 있다.

"그러게. 갑자기 뾰루지가 그렇게 나다니 운도 없지 뭐야. 바로 전날까지도 우리집에 왔는데 멀쩡했다고. 인선 언니 말로는 면역력이 떨어져서 그런 것 같다던데. 오빠 요새 무리했나……."

영선은 끝도 없이 결혼 준비에 대한 말을 늘어놓을 기세였지만 나는 눈앞의 길에만 열중했다. 보습 학원 간판을 지나서, 고깃집…….

"아, 저기인가 봐."

역시 예상대로 앞에 있는 검은 전면 유리 건물과 마포갈매기 고깃집 사이에 껴서 약간 움푹 들어가 있는 탓에 쉽게 눈에 띄지 않았던 것이다. 간판이 따로 없었지만 문 안에 파란색 바탕에 노란 글씨로 이렇게 씌어 있었다.

오라이아나 별자리 카운슬링 2F

자주색 플러시 천을 씌운 로코코풍의 장식 소파, 연보랏빛 벽지 위에 걸어놓은 금테 액자, 레이스 속 커튼이 달린 두터운 남보라색 커튼, 이런 유의 방을 나도 모르게 기대했던 듯하다. 그래서 하얀 벽, 나무 프레임 위에 검은 에나멜 가죽을 씌우고 버튼을 박은 스칸디나비아풍의 소파, 떡갈나무 원형 탁자가 놓인 방안으로 들어갔을 땐 약간 놀랐다. 별자리 상담소라기보다는 정신과 진료실에 가깝지 않나 했지만, 젊은 고객이라면 오히려 이런 인테리어를 더 선호할 듯도 했다.

문을 열었을 때 작은 나무 책상 앞에 앉은 점성술사, 혹은 통화할 때의 표현으로는 별자리 카운슬러도 기대와는 달랐다. 스마트폰의 메신저 프로필에 올려놓은 흑백사진으로 보았을 때는 눈이 커다랗고 갸름한 서구형 미인이었는데, 실제 대면해보니 하얗고 둥그런 얼굴이 밀가루로 빚은 인형처럼 선량해 보이는 인상이었다. 옷도 검은색 시스루 드레스나 모리 스타일의 시폰 원피스를 입지 않을까 예상했지만, 의외로 평범한 하얀 면 스웨터와 폭 넓은 격자무늬 스커트였다. 눈에 띄는 특징이라면 입가에 있는 애교점이었는데, 전체적으로 깨끗한 피부에는 좀 어울리지 않지만 점성술사의 이미지에는 딱 맞아서 일부러 아이라이너 펜슬로 그린 건가 하는 생각이 언뜻 들었다. 딱히 무엇하나 기대에 맞지 않지만 그렇다고 전혀 의외는 아닌 곳이었다.

"안녕하세요. 2시에 예약한 사람인데요. 도재인이라고……."

"아, 전화번호 끝자리가 0945이신 분?"

외모에 비해 앳된 기운이 풍기는 목소리다. 기타나 건반을 들고 거리에서 버스킹하는 여성 보컬처럼 또랑또랑한 기운이 느껴졌다.

"네, 오라이아나 님 맞으시죠?"

거창한 이름을 말하는 게 낯간지러웠지만 달리 말을 꺼낼 길이 없었다. 오라이아나라는 이름의 점성술사는 고개를 끄덕이며 맞는다고 한 후 예의 검은 소파를 손짓으로 권했다. 우리가 자리에 앉자 여자는 책상 위에 놓인 랩톱을 들어 어댑터를 빼고 원형 탁자로 가지고 왔다. 자리에 앉은 여자는 랩톱을 펼쳤고, 우리 중 누구부터 상담받고 싶은지 물었다. 나는 영선을 가리켰다.

"이 친구요. 저는 이따가 잠깐 여쭤보고 싶은 건 있지만 상담은 이 친구부터 받을까 해요."

영선은 허리를 쭉 펴고 자기 쪽이라는 뜻으로 손을 들었다. 여자는 나를 흘긋 보더니 영선에게로 관심을 돌렸다. 어쩌면 어깨를 살짝 으쓱한 것도 같았다.

"이쪽 손님부터 보기로 하죠. 친구분 하는 걸 보고 상담 결정하려면 하시든가."

영선은 여자의 맑은 목소리에 섞인 날카로움은 알아차리지 못했다.

"제가 중요한 일을 앞두고 있거든요……."

아차 싶었다. 점성술사가 묻기도 전에 먼저 정보를 주다니. 오기 전에 주의를 주었어야 했는데, 영선이 이 정도로 점의 기본도 모르리라고는 미처 생각하지 않았다. 게다가 그 말을 전하는 영선의 얼굴이 한껏 들떠 있어서, 점을 보는 사람이 아니라 누구라도 '중요한 일'이 뭔지 파악하고도 남았다. 그렇지만 여자는 여타 점술가처럼 미끼를 덥석 물진 않았다.

"네, 출생 차트부터 뽑아보기로 하죠. 이름이?"

영선이 자기 이름을 말하자 오라이아나는 바로 이어 생년월일하고 태어난 곳, 시를 알려달라고 했다.

"198*년 5월 2*일이고요. 태어난 곳은 서울, 시는 정확히 모르겠지만 대략 저녁 7시, 7시 30분? 진통은 아침부터 시작되었는데 저녁 먹을 때 다 지나서 나올 정도로 오래 끌어서 아들인 줄 알았다고 할머니가 그러셨거든요."

진통이 오래 이어진 것과 태아의 성별이 무슨 상관인지 알 수 없었지만, 나는 입을 다물고 오라이아나가 랩톱에 입력하는 모습을 바라보았다. 둥근 원의 차트 속에 작은 기호들과 어지러이 얽힌 선이 떠올랐다. 그녀가 교묘하게 몸을 가려 화면이 잘 보이진 않았지만 보였다 해도 어차피 알아볼 수가 없는 상징들이었다.

"썬이 쌍둥이자리, 문하고 라이징은……."

오라이아나는 혼자 중얼거리면서 한참 차트를 노려보았다. 그러더니 노트북 옆에 있는 펜을 들어 앞에 놓인 연습장에 "S → G, M → G, R → Sc."이라고 적어놓고 동그

라미를 치더니 그 아래에도 계속 비슷한 알파벳을 적어나
갔다. 영선은 펜 끝에 자신의 운명이 달린 것처럼 빤히 쳐
다보았다.

"학교 다닐 때 인기 많았겠네요. 친구들한테건 이성에
게건."

영선은 내 얼굴을 쳐다보았지만 나는 애매한 표정을 지
었다. 게다가 녹음을 했어야 했는데 물어볼 타이밍을 놓치
고 말았다. 아무래도 손으로 적어야 할 것 같았다. 나는 슬
며시 가방에서 수첩을 꺼냈다. 제지하는 기색은 없었다.

"네, 친구가 없어서 괴로웠던 적은 없었어요."

"하지만 내가 주변 사람들을 잘 이해하는 것만큼, 남들
이 나를 잘 이해해준다고 생각하진 않고. 원래 태양궁 쌍
둥이자리의 진짜 감정을 알기는 힘들다고 하거든요. 똑똑
한 사람들이 많고, 남이 다 아는 것들을 나도 알고 싶어 하
고. 그런 사람들이 이런 별자리에 많아요."

대부분의 사람들이 자신이 잘 이해받지 못한다고 생각
하지 않나 생각했지만 영선은 격렬한 동의의 뜻으로 고개
를 세차게 끄덕였다.

"이런 사람들이 유연하긴 한데 또 변덕스럽거든. 하지
만 그만큼 배우는 것도 빠르니까. 지금 배치의 사람들에게
는 결혼이 중요해요. 혼자 있는 걸 못 참고. 항상 친구나

파트너가 함께 있어야 하는 사람이에요. 절대 혼자 살지는 못하고, 그럴 일도 없죠."

영선의 마음에 쏙 들 만한 해석이었다. 처음에는 영선도 어떤 점괘가 나올지 몰라 긴장하는가 싶더니 이젠 얼굴이 편안해졌다. 오라이아나는 망설임 없이 해석을 이어갔다.

"집안일은 잘 못하죠? 하지만 예쁜 걸 좋아하니까 집안을 꾸미는 데는 능력이 있을 거고. 요리나 이런 것도 배워두면 좋겠네. 어차피 잘 배우는 사람이니까."

"네, 요새 요리 강습도 받고 있어요. 사촌언니한테서."

"사촌언니? 요리사?"

"네, 최근까지 영국에서 육 년 동안 요리 공부하고 호텔 레스토랑에서 일하다가 얼마 전 귀국했어요."

"시스터후드가 강한 배치니까 사촌언니와도 사이가 좋겠죠. 굳이 친척 관계가 아니어도 이런 사람들은 친구들과도 형제자매처럼 잘 지내죠. 그런 관계가 인생에서 파트너만큼 중요하기도 하고. 이들을 소중히 생각하세요. 쌍둥이는 화합과 조화를 중요하게 생각하는 별자리라 갈등은 피하는 게 좋습니다. 갈등엔 취약하니까."

영선은 눈을 위로 뜨면서 짚어보는 듯했다.

"그런 것도 같아요. 사람들하고 다투면 밤에 괴로워하고 오래가는 편이에요."

여자는 랩톱 화면 속 차트를 한참 들여다보더니 입을 뗐다.

"너무 극단적인 얘기는 안 듣고 싶어 하는 사람도 있는데. 괜찮겠어요? 중요한 일을 앞두고 있는 것 같은데."

나를 흘긋 보는 영선의 눈길에는 망설임이 엿보였다. 이해가 갔다. 점을 보러 오는 사람들에게는 불길한 일에 귀를 막고 싶어 하는 면도 있지만, 물에 물 탄 듯 진실 없는 사탕발림만 듣고 싶어 하는 사람도 없다. 그들은 타인의 입으로 아무 일도 없다는 말을 듣고 싶은 것이다. 오라이아나의 말에는 당신이 원하는 이야기만 해주지 않을 것이라는 암시가 짙게 깔려 있었다. 결혼을 앞둔 신부로서는 불길한 말을 듣는다면 그렇지 않아도 불안한 마음이 더 무거워질 것이었다. 내 마음도 덩달아 불안해졌지만 아무 말도 하지 않은 채 노트에 키워드를 적어나갔다.

"불길한 거라도 나왔나요?"

나도 영선의 앞날에 어두운 운이 드리운다는 말을 듣고 싶진 않았다. 영선의 성격에 내가 어울릴 수 없는 부분이 있다고 해도, 친구이기를 그만둘 정도로 큰 차이는 아니었다. 그리고 무엇보다 누구의 운명이라도 비극을 기대해서는 안 된다.

이런 질문을 대하는 점술사의 태도는 환자에게 증상을

얘기하는 의사와 비슷했다. 동정심을 약간 보여주는 듯하지만 전체적으로 사무적인 태도이다. 나는 당신을 위해 여기 있지만, 당신의 삶과 죽음, 행운과 불행은 내가 정하는 것이 아니라고 거리를 두는 자세.

"그렇진 않아요. 올해 구월까지는 목성이 처녀자리로 들면서 새로운 미래를 열기에 좋은 때죠. 사랑과 연애의 운이 나쁘지 않고 특히 쌍둥이자리의 경우는 가정이나 가족, 안정을 이루기에 좋으니 결혼을 하기에도 적합하죠."

영선의 눈에 웃음기가 돌면서 안심하는 기색이 역력했다. 나쁜 결과가 나오지 않아 나도 안도했다. 영선을 위해서도 다행이지만, 영선에게 불길한 점괘로 안내한 나의 과실을 면할 수 있다는 것도 다행이었다. 이것이 바로 점집을 소개할 때의 문제점이다. 타인의 나쁜 운세에 대한 책임을 나눠져야만 한다는 것.

"하지만 최근 며칠간은 명왕성이 태양과, 토성이 달과 흉각을 이루면서 불화가 예상됩니다. 분명히 운이 나빴을 텐데. 일이 계획대로 되지 않아서 주변 사람들에게 투정을 하거나 그게 싸움으로 번졌을 수도 있겠네요."

"맞아요! 와, 어떻게 아셨어요?"

나는 오라이아나가 좋은 콜드 리더라고 생각했다. 영선의 말에서 실마리를 얻어, 맞는 해석을 낸다. 나는 두 사람에게는 들리지 않게 한숨지었다.

오라이아나는 의기양양한 기색도 없이 혼잣말을 하듯이 말을 이어갔다.

"여섯 번째 하우스도 그렇게 좋지 않은데, 건강에 유의해야 할 듯."

거기서 오라이아나는 고개를 슬쩍 들어 영선을 보았다.

"본인의 건강 문제가 아니라도 주변에서 일어나는 일을 조심하는 게 좋겠어요."

영선은 거의 탁자를 건너가다시피 몸을 앞으로 내밀었다.

"맞아요. 최근에 결혼할 사람이 이런저런 탈이 나서 약속도 여럿 깨고."

오라이아나는 영선을 마주보며 엄숙한 목소리로 말했다. 소위 예언자의 엄정함이 강하게 묻어나는 목소리였다. 저런 것도 연습하나 싶었다.

"감기에 걸린다든지 잘못 먹고 탈을 일으킬 가능성이 있어요. 사월 중순까지는 그럴 것 같으니 그전에 중요한 행사가 있으면 유의해야겠네요."

영선의 결혼식은 사월 초였다. 영선이 고개를 끄덕였다.

"그렇지 않아도 요새 이상한 일이 많았어요. 스튜디오 예약을 말도 없이 변경하지 않나. 오빠가 자주 아픈 것도 그렇고, 사 온 물건들이 깨지거나 더러워져 있는 일도 많았고. 게다가 오래전 서약서가 뜬금없이 나타나서······."

결혼 준비 때문에 스트레스를 많이 받았는지 영선은 그간의 어려움을 털어놓았다. 영선에게 일어난 일들이 결혼 준비에서 흔히 일어나는 범주의 것인지 그보다 심한 것인지는 나로서는 잘 가늠이 되지 않았다. 적어도 영선의 남편 태혁이 특별히 협조적인 사람이 아님은 알 수 있었다. 그의 부모가 외국에 있어서 시댁과의 마찰은 적은지 모르지만, 무심하다 할 정도로 결혼 준비를 영선에게만 맡겨놓는다는 인상이 들기는 했다. 심지어 예비 신부들이 가장 큰 행사로 여기는 웨딩드레스 시착일 당일에도 남자가 급한 일이 생겼다며 약속을 취소해서 결국 사촌언니와 단둘이 가야 했다고 했다.

영선의 약혼자는 나도 만난 적이 있었다. 영선이 결혼식을 앞두고 친구들을 불러서 한남동의 레스토랑에서 밥을 산 적이 있었다. 대기업의 보안실에 근무한다는 약혼자는 피부가 가무잡잡하고 키가 훤칠한 사람이었다. 영선과 나이 차이는 있지만 신중하고 차분해 보이는 인상의 남자였다. 외모가 수수해서 오히려 여자들에게 쉽게 호감을 살 타입이었다.

하지만 나는 어딘지 모르게 경계심을 느꼈다. 그가 너무 무난한 사람이기 때문인지도 모른다. 그렇게 너그럽고 부드러운 타입인 척하면서 영선에게 모든 걸 맡겨두는 게 전형적으로 보였기 때문인지도 모른다. 그 사람이 내가 다쳤던 바로 그 회사에 다닌다는 이유만으로도 조금 싫었는지도 모른다. 나와 관계없는 사람을 판단할 때도, 나와의 이해관계를 끌어들이지 않기란 어렵다.

오라이아나는 끝없이 이어지는 영선의 하소연에 정신과 의사처럼 진지하게 귀를 기울이다가 적당한 순간에 끊었다.

"오래전 서약서가 뜬금없이 나타났다고 했는데 그건 무슨 일인가요?"

나도 아까부터 궁금했던 말이다. 서약서라니, 일상생활에서 쉽사리 나올 법한 말이 아니지 않은가.

"아, 오래전에 여고 친구와 주고받았던 서약서가 갑자기 나타난 거예요. 있었는지도 몰랐던 건데. 자매처럼 딱붙어 지내면서 속마음도 나눌 정도로 정말 친했던 애인데 급작스럽게 멀어져서……."

영선이 말꼬리를 흐렸다. 그걸 오라이아나가 잡아챘다.

"그렇지 않아도 여기 그런 이야기도 보이네요. 잊혔던 인연이 다시 돌아오는 시기. 영선 씨 운명에선 전생의 형제자매, 혹은 연인처럼 가까웠던 인연이 현생에 소울메이

트로 나타날 수도 있는데, 그 인연을 소중히 하지 않았을 때 쌍둥이자리의 사람의 인생에는 어려움이 있을 수도 있다고 하지요. 친척일 수도 친구일 수도 있겠죠. 영혼의 쌍둥이라는 건데, 서로 스쳐가고 잊어버리면 평생 어딘가 쓸쓸한 삶을 살게 된다고 하는 사람들이 많다고 해요."

좋지 않다. 영선에게 가장 약한 부분이 이 쓸쓸함이다. 주위에 사람이 많은 애임에도, 혹은 그렇기에, 쓸쓸한 상태를 잘 참지 못하는 사람이 영선이었다. 이제 별자리 점은 단순한 재미나 인생의 충고를 넘어, 영선에게 마술적 힘을 발휘하려 하고 있었다. 순간 이 건조한 사무실을 어떤 에너지가 감싸는 느낌이 들었다. 그 마술을 불러낸 건 바로 영선의 불안이었다.

"그럼 어떻게 해야 하는 거죠? 그 친구를 다시 만나야 하나요? 못 만나면 어떻게 되는 거죠?"

오라이아나는 팔짱을 끼고 의자에 기댔다. 앞으로 몸을 들이미는 영선에게서 거리를 두려는 듯한 자세였지만 시선만은 피하지 않았다.

"운명은 당신 손에 달려 있죠. 어떻게 할 것인가는."

"그래서 대나를 찾겠다고?"

경은이 눈을 동그랗게 뜨며 아이스 아메리카노 잔을 받침이 아닌 나무 탁자 위에 내려놓았다. 잔 안에서는 얼음이 달그락 부딪히며 커피의 잔물결이 일었다. 나는 아직 아이스 음료를 먹기엔 이른 날씨라고 생각하며 내 얼 그레이 찻잔을 입에 갖다 댔다가 뜨거워서 받침 접시 위에 고대로 올려놓았다.

"응. 어차피 그동안 보고 싶다는 생각을 가끔 할 때도 있었다니까. 뭐니뭐니해도 우리는 친자매나 다름없었으니까. 기억나지, 경은이 너도?"

경은은 금시초문이라는 얼굴이었다.

"글쎄, 너랑 나랑은 같은 반이었던 적은 없었으니까. 우리가 같이 다닌 건 같은 대학에 들어온 이후였고. 난 사실 대나 잘 몰라. 너랑 같이 다니는 것 본 기억도 없고. 걔 누구지, 지금 미술 한다던……. 그래, 은영이. 걔랑 다니는 건 본 적이 있지만."

영선은 입술을 살짝 내밀고 고개를 끄덕였다.

"그래. 하지만 난 정말 대나랑 친했어. 대나 말고 다른 친구도 있었지만 우리 사이는 각별했던 것 같아. 난 형제가 없고, 그때 인선 언니랑은 나이 차이가 났으니까. 대나가 내 언니고 동생 같다고 생각했었거든."

경은과 영선, 나는 같은 고등학교를 다녔지만 역시 영선과 나의 관계도 경은처럼 어른이 되어서야 되살린 사이에 가까웠다. 경은과 친구가 된 후에 고등학교 동창이자 경은의 대학 동기인 영선이 우리 무리에 합류한 경우였다. 영선과 나는 고등학교 1학년 때 같은 반이었던 적도 있었지만 경은과의 사이보다도 더 가깝지 않았다.

즉, 나와 경은은 둘만 만날 수도 있고, 경은과 영선이 둘만 만나는 일도 있다. 그러나 오늘처럼 나와 영선이 둘만 만나는 일은 거의 없었고, 끝에는 언제나 경은과 함께하기 마련이었다. 나와 영선의 사이에 꼭짓점처럼 존재하는 경은. 친구 사이의 삼각도법. 지금처럼 두 사람이 고등학교 이야기를 할 때면 그들이 더듬는 추억 속엔 내 자리가 있을 리 없었지만, 나는 별달리 개의하지 않았다. 내 머릿속엔 아까 오라이아나가 한 말만 떠돌 뿐이었다. 아물지 못한 상처와 매듭지어야 할 일들, 그리고…….

"그래서 재인이 너는?"

영선의 채근하는 듯한 목소리에 정신이 퍼뜩 들었다. 나도 모르게 물잔에 고인 물방울을 손가락으로 찍어 탁자 위에 별을 그리고 있었다. 영선과 경은 둘 다 나를 빤히 보고 있었다.

"……그래, 하지만 내가 무슨 도움이 될까."

"너는 대나 기억할 거 아냐. 같은 반이었다며?"

나는 대나라는 아이에 대한 기억을 살려보았다. 실은 고등학교 시절의 영선도 가물가물했다. 영선이 같이 어울리던 친구들 얼굴이 저녁의 가로등처럼 한둘 떠올랐다.

"아, 다이애나 말이지."

분홍색 블라우스 교복 위의 하얗고 동그란 얼굴이 이제 막 찍은 폴라로이드 사진처럼 점점 선명해졌다.

"그래, 걔 별명이 그거였어. 『빨간머리 앤』을 같이 읽고 나는 앤, 너는 다이애나가 되어 평생 변치 않는 친구가 되자고 약속했었는데."

영선은 추억에 흠뻑 빠진 듯한 표정이었다.

"그런 팝송도 있었는데, 다이애나라고…… 가사는 후렴의 '다이애나~'밖에 모르는 옛날 노래였지만."

나로선 알 수 없는 일이었다. 그나마 영선은 좋아하는 선생님에게 편지를 보낸다든가 교탁 위에 음료수를 사다 놓는다든가 해서 눈에 띄는 면도 있었지만 대나는 그런 기억조차 없었다.

"그런 친구를 잊고 있었다니, 오라이아나 님의 말대로 불길한 일이 생기는 것도 당연할 것 같아. 말했잖아. 최근에 계속 재수없는 일만 생겼다고."

"그래……."

지나칠 정도로 자주 말했지. 이제는 무슨 일이 생겼는지도 외울 수 있을 거야, 라고 생각하던 나는 영선의 다음 말에 정신이 퍼뜩 들었다.

"그러니까 재인이 네가 대나 좀 찾아서 연락해줄래, 내 결혼식에 와달라고?"

내 당황한 표정을 보았는지 경은이 재빨리 끼어들었다.

"재인이 아직 몸도 불편한데……. 그리고 대나 연락처는 우리 아무도 모르잖아. 걔 중간에 전학 가서 졸업 앨범에도 전화번호가 없고."

하지만 영선이 일단 마음먹은 일은 아무도 말릴 수 없다는 것을 경험상 우리 둘 다 알고 있다.

"조사하는 건 재인이가 잘하잖아. 아무래도 경은이 너는 대나를 전혀 모르니까 연락하기 힘들고. 그래도 전혀 모르는 너보다는 한 번이라도 같은 반이었던 재인이가 낫지. 많이 돌아다니지 않아도 되니까 일단 우리집에 가서 대나 찾을 수 있는 연락처 있나 같이 한번 보자."

영선은 벌써 의자를 뒤로 밀고 자리에서 일어났다. 나는 뜨거워서 제대로 마시지도 못한 얼 그레이 찻잔을 내려다보며 한숨을 지었다. 테이크아웃 컵에 담아달라고 해야 할 것 같다.

문을 열어준 사람은 단발머리의 여성이었다. 보통보다 가무잡잡한 피부와 검은 머리가 디즈니 영화의 공주 같은 느낌을 주었다. 나이는 단박에 짐작할 수 없었지만 어딘가 모르게 침착한 분위기가 풍겨 영선이 말한 사촌언니 인선이라고 직감했다. 검정 니트 원피스 위에 두른 흰 앞치마가 가정적이라기보다는 출장 나온 케이터러 같은 인상이었다. 엘리베이터에서만 해도 무표정하게 서 있던 경은이 갑자기 입꼬리를 씩 올리며 환한 웃음을 지었다.

"안녕하세요, 언니. 귀국하셨네요."

"누구…… 어머, 경은이?"

단발 미인은 무척 살갑게 경은의 손을 덥석 잡았다. 경은이 진짜 사촌동생이라도 이렇게 환하게 맞아주지는 않을 것 같았다.

"네, 언니. 기억하시네요. 정말 반가워요."

경은도 평소 성격답게 사근사근하게 웃으며 인사했다.

"그래, 진짜 오랜만이야. 그런데 하나도 안 변했네. 아니, 정말 예뻐졌어."

"아유, 직장 생활에 절어서 썩었죠. 언니야말로 예전보다 더 어려 보이고 예뻐요."

여성 특유의 인사가 오가는 동안 나는 맨 뒤에 어설프게 서 있다가 무거운 문을 닫고 따라 들어갔다. 영선이 문간에서 신발을 벗으며 나를 돌아보지도 않은 채로 소개했다.

"여기도 내 고등학교 친구야. 재인이."

"안녕하세요. 처음 뵙겠습니다."

내가 고개를 숙이자 인선은 고른 이를 드러내며 생긋 웃어 보였다.

"안녕하세요, 만나서 반가워요."

인선은 영선보다도 더 집주인답게 우리를 거실로 이끌었다. 확장 공사를 한 베란다 위 수석과 난초 화분이 놓인 콘솔 너머로 한강이 내려다보였다. 경은과 내가 엉거주춤 하얀 가죽 소파에 앉자 영선은 옷을 갈아입으려는지 잠깐, 이라는 말과 함께 총총히 방안으로 사라져버렸다. 우리를 접대하는 것도 사촌언니의 몫이었다. 그녀는 손님이 오면 대접하려고 만들어놓았다며 스파클링 워터에 상큼한 과일즙을 섞은 음료를 내왔다.

"손님이 오시기로 했어요?" 경은이 물었다. 아마 경은도 나와 비슷한 생각을 하는 게 아닐까. 손님이 곧 들이닥칠지도 모른다면 어째서 우리를 굳이 집까지 끌고 왔을까. 어색한 상황이 될지도 모르는데.

"응, 영선이 결혼할 사람이 오늘 와서 저녁 먹을지 모른다고 하더라."

인선은 부엌과 거실을 오가면서도 상냥하게 대응했다.

"정말 올지는 모르지만."

영선의 사촌과 나는 눈이 마주쳤다. 초콜릿처럼 진한 갈색 눈이었다. 다음 순간 인선은 아까처럼 생긋 웃었다. '생긋'이라는 단어의 사전적 정의에 어울리는 입 모양이었다.

"이거 먹어볼래요? 지금 막 구웠는데 평소보다 버터가 덜 들어갔나 싶기도 하고."

탁자 위에 내려놓은 접시에서는 시나몬 향이 훅 끼쳤다.

"맞다, 언니. 영국에서 요리 학교 다녔다는 말 들었어요. 영국 가기 전에도 영선이네 놀러오면 언니가 이것저것 많이 해줬었는데. 특히 파스타 맛있었어요. 아직도 가끔 생각난다니까요."

경은이 쿠키를 하나 집어 입으로 가져갔다.

"어머, 그게 벌써 언제 적이야. 팔 년 전? 칠 년 전?"

인선의 목소리에 아련한 기운이 배어들었다. 그 시절 영선과 인선, 경은이 공유했을 법한 추억에 대해서 나는 아무런 기여도 할 수 없었기에 잠자코 있었다.

그때 편안한 면 원피스로 갈아입은 영선이 손에 신발 상자 같은 것을 들고 나와 거실 탁자 위에 올려놓았다.

"자, 한번 시작해볼까."

빛바랜 붉은 뚜껑을 열자 파스텔 색깔의 봉투들과 귀여운 일러스트가 그려진 공책들이 먼저 보였다. 영선은 그걸 한둘씩 들어올렸다. 나 또한 물건을 잘 버리지 못하는 성격이지만 보통은 이사하거나 삶의 다른 단계로 버리게 되는 감상의 증거들을 영선은 고스란히 간직하는 듯했다. 그걸 자주 꺼내서 되살리는 것은 다른 문제겠지만.

"이건 고등학교 때 물건만 모아놓은 거야. 애들이랑 주고받은 편지, 교환 일기, 스티커 사진 같은 것. 이건, 려영이가 그려준 그림이고. 그리고 이건 지금 공시 준비하는 재신이가 생일이라고 만들어준 스크랩북이다."

영선은 원래 목적을 잊은 듯 과거의 추억에 빠져들었다. 경은도 반쯤 관심을 가지고 이것저것 넘겨보았다. 나는 남의 추억에 손을 대는 것이 왠지 꺼려져서 눈으로만 훑었다. 편지와 스프링 노트 이외에도 크리스마스카드, 스탬프를 찍어 만든 명함, 반투명 비닐봉투 속에 든 필름 사진들이 들어 있었다. 여고생이 썼을 것 같지 않은 빈 향수병이라든가 양철 케이스, 머리핀들도 몇 개 보였다.

"이것도 네 거야?"

바삐 편지들을 넘겨보던 영선이 힐끔 쳐다보고 건성으로 말했다.

"아니, 그건 인선 언니 거. 우리집에 살다가 유학 갔을 때 놓고 간 물건 중에서 예쁜 거랑 나중에 언니가 찾을지도 모르는 걸 내가 넣어놓은 거야."

인선은 고개를 디밀었다.

"정말? 그런 걸 아직도 간직하고 있었어? 하긴 선플라워 같은 향수가 유행하던 시절도 있었다."

내가 물었다.

"언니 예전에 영선이랑 같이 살았었어요?"

"응, 내가 대학 4학년, 아니 중간에 교환학생 일 년 다녀왔으니까 5학년이라고 해야 하나. 5학년 때 일 년간 같이 살았어요. 그 이후에 유학을 급하게 가서. 짐도 여기 놔두고 갔었네."

인선은 아무래도 처음 만나는 나를 약간 어려워하는 것 같았다.

"언니, 말 편하게 하세요."

"아니……. 그럴까요."

인선은 살며시 웃었다. 그때 영선이 뭔가 생각난 듯 손뼉을 쳤다.

"맞다, 언니 졸업 앨범도 우리집으로 왔어. 아빠 서재에 있는데……." 그러더니 덧붙였다. "언니, 여대 나왔거든."

귀국한 지 한 달이라면서 참 일찍도 말한다 싶었다.

경은은 스티커 사진첩과 필름 사진에 관심을 보였다.

"으, 이 사자 머리. 드라이해서 잔뜩 부풀려놓은 거 어떡할 거야. 촌스러워. 나도 집에 가서 이런 사진 남아 있나 당장 찾아봐야겠다. 그래도 언니는 그때나 지금이나 하나도 안 달라졌네요."

경은이 내민 사진 속에는 교복을 입은 영선과 체크무늬 원피스를 입고 머리띠를 한 인선이 나란히 어깨동무를 하고 있었다. 사촌이면서도 두 사람이 닮지 않았다고 생각했는데 이 사진 속에서 환히 웃는 두 소녀는 역시 자매구나, 하는 인상이었다.

"안 달라졌기는. 지금은 완전히 다른 사람인데."

인선이 사진을 받아들고 가만히 내려다보았다. 그 순간 나는 왠지 모르게 어렸을 때 보았던 영화의 한 장면을 떠올리고 있었다. 스코틀랜드의 히스 들판 위로 검은 구름들이 모였다 휙 흩어지는 장면. 그 사이에 아주 옅게 햇빛이 비쳐든다. 아주 옅고 가늘지만 분명한 빛.

"그래. 이때는 나도 예뻤네. 이렇게 어리고."

다음 순간 그녀는 경쾌한 말투로 바꾸었다.

"이런 자화자찬 재수없지."

"뭐야. 언니도, 참."

영선은 심드렁하게 대꾸하며 상자 속을 계속 헤집었다.

"의외로 대나랑 주고받은 편지가 없네. 거기 주소 같은
게 있을 줄 알았는데."

"아까 서약서라는 게 있다고 하지 않았어?"

나는 오라이아나 상담소에서 들은 말을 되살렸다.

"맞다! 그랬지! 침대 옆 탁자에 놔두고 깜박했다. 가지
고 올게."

영선이 펄떡 뛰어 방으로 갔다. 인선은 부엌을 돌아보더
니 가스레인지 위에서 끓는 냄비가 신경쓰이는 듯 그럼 나
는, 이라고 양해를 구하고 일어섰다. 금방 돌아올 줄 알았
던 영선은 방안에서 전화를 받는지 말소리가 들려왔다. 목
소리가 약간 높아졌다. 머쓱해진 경은과 나는 하릴없이 상
자 안을 들여다보았다.

"기집애, 이것저것 잘도 모아났네."

경은이 중얼거리며 학생용 다이어리를 집어들었다. 스
티커라든가 메모지를 붙여 예쁘게 꾸민 다이어리였다.

"찾았다. 이거면 될지도 모르겠어."

경은이 가리킨 건 다이어리 맨 뒷장이었다. 거기에 오대
나라는 이름과 집 전화번호가 적혀 있었다.

"이걸로 될까? 십 년 전인데. 전학을 갔다는 건 걔가 이
사 갔다는 거잖아. 국번으로 봐서는 이 동네인데 이걸로는
안 될 것 같아."

"그런가. 그럼 어쩌지."

"대나랑 자매라고 할 정도로 친했던 영선이도 연락처가
없다면 다른 애한테도 연락처는 없을 텐데. 같이 친했던
사람이 누군지 봐야지."

나는 반투명 봉투 속의 사진을 계속 넘겼다. 주로 영선
의 여고 시절 사진이었지만 인선의 사진도 섞여 들어가 있
는 듯했다. 십여 년 전의 사진을 보고 있으려니 묘한 기분
이 들었다. 개봉했다가 흥행에 성공하지 못해 금방 내린
영화를 오래 지난 후에 다시 케이블에서 보는 듯한 느낌이
었다. 내가 모르는, 혹은 아는 소녀들이 웃고 있었다. 나는
그중 교실에서 찍은 사진을 골라냈다. 겨울 교복 위에 카
디건이나 코트를 입은 소녀들이 책상에 둘러앉아서 카메
라를 보고 웃는 사진이었다.

"내 기억이 맞는다면 얘가 대나야. 앞자리에 앉은 애가
영선이잖아. 여기 옆에 앉은 애는 나랑 3학년 때 같은 반
이었던 혜희. 졸업 앨범에 실린 전화번호로 얘한테 연락을
하든지 다른 애한테 연락해서 알아볼게."

영선이 돌아와 다시 소파에 털썩 앉았다. 영선은 부엌을
향해 큰 소리로 외쳤다.

"언니, 오늘 오빠 못 온대! 저녁은 우리끼리 먹으래. 언
니한테 미안하다고 전해달라고."

부엌에서 모터 돌아가는 소리가 시끄럽게 들렸다. 인선이 아무런 대답이 없자 영선이 카랑카랑하게 소리쳤다.

"언니! 오늘 오빠 안 온다고!"

요란한 소리가 멈추었다. 인선이 큰 소리로 물었다.

"뭐라고?"

"말했잖아! 오빠 오늘 안 온대. 우리끼리 맛있는 거 먹자."

가까이 가서 얘기해도 될걸 싶었지만, 영선의 새침한 표정과 날카로운 말투에 순식간에 분위기가 식었다. 슬슬 이제 일어나야 할 때가 되지 않았나 할 때 영선이 손에 든 종이를 탁자 위에 내려놓았다.

"이게 그 평생 우정 서약서야. 마이 데스티니라니."

어쩐지 겸연쩍어하는 말투였다.

하얀 종이 위에 소녀다운 깔끔한 글씨가 적혀 있고, 빨간 지문 두 개가 찍혀 있었다. 경은이 내용을 읽었다.

"비가 오나 해가 뜨나 이 쌍둥이자리의 사람이 당신 곁에 있어줄 것입니다. 두 사람은 서로를 지키는 수호성 자리……."

"야, 큰 소리로 읽지 마. 손가락이 다 오그라든다."

나는 눈으로 읽어나갔다.

'재앙을 막을 길은 헤어진 지 십이 년이 되기 전, 다시

별들이 불길한 자리에 늘어서기 전에 결합하는 것뿐입니다. 언제나 서로 지켜주고 있다는 것을 잊지 마세요.'

"이거 너희가 직접 쓴 거니?"

"아니, 중학교 2학년이 쓴 소설에서 나올 만큼 유치한 거 보니 어디서 베꼈겠지. 아마 그때 유행하던 인터넷 소설 아닐까. 대나도 나도 둘 다 우연히 쌍둥이자리였고. 우리 이걸 쓰면서 눈물 뚝뚝 흘렸다니까. 사인펜을 엄지손가락에 칠해서 지장도 찍고. 그런데 어쩌다 연락이 끊겼을까, 알 수가 없어."

십 대는 인생에서 짧게 지나는 한 시기일 뿐이지만 가장 많은 기억들이 몰리는 때이기도 하다. 그때 스쳐갔던 수많은 사람들은 가장 빨리 잊고 가장 오래 기억된다는 역설적인 말이 있다. 가장 순수하기에 잊어도 앙금을 남기지 않는 우정들. 그런데 십여 년 뒤에 돌아와 그간 잊어버렸다고 추궁한다.

"이거, 재인이 너 아니야?"

구름을 가르는 햇볕처럼 경은의 말에 공기 속의 상념들이 흩어졌다. 경은이 보여주는 사진 속에서 나를 쉽게 알아볼 수 없었다. 소녀들이 입은 하복 교복으로 보아 여름이었다. 카메라를 향해 브이 자를 하거나 웃고 있는 아이들 뒤에 내가 앉아 있었다. 나는 웃지는 않았지만 카메라를 똑바로 보고 있어서 찍히는 건 알고 있는 것이 분명했다. 다른 아이들의 부풀린 머리와는 달리, 귀 아래로 뚝 떨어지는 단발, 살짝 벌린 입술. 얼굴은 3사분면만 보이지만 눈만은 앞을 향하고 있다. 영선이 머리를 비스듬하게 들이밀었다.

"어머, 여기 나도 있네. 봐. 재인이랑 나, 그때 친했었잖아."

영선은 내 오른쪽 앞에서 다른 아이들과 손을 잡고 환히 웃고 있었다. 같은 프레임 안에 있는 것만으로 친하다고 할 수 있을까. 나는 우리가 이제까지 거쳐온 싸이월드의, 블로그의, 인스타그램의 사진 속 수많은 얼굴을 떠올렸다.

그들 중 대부분은 지금 어떻게 지내는지 알 수도 없고, 심지어 기억나지 않는 사람도 있다. 하지만 사진 자체가 친분의 증명은 아니더라도, 출석부에 붙인 증명사진처럼 가까웠던 한 순간의 박제가 될 수는 있다. 한때 같은 프레임 안에 있을 정도로 근거리에 있었다는 증거로서의 사진. 그래도 이 사진 속에서조차 영선은 앞, 나는 뒤. 다른 줄에 서 있다. 그때 영선과 같이 찍은 이 사진은 내 기억 속에는 없었다. 그 속의 내가 무슨 생각을 하고 있었는지 지금은 알 수가 없었다.

머리카락을 쓸고 가는 바람이 산드럽다. 어느덧 봄이 흘러간다고 생각하며 지나가는 차들을 보았다. 차는 집으로 돌아가는 사람들을, 봄기운을, 밤을 싣고 달려갔다.

"괜찮아?"

경은이 조심스레 물었다. 내 걸음을 어느덧 신경쓰고 있었던 모양이다.

"택시 부를걸 그랬나……. 나야 정류장까지만 가면 집까지 가는 버스가 많지만."

"이 정도는 괜찮아. 정류장까지 걸어가는 정도인걸. 약간 돌아가긴 해도 집 앞까지 가는 버스 있으니까."

"그래도 아까부터 많이 걸었잖아."

경은과 나는 영선의 집에서 저녁을 먹은 후 9시 전에 집을 나섰다. 사윗감이 오지 않는다고 하자 외출했던 영선의 부모님도 오지 않겠다고 해서 대신 그 자리를 경은과 내가 채운 셈이 되었다. 인선이 오늘 준비한 저녁 식사는 스페인을 주제로 한 모양이었다. 해물 파에야, 바게트를 곁들인 감바스 알 아히요, 광어 카르파치오, 그리고 차가운 가스파초까지, 캐주얼하면서도 일관성이 보이는 식단이었다. 구운 파 요리인 칼솟은 처음 먹는 요리였다. 인선은 숯을 따로 만들 수가 없어서 가스레인지에 구울 수밖에 없었다며 아쉬워했다. 파를 좋아하지 않았지만 인선의 권유대로 토마토소스에 찍어 한입 베어 물자 향이 입안으로 퍼져갔다.

영선은 인선 언니의 파에야가 웬만한 레스토랑 음식보다 낫다고 칭찬했다. 약혼자도 그렇게 말했다고. 영선의 신랑감은 해물을 그다지 좋아하지 않아서 재료를 가려서 하느라 실력을 제대로 발휘할 수 없었다고, 인선은 겸손하게 말했다. 가스파초 위에는 무언가 바삭한 가루를 뿌렸는데 고소한 새우 향이 확 풍겼다.

"오늘 피곤했지. 너 일하러 가는데 방해되지 않았나 몰라. 내가 괜히 영선에게 말했나 미안하더라."

경은의 사과에 허가 찔린 기분이었다. 경은의 말투가 차분해서 되레 내 쪽에서 미안할 정도였다. 경은에게 들킬 정도로 짜증이 노골적으로 얼굴에 드러났을지도 모른다.

"아니, 뭘. 네가 사과할 일은 아니잖아."

"그래도. 저녁 식사 때도 너무 자기 얘기만 했지."

그 점은 오히려 이해할 수 있었다. 결혼을 앞둔 신부가 있는데 다른 화제가 나온다는 것은 여자들끼리의 대화에서 흔한 일은 아니다. 영선은 별자리 상담소에서 말한 대로 자신의 결혼에 마가 꼈다며 안 할 말을 거침없이 늘어놓았다. 혼수로 샀건만 망가지는 물건들, 어그러지는 계획들. 결혼할 사람에 대해서도 불평이 많았다. 나이 차이 때문인지 자기 기분을 이해하지 못한다. 입맛이 까다롭다. 전엔 안 그러더니 요새는 일이 바쁘단 핑계를 대며 약속을 어긴다.

"메리지 블루라고들 하잖아. 누구나 결혼 앞두면 불안하니까."

겪어본 적도 없는 나는 짐짓 너그러운 친구를 연기한다. 결혼을 그만둘 게 아니라면 저런 불평을 왜 하는 거지, 라는 생각 정도는 스쳐가기도 했지만 경은 앞에서는 입을 다물었다.

"너랑 영선이 성격이 잘 맞지 않는 건 알지만 그런데도 영선이 부탁 들어줘서 고마워."

정류장에 도착하자 경은이 내게 정류장 대기소 벤치의 자리를 가리켰다. 버스 정류장의 LED 안내판은 내가 탈 버스가 십육 분 후에 온다고 알렸다. 토요일이라 배차 간격이 평일과 다른 것 같았다.

경은이 지나가는 차들을 바라보며 말을 꺼냈다.

"영선이 자기 입장만 생각하는 것 같아도 사실 친구 일에 가장 먼저 신경쓰기도 하는 애야. 마음 넓기도 하고."

경은에게 그런 기분을 들켰다고 생각하자 얼굴에 찬 바

람을 쐰 것만 같았다. 순간 차가웠다가 다시 달아오르는 느낌. 마음속으로 계산기를 두드리기도 했다. 관계의 대차 대조를 적고 있었다. 경은은 영선의 장점과 약점을 잘 아는 만큼 나의 것도 잘 알고 있을 터다.

"대학 4학년 2학기 때 우리 엄마 교통사고로 돌아가셨잖아."

경은이 여전히 앞만 바라보면서 예사롭게 말을 꺼냈다. 버스들이 멈추고 사람들이 우르르 타고 내렸지만 경은은 가만했다. 우리 옆에 앉았던 사람들이 일어나고 뛰어가고 다시 다른 사람들이 빈자리를 채웠다. 경은은 길 건너에 아는 사람이라도 있는 듯이 시선을 멀리 두었다.

"그전에 영선이랑 사이가 좀…… 그랬어. 걔 자기중심적인 태도를 받아주는 것도 지쳤고. 나도 취업 준비다 뭐다 너무 바빴는데, 자기 유학 가고 싶다고 설명회를 같이 가자고 하질 않나, 호텔에 취직하고 싶다고 취업 설명회를 가보자 하질 않나. 그래서 그만 좀 하라고 화를 내고 전화도 안 받고 그러던 시기가 있었거든."

나는 별 대답 없이 고개만 끄덕였다. 이전에 들은 적도 있는 듯한 이야기였지만 굳이 말하지는 않았다.

"그런데 우리 엄마 돌아가시고, 황망하게 장례식장 앉아 있었거든. 누구에게 연락할 생각도 못 했어. 정신도 없었고. 전화기도 어디 있는지 모르겠고. 손님 중에 영선이 가장 먼저 왔더라고. 막 펑펑 울고 그러지도 않고 그냥 내 손을 잡아주는데…….”

경은은 잠시 말을 잇지 못했다. 경은이 의도한 바는 아니었겠지만 마음이 저릿했다. 그때의 나는 경은과 친구 사이도 아니었으므로 경은 어머니의 장례식에 참석하지 못한 것에 죄책감을 느낄 의무는 없다. 그렇지만 우리는 존재하지 않은 과거에 대해서도 안타까운 기분을 느낄 수 있다. 후회도 미안함도 아닌, 그 사이의 어떤 감정이 있다. 다음 순간, 경은이 태연한 말투로 굳이 덧붙였다.

“뭐, 사실 걔네 집이 병원에서 제일 가깝긴 했어. 그러니까 빨리 올 수 있었겠지만.”

그때 정류장 앞에 내가 타야 할 버스가 도착했다. 경은이 내 어깨를 탁 쳤다. “빨리 가. 버스 놓치겠다.”

버스에 올라탄 나는 뒷문 바로 옆자리에 앉았다. 창문을 내다보니 경은이 웃으며 손을 흔들었다.

나도 마주 웃어 보이며 손을 흔들었다.

버스가 출발하자 나는 유리창에 머리를 기대며 머릿속으로 헤아려 보았다. 네 대. 경은은 자기집으로 가는 버스를 네 대 먼저 보냈다. 대나라는 동창을 찾아야 할 것 같았다. 그리고 다른 것도 찾아봐야 할 것 같았다.

어찌된 일인지 성모 마리아상 앞에 놓인 흰 백합 한 송이 위에 장미 꽃잎 하나가 떨어져 있다. 결혼식에 온 하객이나 누군가가 떨어뜨리고 간 것일까. 나는 꽃잎을 잠깐 내려다보다가 손을 뻗어 주웠다. 성스러운 의식의 하얀 꽃들 위에 떨어진 빨간 얼룩.

"뭐해?"

손을 씻고 오겠다던 경은이 핸드크림을 바른 손을 비비면서 옆에 와 섰다. 나는 대답 없이 돌아서며 둘러보았다. 재작년 리노베이션을 거쳤다고 하는 성당은 이전과 사뭇 다른 모습이었다. 카페와 식당이 생겼고, 그 옆의 기념품 숍에는 성경책과 촛대, 묵주 등 전통적인 물건도 있었지만, 미술관의 아트숍처럼 티셔츠와 토트백 같은 굿즈도 갖춰놓았다. 결혼식 전용의 신축 홀도 있었지만 영선의 결혼식은 종교적 결혼식으로 유명한 전통적인 예배당이었다. 우리는 "12시 결혼 신랑 양태혁, 신부 한영선"이라는 안내판 건너편에 서 있었다.

"오랜만에 오니 많이 바뀌었네."

경은은 전에 절로 나를 불러냈던 것처럼 세계 곳곳의 사원을 찾아다니기 좋아하는 편이지만, 자기도 여기는 역시 와본 지 오래라고 했다. 오컬트 동지로서 일견 당연한 듯도 하고 역설적인 듯도 하지만 우리 둘 다 일상적으로는 특별한 종교 의식을 따르지 않았다. 영선도 성당에 다닌다는 말을 들어본 적은 없었다.

"영선이 성격이라면 하우스 웨딩이나 호텔 프라이빗 홀에서 할 줄 알았는데."

나는 속속 도착하는 손님들을 보면서 한마디 했다. 베이지색 바지 정장에 어울리는 베이지색 프렌치 네일 속에 핸드크림이라도 끼었는지 경은은 손톱 사이를 들여다보며 대답했다.

"음, 내 생각에는 영선이 성격이라면 성당 결혼식을 더 선호할 것 같은데. 이것 때문에 오랫동안 교리 공부도 성실하게 해왔어. 그나저나…… 아직 안 왔니?"

나는 고개를 쭉 빼고 성당 진입로를 쳐다보았다.

"곧 온다고 문자 왔는데."

내 눈에 들어온 사람은 기다리는 이가 아니라 검은 원피스를 입은 고전적 미인이었다. 팔꿈치 아래까지 가리는 소매, 무릎 아래로 내려오는 길이의 검은 원피스는 그야말로 장례식에도 결혼식에도 어울릴 만한 옷이었다. 그 모습에 시선을 빼앗긴 건 나뿐만이 아닐 것이다. 남자 하객들은 이야기를 하다 말고 그녀 쪽을 향해 필요 이상으로 길게 시선을 두었다. 여자 하객들은 드레이프가 우아하게 잡힌 원피스를 더 뚫어져라 보았다. 하지만 내가 관심을 가진 건 그녀가 들어 옮기는 커다란 바구니였다. 언제나처럼 나보다는 경은의 행동이 더 빨랐다.

"언니, 이렇게 무거운 걸 왜 혼자 들고 오세요."

경은은 바구니를 받아주려고 두 손을 내밀었다. 하지만 인선은 바구니를 한쪽으로 돌렸다.

"아니야, 무거우니까 내가 들게."

그래도 경은은 한사코 바구니 손잡이 한쪽을 움켜쥐었다. 인선과 경은은 엉거주춤한 자세로 같이 바구니를 들게 되었다.

"이게 뭐예요?"

"신랑 신부가 아침부터 아무것도 못 먹을 듯하고, 식 끝난 다음에도 차분하게 먹을 시간이 없을 것 같아서 간단한 먹을거리 좀 만들어 왔어. 틈틈이 간단하게 집어먹을 수 있는 걸로. 식전에는 못 먹을 테니 나중에 먹게 가져가려고."

"그래요, 제가 도울게요."

두 사람이 바구니를 들고 성당 안으로 들어가버린 뒤로 나는 잠깐 그들 뒤를 따라가야 하나 잠깐 망설였으나 뒤에서 부르는 소리가 나를 불러세웠다.

"재인이……?"

문을 열자 플래시가 터져서 나도 모르게 눈을 가렸다. 어깨를 드러낸 튜브 톱 드레스를 입은 영선이 양옆에 선 여자 친구들과 함께 화사하게 웃고 있었다. 영선의 웃는 얼굴은 상자 속 옛날 사진에 찍힌 여고생과 그다지 다르지 않았다. 경은은 카메라맨 옆에 서 있었지만 인선의 모습은 보이지 않았다.

같이 사진 찍던 친구들이 우르르 나가면서 문 앞을 가렸고, 도우미가 달려와 드레스 주름을 펴느라 영선은 우리 모습을 보지 못했다. 경은이 다가가 귀에 대고 속삭였다. 드레스의 튈 부분에 올이 나간 데가 있나 살펴보던 영선이 고개를 들었다.

"어……."

나는 옆으로 비켜서며 뒤에서 앞으로 나갈 수 있게 자리를 만들어주었다. 영선의 얼굴에 떠오른 의아한 표정은 곧 다른 표정으로 바뀌었다.

"너, 대나구나!"

영선이 대나를 금방 알아보지 못한 것도 놀랄 일은 아니었다. 아까 나도 예배당 밖에서 처음 만났을 때는 연락이

제대로 되었나 싶었다. 공교롭게도 대나가 오늘 입은 옷은 학창 시절의 교복 배색처럼 분홍색 블라우스와 네이비 바지 정장이었지만, 전체적인 인상은 사뭇 달랐다.

　다이애나란 별명과 동그란 얼굴 때문인지 기억 속의 대나는 애니메이션 속의 소녀 같은 이미지로 남아 있었지만, 실제 오늘 나타난 대나는 갸름한 얼굴에 예민해 보이는 인상이었다. 한데 모아 묶은 웨이브 머리가 우아했다. 소녀에게 십 년은 다른 사람으로 변할 수 있는 기간이긴 해도, 시간의 흐름으로 간단하게 설명할 수 없는 이질감이 그 자리에 존재했다. 여전히 여고 시절과 같은 인상의 영선, 기억의 다른 공간에서 온 듯한 대나. 그 두 사람이 지금 손을 잡았다.

　"영선아, 축하해."

　"대나야, 그동안 얼마나 보고 싶었는데! 뭐하고 지내느라 연락도 못 했어? 나도 못 했지만……."

　여고 동창들을 통해 알아보니 대나는 지금 일본 나고야에서 공대 대학원을 다닌다고 했었다. 학교 인명부에서는 찾을 수 없어서 논문을 검색해 메일을 보냈다. 대나가 보낸 답장에서는 마침맞게도 영선의 결혼식 즈음 한국 학회에 발표하러 갈 예정이긴 하지만, 결혼식에는 참석할지 모르겠다고 모호하게 적혀 있었기에 영선에게는 대나를 찾았다는 말을 할 수가 없었다. 대나가 참석 여부를 확실히 알려 온 것은 어젯밤이었다.

대나는 영선의 쏟아지는 질문에 차분히 대답했다. 곧 다른 손님들도 쏟아져 들어올 테니 잠깐 둘만 놔두어도 괜찮을 듯싶었다. 나는 경은에게 손짓해서 대기실 밖으로 나갔다.

"인선 언니는?"

"주차장에 갔나 봐. 신부 여행 가방에 챙길 게 있다나. 바구니만 갖다 놓고 나랑 대기실 앞에서 헤어졌어. 이따가 식 끝나면 신랑 신부 먹을 수 있게 한다고."

경은은 대기실 안쪽을 돌아보면서 목소리를 낮췄다.

"그나저나 너 대나 찾아내서 오게 하다니 큰일 했다. 영선이도 기뻐 보이고."

"메일 몇 번 보낸 것뿐인걸."

사실 마지막에는 급기야 대나의 연구실로 전화도 했다. 실례임은 알고 있었지만 모든 일을 좋게 마무리할 수 있는 건 이 방법이 최선일 수밖에 없다. 헤어졌던 두 별이 다시 만나고, 모두가 행복하게.

"재인이 네가 애쓴 탓에 이것으로 영선이도 이제 결혼에 마가 꼈네 어떻네 하면서 불평할 수는 없을 거야. 신랑한테 짜증내는 일도 없을 거고."

경은과 함께 나는 식장 앞에 서서 하객을 맞는 신랑을 바라보았다. 처음 보았을 때와 겉모습은 별로 다르지 않았다. 현실과 일치하는지는 자신할 수 없으나 편리한 스테레오타입을 이용하자면 그는 전형적인 대기업 사원 같은 외모였다. 면접을 보면 어르신들이 호감을 가질 만한 번듯한 태도, 훤칠한 키, 그러나 돌아서면 인상이 좋았다는 것밖에 기억나지 않을 무난하고 정형화된 얼굴. 그것이 흠은 아닐 것이다. 실제로도 손님들이 올 때마다 크게 허리를 굽혀 절하거나 손을 잡고 반갑게 맞는 태혁은 역시 첫인상대로 누구에게나 친절하고 예의 바른 사람 같았다. 그는 내가 넘어졌던 광화문의 회사 건물 보안실장이니 자기 외모에 맞는 삶을 살아가고 있는 것이다.

하지만 스테레오타입에도 미묘한 디테일의 차이는 있다. 같이 묶이지만 그를 거부하는 개별성이 있다. 태혁의 개별성을 나는 모르지만, 아마 그와 가까운 사람은 알 것이다. 무난한 인상이라는 것은 그런 뜻이다. 개별성이 없다는 게 아니라 가까운 사람만 알아챌 수 있다는.

"나 잠깐 화장실 다녀올게. 식장으로 바로 간다."

"야, 신부랑 사진 안 찍고?"

"이따가 단체 사진 찍을 거니까!"

다친 이후로 하이힐을 잘 신지 않아 걸음걸이가 서툴렀

다. 오랜만에 정장을 입었더니 낮은 굽의 구두가 어울리지 않기에 무리해서 높은 굽의 신을 신은 것이 잘못된 선택이었다. 하지만 더 늦기 전에 서둘러야 했다.

❧

인선은 차 트렁크를 열고 안을 들여다보는 중이었다. 나는 등뒤로 다가가 섰다.

"언니, 뭐 빠뜨린 것 있어요?"

인선은 휙 뒤돌아서서 트렁크에 등을 대고 섰다.

"아, 재인 씨……."

"아니면 뭘 빼내려는 거였나요."

나도 트렁크 앞으로 한발 다가가서 안을 들여다보았다. 열린 여행 가방 속 옷가지와 화장품 들이 흐트러져 있었다. 뭐가 없어졌다고 해도 알 수가 없었다.

"무슨 말이에요?"

인선의 섬세한 입꼬리가 살며시 올랐다. 약간 떨리는 듯도 했다.

나는 휴대전화를 꺼내 들어 보았다.

"요샌 싸이월드를 하는 것도 아니고, 페이스북은 친구 한정 공개가 많고 해서 찾기 힘들었는데. 역시 구글이 좋더라고요. 그리고 인터넷의 미스터리는 언제나 자기 사진을 올리고 싶어 하는 사람들이 있다는 것이기도 하고."

사진은 의외로 쉽게 찾아냈다. 제목은 200＊년 조인트 MT 사진. 처음에 언니가 다녔다는 여대와 과로 검색했을 땐 그럴듯한 결과가 나오지 않았지만, 두 대학과 과를 같이 넣어 검색해보니 의외로 쉽게 발견할 수 있었다. 컴퓨터학과 카페에서 사진까지 찾아낸 건 기대하지 못했던 덤이었다. 아니, 이쪽이 잭팟이었다.

"언니는 전에 말했듯이 별로 달라지지도 않았고 이전 사진을 봤으니까 쉽게 알아봤는데, 태혁 오빠는 헤어스타일도 다르고 안경도 끼고 해서 금방 알아보진 못했어요. 하지만 언니 옆에 서 있었으니."

언니는 내 휴대전화 화면을 흘긋 보았을 뿐 확인할 생각은 하지 않고 움직이지도 않았다.

나는 계속 말을 이었다.

"이런 사진이 혹시나 영선이 신발 상자에 남아 있을까 싶어 상자를 열어서 찾아본 거죠? 그중 몇 장은 아마 치웠을 거예요. 하지만 서두르느라 그 와중에 서약서는 잊어버리고 넣지 않았던 거죠."

"영선이에겐 말을……?"

난 고개를 저었다.

"아뇨. 하지 않았어요. 영선이 성격은 우리 모두 다 아니까. 조금이라도 자기 생각과 다르면 불안해하는 애이기도 하고. 또 어떻게 할지 모르는 의외의 측면도 있죠. 그래서 언니도 그렇게 한 거 아니었어요? 스튜디오에 전화해서 스케줄 몰래 바꾸고, 베갯잇에 얼룩 묻히고. 오빠의 얼굴에 뭔가 돋아났다는 것도…….."

나는 인선에게 감탄했다. 이 모든 이야기를 하는 동안 입꼬리를 조금 올린 그대로 표정 하나 바꾸지 않았다.

"베갯잇 얼룩은 내가 그런 게 아니에요. 당연히 와인글라스를 깬 것도 영선이 본인이고. 베갯잇은 원래 더럽혀진 물건이 온 거고. 휴대전화로 온 스튜디오 예약 확인은 무심결에 취소한다고 해버렸어. 그건 잘못했다고 생각하고 있지만 사진은 얼마든지 다시 찍을 수 있는 거니까. 돌이킬 수 없는 큰일은 아니라고 생각해요."

얼굴에는 별로 미안한 기색이 없었다.

"두드러기는 위험할 수도 있잖아요."

나는 목소리에 비난조를 섞어 말했다.

"그 정도로 심하지 않다는 건 이전부터 알고 있었어요. 껍질을 먹을 때만 약간 돋는 정도라고. 그 사진, MT 장소 을왕리잖아. 그때 그러더라고. 아주 자잘하게 얼굴에 뭐 돋아나는 정도의 알레르기가 있고 계절 따라 심해지거나 아니기도 한다고. 그래서 영선이한테도 자세하게 말은 안 한 모양이던데. 그리고 그 사람 왔을 때는 껍질을 갈아서 조금 쓴 정도."

영선이 말한 태혁의 편식 습관. 처음 인선과 함께 한 식사 후에 취소한 약속. 그 이후로 만나고 싶지 않은 사람이 있는 양 집에는 한 번도 오지 않았다고 했다. 그리고 인선은 태혁이 두드러기를 일으켰다는 것을 알면서도 집에 새우를 가득 사다 놓았다. 그날 우리에게 대접한 요리는 해물 파에야, 감바스 알 아히요처럼 새우를 주재료로 하는 음식이었다.

"지금은요? 영선의 여행 가방을 건드리려 하지 않았어요? 게다가 도시락에도."

인선은 저번에 내가 보았던 바로 그 표정, 흐린 하늘 아래 황야, 거기 떨어지는 햇볕 같은 표정을 지었다.

"영선이가 빠뜨린 화장품이 있다고 해서 넣어주러 온 거예요. 정말로. 도시락에도 이번엔 장난치지 않았어. 이미 결혼식은⋯⋯."

인선의 말은 주차장까지 굴러 내려온 종소리에 끊겼다. 12시의 안젤루스. 너무 소리가 크면 주변에 방해가 되기 때문인지 귀에 들려오는 소리라기보다 공기의 떨림에 가까웠다. 인선의 마음도 그 소리에 공명했을까.

"재인 씨가 어떻게 생각할지 모르지만, 그 사람과 나, 그렇게 아무 일도 없었던 것처럼 지나갈 수 있는 사이는 아니었다고 생각해."

사람이 끊임없이 오가는 성당 주차장은 고해소가 되기엔 적당하지 않은 장소지만, 공교롭게도 인선이 차를 세운 건 입구에서 가장 멀고 기둥에 가려진 자리였다. 옆자리에는 이미 차가 다 차 있어서 이쪽으로 오가는 사람은 없었다. 인선은 저 옆의 소요와는 상관없이 여기서 고백하려는 것 같았다.

"오래전이었지만, 그리고 표면적으로는 정말 별 사이 아닌 것으로 보였겠지만, 그 사람이 한 말, 눈빛 같은 것도 아직도 기억나는데. 요새라면 썸이라는 말로 표현했겠지만 그게 정말 아무것도 아니었을까?"

나는 알 수 없었다. 내가 찾아낸 사진에서 나란히 선 두 사람은 지금의 나와 영선보다도 어렸고 그 시기의 사랑이 어떤 형태인지는 나도 기억을 거슬러 올라가야 한다.

"좋아하는 음악을 MD로 녹음해주고 자기가 좋아하는 영화라면서 독립영화관에 같이 가자고 하고. 그냥 데이트 메이트일 뿐이었어? 그렇다고 한다면 내가 자기 약혼자의 사촌언니인 걸 알았을 때 모른 척할 이유도 없었겠지. 그런데 그 사람은 아무것도 기억나지 않는 것처럼 행동해서,

그게 얄미웠어요."

그런 남자, 그런 사람이 있다. 모두에게 친절해서 호감을 사지만 친절한 만큼 모호하기도 한 사람들. 주변에 드러나게 인기가 많은 남자는 아니어도 흔한 연애의 양식을 따라가는 행동을 무심결에 해버리기 때문에 자신도 모르게 은근히 호감을 품게 되는 사람. 게다가 그런 자신의 특질을 잘 알고 있지만 아무런 손을 쓰지 않는 사람. 모두에게 사랑을 주고 동시에 상처도 주는, 좋은 사람이지만 나쁜 남자.

"그 사람은 나를 의심하지도 않았어. 자기가 새우 껍질에만 알레르기가 있다는 말, 내게 한 것조차 기억 못 하는 것 같았으니까."

나는 할말이 떠오르지 않았다.

"영선이에게 솔직하게 말했으면……."

"어땠을 것 같아요? 아마 영선이와 나 사이, 이모네와 우리집 사이만 멀어졌을 거야. 영선이가 마음먹은 일을 되돌릴 리가 없지. 결혼을 깰 만큼 큰 사건도 아니고."

인선은 돌아섰다. 그녀는 화장품 파우치를 집어넣느라 흐트러놓았던 옷을 하나하나 개어서 넣었다.

"재인 씨가 친구를 생각하듯이 나도 사촌동생을 당연히 생각하죠. 한때 알던 남자보다야 더 중요하지."

인선은 가방을 쾅 닫았다.

"약간 심술부리고 싶었을 뿐이야. 날 기억해내라고."

늦게 온 하객 서너 명이 서둘러 성당 안으로 들어갔다. 식이 시작한 지도 좀 되었을 것이다. 대나는 성당 안으로 들어가지 않고 문 앞에 서서 휴대전화를 들여다보고 있었다. 나는 대나의 팔을 살짝 건드렸다.

"안 들어갈래?"

대나가 고개를 들면서 휴대전화를 껐다.

"그러지 않아도 너한테 연락하려던 참이야. 나 이제 가 본다고. 성당 결혼식 두 시간이나 걸린다면서. 그렇게 시간도 없어. 나 한때 성당 다니다가 이젠 냉담자가 된 터라 성당 불편하기도 하고."

"밥이라도 먹고 가. 그냥 가면 여기까지 오라고 보챈 내가 너무 미안하잖아."

"아냐, 나도 오랜만에 너 만나서 반가웠어. 집에 가서 처리해야 할 일도 있고. 여기까지 온 것도 이 근처에 화장품 가게 많은데 한국 화장품이나 몇 개 오미야게로 사 갈까 싶어 겸사겸사. 어쨌든 네 말대로라면 나도 좋은 일 한 거잖아."

"미안해."

나는 다시 사과했다. 과거의 우리 친구, 그러나 완전히 새로운 대나가 내 손을 잡았다.

"괜찮아. 다만 나 좀 생각이 안 나서 당황스럽더라. 영선이가 말을 쏟아놓는데 당최 무슨 말인지. 나는 다이애나라는 별명 싫어했다고. 인생에서 조연 하고 싶은 사람이 어디 있니."

아무도 남의 삶의 들러리로 살고 싶어 하지 않는다. 다이애나는 세계에서 가장 유명한 조연의 이름이다. 모두가 앤을 기억하고 그리워할 때, 다이애나는 오로지 앤의 친구로만 기억되었다. 타인을 자신의 삶의 관찰자, 조연 자리에 주저앉히는 이름. 그때의 소녀는 별로 달갑지 않았다고 말한다. 그러나 다이애나의 삶에서는 앤이 다이애나의 친구이다. 다이애나에게도 가족이, 연인이, 남편과 아이들이 있었고 자신이 주인공인 삶을 살았다.

처음 메일을 보냈을 때, 대나는 같은 반이었던 도재인은 기억하지만 한영선은 별로 기억나지 않는다는, 의외로운 답장을 보내왔다. 내가 영선의 인스타그램 주소를 알려주며 둘이 자매처럼 친했다고, 항상 어울려 다녔다고 말했더니, 대나는 영선은 자기에겐 그저 반 친구 중 하나였던 것 같다고 했다. 오히려 영선이 자신을 가장 친한 친구로 기억하고 있다니 놀랍다고, 자기는 별다른 추억도 없다고 말했다. 하지만 영선이 그리워한다는 말에 결혼식에 와서 인사나 전하겠다고 응해주었다.

누구의 말이 사실일까. 사람 사이의 관계에 사실이 존재할까? 누구에게나 똑같이 인지되는 절대 질량의 관계라는 게 있을까.

다음 순간 대나는 아무런 앙금 없이 서글서글하게 웃었다. 이런 웃음을 웃을 줄 알던 애였나 싶었다.

"그래도 막상 와보니 즐거웠어. 나를 그렇게 기억해주는 사람이 있다는 거 싫지만은 않더라고."

"그래, 다행이다."

대나는 휴대전화를 퀼팅 백 안으로 집어넣으며 말했다.

"한 가지 생각나는 건 있었어. 영선이가 쌍둥이자리 얘기 하던데. 그건 생각났어. 나는 영선이가 같은 쌍둥이자리라고 해서 놀랐었거든. 나랑 너무 다른데 싶어서."

나는 그저 수긍할 수밖에 없었다.

"이따가 비행기 몇 시야?"

"인천에서 저녁 7시 5분, 대한항공. 시간이 빠듯해서 너랑 차도 한잔 못 하고 가는 게 아쉽다. 나중에 일본 올 일 있으면 연락해. 다들 간사이나 도쿄 가지, 누가 나고야까지 오겠나 싶다만."

성당 문 앞에서 걸어 내려가는 대나의 뒷모습을 바라보았다. 대나는 내려가다가 몸을 돌려 다시 손을 흔들었다. 나도 손을 흔들어주었다. 대나는 남은 길을 마저 씩씩하게 걸어갔다.

쌍둥이자리는 관찰력이 좋고 상대방의 기분을 잘 헤아린다고 했지. 상대방이 숨기고자 하는 사실까지도 눈치챌 수 있는 커뮤니케이션이 뛰어난 사람. 확실히 대나에게는 맞는 표현이었다. 대나는 내가 왜 와달라고 하는지, 영선이 어떤 기분일지 알았고 그간 그리워했던 여고 시절의 친구 역할을 척척 해냈다. 같은 쌍둥이자리인 영선은……

나는 돌아서서 성당 안을 들여다보았다. 영선과 태혁이 신부님 앞에 경건하게 서 있다. 내가 있는 자리에서는 멀어서 보이진 않지만, 가끔 고개를 돌려 서로를 쳐다보는 두 사람 얼굴에 빛이 어리는 것 같았다. 아까 하객들이 감탄했듯 잘 어울리는 한 쌍이었다. 그 말이 인사말이든 진심이든 중요하지 않다. 하객의 진심이란 가벼운 것일 수도 있으나 남에게 가장 너그러운 시점의 마음이니까. 신부 측에 앉은 인선은 허리를 펴고 꼿꼿이 앉아 있다. 반쯤만 보이는 얼굴에서 읽히는 건 없었다. 여기는 성당이고, 나쁜 일은 벌어지지 않는다. 우리 마음속에서 일어났던 나쁜 감정들까지도 옅어진다.

영선과 대나의 온도 차이가 태혁과 인선 사이에게도 있었던 건가 생각했다. 같은 관계의 양끝에 있지만 두 사람이 느끼는 관계의 온도는 같지 않다. 둘도 없는 친구로 기억하는 사이와 그저 같은 학교를 다녔을 뿐인 사람. 아련한 풋사랑의 상대지만 한때 그저 알던 사람. 같은 저울의 양끝에 있어도 한 사람은 무겁게 아래로, 한 사람은 가볍게 위로.

제삼자는 그들이 정말로 서로에게 어떤 감정인지 알지 못한다. 그리고 그들 역시 서로 어떤 감정인지도 눈치채지 못한다. 가끔 어떤 사람은 자신의 감정조차 알 수가 없다. 저울 위에 놓여 있는 감정의 무게는 붙었다가 사라지기도 한다. 태혁이 인선을 어떻게 생각했는지, 누구도 알 수가 없고 태혁 본인도 알 수 없을 테지만 나는 내 친구 영선을 위해서 이런 설명이 유효하기를 진심으로 바랐다.

영선의 얼굴에 떠오른 저 빛이 오래가기를.

비가 오나 해가 뜨나 함께할 수 있는 사람이 되기를.

별에 쓰인 운명대로 행복한 삶을 스스로 이끌어나갈 수 있기를.

그래, 튜브 톱 드레스는 오늘처럼 맑고 더운 사월 날씨에 어울리는 좋은 선택이었다.

아직 식이 끝나려면 멀었다. 빨리 들어가야지 싶어 서둘러 성당 안으로 발을 디디려다 익숙지 않은 구두 때문에 몸이 앞으로 쏠리고 말았다. 누가 내 팔을 잡았다.

"괜찮아요?"

"예에……."

나동그라져서 결혼식 분위기를 깨지 않은 게 정말 다행이라고 생각하며 몸을 일으켰다. 경건한 성당, 남의 결혼식에서 넘어졌으면 어떤 일이 벌어졌을지 생각만 해도 머리카락이 쭈뼛했다.

"저, 고맙습니다."

나는 잡아준 남자에게 고개를 숙이며 속삭이는 소리로 인사했다. 민망해서 눈도 마주칠 수가 없었다. 아니, 민망하다는 이유만은 아니었다. 남자는 팔을 놓으며 옆으로 비켜섰다.

"먼저 들어가세요. 저기 빈자리가 있네요. 앉으셔야 할 것 같은데."

나는 남자가 권한 자리는 놔두고 슬금슬금 기어서 경은 옆자리로 갔다. 경은이 나를 위해서 통로 쪽 자리를 맡아두었다. 몇몇 점잖은 하객들이 얼굴을 찌푸렸다.

자리에 앉아서 나도 모르게 뒤를 보았을 때 뒤편 좌석,

태혁의 직장 동료들 사이에 앉은 남자가 보였다. 누가 먼저라 할 것 없이 우리는 서로 고개를 끄덕했다. 나를 알아보았기 때문인지는 알 수 없었다. 나는 자세를 고쳐 앉으며 신랑 신부를 보았다.

안경을 낀 이삼십 대 남자는 대한민국에 셀 수 없이 많을 것이다. 그러니까 그중 어떤 사람은 우연히 다른 곳에서 두 번 만날 수도 있겠지. 그게 한 번은 절이고, 또 다른 한 번은 일 년 뒤의 성당이라도. 하지만 그걸 과연 우연이라고 부르나.

나는 불경하게도 기독교의 성인들이 내려다보는 성당 안에서 점성술사 오라이아나의 말을 떠올렸다. 우리의 별자리에 쓰인 운명을 생각했다. 태양의 물고기자리, 달의 쌍둥이자리의 당신, 아물지 않은 상처가 있었네요. 그 매듭을 지어야 다음 단계로 나아갈 수 있어요. 별들이 움직이는 모습으로 보아 어쩌면 그 매듭을 끊어버릴 어떤 사람을 곧 만나게 될 것 같네요. 아니, 벌써 만났을지도 모르겠네요.

별의 흐름을 읽어 운명의 방향을 정한다

오라이아나 별자리 상담소

　　밤하늘의 별을 읽어 갈 길을 알아보던 신화의 시대는 끝났다고들 말한다. 이제는 인간이 별에 발을 디디는 시대, 심지어 별에서 감자를 재배한다는 가상의 과학이 현실처럼 성큼 다가온 시대이다. 하지만 별자리의 흐름을 보고 운명을 예측할 수 있다는 것이 과연 과거의 미신일까? 오라이아나 별자리 상담소의 오라이아나는 "별자리는 과학이 없던 시대의 초과학"이라고 말한다.

　　서울 서대문구에 있는 오라이아나 별자리 상담소는 인생의 행로를 잃어 길잡이를 필요로 하는 사람들에게 이미 익히 알려져 있는 곳이다. (……)

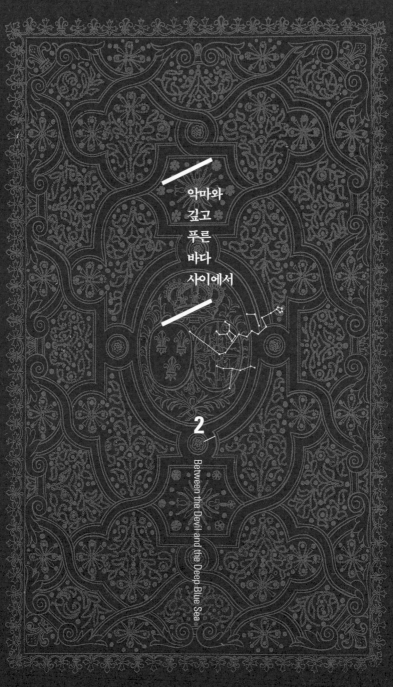

악마와
깊고
푸른
바다
사이에서

2

Between the Devil and the Deep Blue Sea

"죽은 조상의 묘를 잘 쓰는 것이 어찌해서
후손에게 유리하다는 건지 이상하게 생각해본 적 없어요?"

그 해 4월 ~ 5월

그   "죄송합니다……."

휴대전화를 한 손에 들고 문 앞에 서서 다른 쪽 손으로 오토 도어 록의 커버를 올렸는데 비밀번호가 바로 생각나지 않는다. 수화기 너머에서는 난처해하는 남자의 목소리가 계속 울려대서 머리가 아플 지경이다. 하지만 이쪽의 잘못이니까 상대방이 납득할 때까지 사과하는 방법 외에는 다른 도리가 없다.

"죄송합니다……. 제가 내일부터는 다시 출근합니다. 그간 공사가 지체되어서 생긴 피해는 제가 보상하도록 할게요. 클라이언트에게도 제가 사정을 말하겠습니다……."

도어 록의 비밀번호를 누르려던 손가락은 그대로 번호판 위에 댄 채이다. 전화 반대편에서는 볼 수도 없는데 연신 머리를 조아리다가 하마터면 문에 머리를 부딪힐 뻔했다. 그김에 그대로 문에 이마를 기댔다. 서 있을 기운도 없이 피곤하다. 잠을 제대로 자지 못한 지 며칠째더라? 일주일? 열흘? 금속성 문의 차가운 기운이 이마로 전류처럼 전해져 오는데도 정신은 맑아지지 않는다.

이제 잔소리를 할 만큼 했다고 생각했는지, 아니면 피로함이 전해진 건지 상대는 마지막에 살며시 미안한 기색을 섞었다. 그도 소식을 들은 모양이다. 사무실의 계진에게는 사실을 숨길 수 없어서 간략하게만 전했는데 다른 사람들에게는 뭐라고 말했을지 각오는 해야 할 것 같다. 계진은 마음이 여리고 동정심이 많은 애지만 그렇기에 말을 속에 담아두지 못하는 성격이기도 했다. 사흘 전 전화로 "그렇게 됐다"는 말이 떨어지자마자, 계진은 소리도 감추지 못하고 울음을 터뜨렸다.

휴대전화를 주머니에 넣고 다시 고개를 든다. 도어 록의 커버를 내렸다 다시 올리자 딸깍 소리가 나면서 파란 불이 들어온다. 그래도 자동적으로 움직여야 할 손가락이 마비된 듯 꿈쩍하지 않는다. 침침한 형광등이 비치는 도서관의 서가를 훑듯 머릿속을 찬찬히 더듬는다. 여섯 자리 번호가 하나

씩 차례로 떠오른다. 8-0-0-5······.

문이 열리는 소리와 함께, 손가락이 스치고 간 번호의 의미까지 따라 올라와서 가슴이 죄어든다. 생일까지 얼마 남지 않았는데. 이번에는 짧게나마 교토로 여행이라도 가자고 했지. 컴퓨터의 사진 프로그램을 켜놓고 한 장 한 장 클릭하며 좋아하는 거리와 시내를 보여주고 싶다고 들뜬 마음으로 말했다.

현관에 들어와 오른손으로 신발장을 짚으며 검은 구두를 차듯이 벗는다. 오른발 구두 한 짝이 거리에서 갑작스레 밀쳐진 여자처럼 나동그라진다. 평소라면 이렇게 신발을 벗는 법이 없고 바로 정리해서 신발장에 놓을 테지만, 오늘은 그럴 기운조차 없다. 애써 꾸민 현관도 왠지 남의 집처럼 낯설다. 오른편 벽에 걸린 사진 속 바다와 소나무는 평화롭지만, 신발장 위에 놓인 꽃병 속 시들어버린 연붉은 천일홍과 흰 장미가 고개를 떨군다. 건너편 우산꽂이에 꽂힌 남성용 장우산에 눈길이 멎자 다시 울컥한다.

이제 계절이 한창인데도 집안에 서늘한 기운이 맴도는 것 같다. 커튼도 걷고 창문도 열어 환기를 하고 싶지만, 바닥에 쓰러질 것 같아 빨리 눕고 싶은 마음이 더 급하다. 가방은 마룻바닥에 대충 떨어뜨려놓은 후 가리모쿠 소파에 누우며 벗은 재킷을 덮었다. 미끌하고도 생기 없는 소파 감촉이 검은 블라우스의 조직 속으로 스며들어 피부 위로 퍼져간다. 그 기운에 자기도 모르게 몸이 부르르 떨리고 다리가 몹시도 저린다. 잠깐만 누워 있다가 밀린 일을 시작해야겠다고 마음먹었지만 몸은 소파 속으로 잠기는 것만 같다.

오래된 전등이 깜박거리듯 무언가 마음속에 들어왔다 나간다. 잘못 찍힌 필름처럼 영상들이 여러 겹으로 겹쳐지며 맞추어졌다가 엇나간다. 익숙하면서도 낯선 듯한 그림들에 안타까운 기분이 든다. 정신을 차려 어떤 퍼즐 조각인지 맞추어 이야기를 만들려 하지만, 의식은 살아 있되 손가락 하나도 움직일 수 없다. 마음이 애타게 몸을 흔들어 깨우려 하지만 이미 둘이 분리가 된 듯 함께 음악에 맞추어 움직이려 하지 않는다. 서로 신호가 맞지 않는 댄스 파트너처럼.

간신히 눈꺼풀을 밀어 올리자, 눈 앞 탁자 너머에 장식장이 희미하게 흔들리다 초점을 맞추어 들어온다. 어느새 태아처럼 몸을 돌돌 말고 두 손으로 감싸 안고 있다. 노루잠이었지만 효과가 있었나, 잠이 들기 전 한기가 가신 기분이다. 어지럼증도 약간 가셨는지 아까보다 거실의 물건들이 또렷하게 들어온다. 원형 월넛색 커피 테이블 위에 가지런히 놓아둔 잡지. 연한 황토빛 나무로 깐 바닥, 그 건너편의 역시 월넛색 장식장. 원래는 TV를 놓아두는 용도이지만 이젠 그 위에 다른 풍경을 놓아두었다.

결이 고운 나무상자 안에 넓게 펼쳐진 하얀 모래. 그리고 작은 조약돌, 둘러싼 이끼들. 창문이 닫힌 집안에 바람이 스친다. 아까 집에 들어올 때처럼 세계가 달라졌다는 기분 때문인가 싶었지만 분명히 무언가 달라졌다. 소파에서 일어나 누군가 손을 잡고 끌어당기는 듯 앞으로 다가간다. 발이 바닥에 닿는 것 같지도 않다. 이것도 아까 꿈에서 본 것처럼 엇나간 이미지일까, 오래 알았지만 알 수 없는 광경.

꿈이 아니다. 상자 옆에 가지런히 세워둔 작은 갈퀴로 눈길이 향한다. 갈퀴를 들고 장난꾸러기처럼 웃던 그의 얼굴, "깨끗이 쓸어두고 나가자. 가지런하게." 갈퀴가 그려냈던 곧은 고랑.

지금 눈앞의 모래 위에 그가 그린 고랑은 지워지고 없다. 그 대신 표면에 떠올라 있는 건 짧게 가로세로로 교차된 격자 문양이다. 누군가 정성을 다해, 단순히 문양을 그리겠다는 의지로 깨끗이 그은 선이 일정한 길이로 교차된다. 기억을 책갈피처럼 후루룩 넘겨본다. 어제도, 그제도. 이 돌 정원을 돌아볼 겨를이 있었을 리가 없다. 누가 들어와서 문양을 바꾸어놓았을 리도 없다. 그러다 갑자기 눈앞의 모래가 획 뒤집어진 듯 바둑판무늬가 흩어진다.

어떻게 된 영문인가 싶었을 때 맨 끝 모서리에 있는 돌 위에 부채꼴이 겹쳐지며 점점 늘어간다. 용의 비늘 같기도 하고, 모여든 구름 같기도 하고, 어린 시절 그렸던 산의 무성한 나무 같기도 한 무늬가 흐르는 물처럼 퍼져간다. 누가 보이지 않는 손가락으로 모래를 휘젓듯. 그러나 간격만은 정확하고 깨끗한 모양으로. 부채꼴이 점점 늘어가 커다란 파도처럼 커지며 밀려오자, 의식은 파도 안에 휩쓸려 깊은 암흑 속으로 떨어진다. 어딘가 깊은 물속, 그가 떠돌지 모르는 그곳으로.

❧

"제가 첫 시간에 말씀드렸죠. 풍수風水란 장풍득수藏風得水의 준말이라고. 즉, 바람을 가둬 감추고 물을 얻는다는 뜻이라고 했습니다. 우리 삶에서 중요한 것은 기氣입니다. 그런데 기는 바람을 만나면 그에 실려 흩어져버리고 물이 있어야 머물게 되니 풍수의 기본 원리는 기를 담거나 원활히 흐르도록 해야 하는 것입니다. 그러니까 현대에 와서 변형된 생활 풍수라는 것도 결국은 기의 흐름을 좋게 하자는 뜻인 것입니다.

오늘 제가 말씀드린 몇 가지 팁들을 주의하세요. 그렇다고 해서 이를 달달 암기해서 모든 집에 똑같이 적용할 것이 아니라 개개인의 성격과 특성에 맞추어야 하지요. 오늘

배운 현관 인테리어도 마찬가지입니다. 각이 진 거울은 길
하지 않고 상반신만 보이는 크기가 적당하다고 말씀드리
긴 했지만 요새 신발장에 전신 거울 하나 없는 사람이 있
습니까. 그러니 크기를 타협하지 못하겠으면 방향이라도
열리는 쪽에서 왼쪽에 두는 방식으로 조정을 해서……."

선생님의 말이 아직 끝나지도 않았는데, 앞자리 사모
님들은 벌써 가방을 챙겨든다, 휴대전화를 들고 메시지를
보낸다 하며 부산을 떨고 있었다. 나도 펜을 롤 필통에 집
어넣어 돌돌 말고 파일을 덮은 후 앉아서 기다렸다. 풍수
인테리어 교실의 강사님은 건축학을 전공하고 대학원에
서는 철학을 공부한 이력의 소유자로 기자로도 일했기에
다양한 상식을 접목해서 깊이 있게 설명해주는 것은 좋지
만, 강의라는 측면에서는 시간 경영이 잘되지 않는 편이
었다. 수강생들이 시간이 한참 지났다는 눈치를 주지 않
으면 좀처럼 끝내지 않고 한없이 이야기를 늘어놓는 습관
이 있다.

사실 나로서는 선생님이 시간을 더 끈다고 해도 개의하
지는 않았다. 어차피 취재 목적도 있고 해서 적당한 풍수
강좌를 찾고 있었는데 경은이 이곳이 어떠냐며 소개해주
었다. 경은 말로는 건축가나 인테리어 전공자 등 공부하는
젊은 사람들도 많이 들을 만큼 학문적인 입장이 있다고 했

다. 어떤 날에는 질문하고 싶은 것도 있었다.

그렇지만 나 같은 프리랜서보다는 사모님들 스케줄이 훨씬 바쁜 법이다. 강좌 뒤에는 런치, 그런 후에는 티타임을 가진 후 아이들을 데리러 가야 한다. 그들에게는 주어진 일정 이외에 일분일초도 낭비할 틈이 없었다. 내가 몰랐던 세상 한편에서는 우아하기 위해 종종걸음을 쳐야 하는 삶, 백조 같은 일상을 사는 여자들이 많다는 사실을 나는 백화점 문화센터의 오전 강좌를 들으면서 알게 되었다.

"우리 애가 너무 밖으로 나돈다 하니까, 거실을 좀더 어둡게 바꿔보라고 했잖아. 그래서 이번에 인테리어 바꿀 때 커튼을 자주색으로 바꾸었더니 남편이 이런 봄에 칙칙한 색이 웬 말이냐며 면박을 주지 뭐야."

이세이 미야케풍의 플리츠가 많이 잡힌 잿빛 튜닉을 입고 파랗고 빨간 보석이 박힌 목걸이를 한 사모님이 강의실 문을 나서면서 큰 소리로 말했다. 같은 아파트에 산다고 했던가, 그녀와 항상 어울려 다니는 사모님들의 웃음소리가 먼지 하나 없는 백화점 9층 바닥에 튕겨 울렸다.

어딘가 모르게 선생님 같은 인상을 주는 시폰 블라우스 위에 하늘색 재킷을 걸치고 안경을 쓴 사모님이 목소리를 낮추었다.

"자기들 그거 했어? 저번에 그거…… 애정 운 좋게 해

준다는 거 말이야. 빨간색 속옷을 안 입어도 서랍에 넣어
두면 애정 운이 좋아진다면서. 일요일 밤에 홈쇼핑 보니까
마침 속옷 세트를 팔길래, 자기들에게 카톡 보낼까 했는
데."

"어머, 그런 건 싱글들이나 하는 거 아니에요? 저 같은
아줌마가 해서 뭐하겠어요. 이 나이에 바람날 것도 아니
고."

손사래를 치며 대답한 사람은 말은 그렇게 했지만 스테
레오타입으로 그려지는 '아줌마'처럼 보이지 않는 쪽이었
다. 카무플라주 무늬의 치마 위에 청재킷을 입고 쇼핑몰
호스트처럼 세련되게 손질한 커트 머리를 한 젊은 여성이
었다. 많아봤자 나보다 고작 한두 살 연상일 것 같았다. 어
쩌면 연하일 수도 있다.

"대신 저도 돈이나 들어오라고 현관 왼쪽에 노란 프리
지아 꽃병을 갖다 두긴 했어요. 남편이랑 밤에 고속버스
터미널 꽃 시장 갔었거든요."

사모님들은 소녀들처럼 까르르 웃음을 터뜨리며 엘리베
이터로 향했다. 소녀들의 소리가 구슬 굴러가는 것처럼 가
볍다면, 이 웃음소리는 볼링공처럼 조금 더 무겁기는 했지
만. 그들이 복도를 막는 바람에 나는 앞질러가지도 못하고
뒤에서 볼링공의 궤적을 따라 쭈뼛쭈뼛 따라가는 꼴이 되

고 말았다. 인기 있는 무리를 쫓는 외톨이 아이가 되어 백화점 같은 층에 있는 미용실과 카페 앞을 그대로 따라갔다.

엘리베이터 문이 열리자 나는 사모님들 뒤에 붙어 서서 1층을 눌렀다. 엘리베이터에는 공교롭게도 그들과 나뿐이었고, 그들은 갑자기 끼어든 낯선 사람의 존재를 처음 인식한 양 입을 잠시 다물었다. 나는 그들 앞에서 엘리베이터의 유리문을 보고 설 수밖에 없었다. 뒤에 따가운 시선이 느껴졌다.

그때 플리츠 사모님의 목소리가 날아왔다.

"저기, 재인 씨 맞죠? 선생님이 출석 부를 때 보니까."

급습을 당한 나는 어설프게 고개를 돌려 인사했다. 세 사모님 모두 하나같이 외톨이에게 말을 걸어주는 사람 특유의 너그럽고 다정한 표정을 짓고 있었다.

"네, 네……."

"수업 재미있어요? 젊은 사람이니까 잘 따라 하겠지."

칭찬인지 평가인지 모를 말에, 나는 다시 만들어 붙인 것 같은 미소를 지으며 입술을 일그러뜨렸다.

"아니, 별로 그렇지도……."

"어쩌다 풍수를 배우게 됐을까. 이걸 직업으로 하는 사람도 아닌 것 같고. 인테리어 해요?"

쇼트커트 사모님이 나 대신에 대답해주었다.

"아니, 인테리어 하는 쪽은 다른 아가씨잖아요. 피부 뽀얀 아가씨. 서촌이라던가 경리단이라던가 그 근처에 사무실이 있다고 했잖아요."

"네, 도영 씨가 인테리어 사무실을 하세요. 저는 그쪽 일은 아니고요."

안경 사모님이 인자한 얼굴로 고개를 끄덕였다.

"그래요, 재인 씨는 글 쓰는 사람인 것 같던데."

"어머, 멋지다."

플리츠 사모님의 예의 바른 감탄 속에서 나야말로 허를 찔린 기분이었다. 나는 혼자인 것의 이점이 다른 사람을 잘 관찰할 수 있는 위치에 있다고 생각했다. 그리고 다른 사람들이 나를 보고 있지 않을 때, 나는 그들을 보고 있다는 것 자체에 어떤 안정감을 느낀다. 교실에서 사람들이 나누는 대화를 듣고, 그들은 나를 알지 못하지만 나는 그들을 알게 된다는 사실에 비틀린 쾌감을 느끼기도 했다. 하지만 언제나 그늘에 숨어 있는 관찰자는 없다. 관찰당하는 사람은 관찰자의 존재를 눈치채고 만다. 나는 관찰하고 있다고 생각했지만 동시에 관찰당하고 있었다.

"그렇게 멋진 일은 아니고⋯⋯."

어느덧 엘리베이터 문이 열리고, 나는 인사를 하고 내리려 했다. 그때 플리츠 사모님이 열림 버튼을 눌러 멈춰 세우고는 말했다.

"재인 씨도 같이 점심 먹으러 갈래요? 우리는 여기 앞에 새로 생긴 파스타 집 가려고 했는데."

때마침 점심시간이고, 달리 약속이 있다고 거짓말을 하지 않는다면 거절할 구실이 없는 제안이었다. 그리고 둘러대는 거짓말은 내 장기가 아니었다. 지금 여기서 둘러대봤자 같이 가고 싶지 않아서 댄 핑계라는 것을 들킬 게 뻔했고, 나는 불편하다고 해서 어떤 호의적 제안을 해주는 사람들에게 거짓말을 할 수 있을 만큼 대담하지 못했다. 내가 머뭇거리자 플리츠 사모님이 버튼을 누르지 않은 다른 손으로 손짓을 했다.

"같이 가요. 오늘 친구도 안 왔잖아."

도영은 풍수 강의에서 만난 지인이었지만, 그들의 눈에는 친구로 보였을 수도 있겠다 싶었다. 결혼을 하지 않고 일을 하는 비슷한 또래의 여자라는 것만으로 남들에게는 같은 그룹으로 묶일 수 있다. 그러나 도영은 십오 주짜리 강의에서 벌써 이 주째 결석이었다. 요새 클라이언트들이 풍수에 따른 인테리어를 많이 요구한다면서 의욕적으로 강의에 나오고 연구하던 사람이라 약간 의외다 싶기도 했지만, 작업이 바쁘면 수업은 빠질 수 있겠지 싶어 깊이 생각하진 않았다.

하지만 거기에 무슨 다른 이유가 있었을까 깊이 생각해 보게 된 이유는 플리츠 사모님의 말에 안경 사모님과 쇼트커트 사모님이 의미심장한 눈길을 주고받았다는 사실이었다.

❧

시장 입구 앞에 선 정자 모양의 건축물 건너편 골목, 그 위를 쭉 따라 올라오다가 마카롱 전문점과 수제 가죽 가방 공방이 연이어 나오면 좌회전해서 위로. 거기서부터 대략 150미터 정도 가다가 세탁소 옆에 있는 건물 4층. 도영은 친절하게도 문자로 주소를 알려주며 포털 지도의 링크를 함께 보내주었다. 파스타 집에서 사모님들에게서 들은 이야기가 사실이라면 무척 경황이 없을 텐데 차분하게 설명을 해주었다.

쇼트커트 사모님(사모님이라고 하기엔 어색한 나이이긴 했다. 나보다 한 살 연상이고 이름은 미령이었다.)의 사촌동생이 도영의 클라이언트였다. 수업에서 만난 도영을 눈여겨보고 인터넷에서 이름을 검색해본 후 꽤 평판 좋은 디자이너인 것을 알아내서 곧 결혼할 사촌동생에게 소개했다고, 미령은 말했다. 그런데 도영이 공사 일정을 미루는 바람에 사촌동생의 불만이 소개자인 미령에게 쏟아졌다. (이 부분에서는 앞의 의기양양하던 어조가 몹시 분개한 말투로 바뀌지만, 나도 소개자의 어려움은 익히 공감할 수 있었다.)

화가 난 미령은 도영의 사무실에 직접 전화를 했다가 도영의 집에 일이 있다는 변명을 들었다고 했다. 그래서 미령은 누군가 상을 당했을 것이라 추측하고 그걸 사모님들에게 전했다. 증권가 지라시급의 인맥을 자랑한다는 안경 사모님은 곧 수소문을 해보았고, 죽은 사람은 도영의 약혼자인 것 같다고 했다. 이 말을 할 때 그녀의 눈빛에는 팔십 퍼센트의 동정과 이십 퍼센트의 흥미가 담겨 있었다. 도영의 약혼자가 다니는 회사의 오너 딸이 유부남과 바람났다는 소문이 있다는 이야기까지 안경 사모님이 더하자 도영에게 일어난 비극은 한 편의 여성지 사연처럼 되어버렸다.

나 또한 가십은 싫어하지 않는다. 그러나 아는 사람의 불행을 말하는 데는 죄책감이 따른다. 친구의 사연은 객관적인 화제가 될 수 없다. 게다가 친구와 지인 사이의 경계에 있는 사람이라면 더욱 넘을 수 없는 신중함의 구역이 있었다. 도영과 나는 친구라고 할 수는 없었지만 어느 정도 유대감이 있었고, 나는 그녀의 불행을 아직은 친구라고 할 수 없는 다른 사람들과 수다 떠는 재료로 삼고 싶지 않앉다. 그것은 상호 간의 신의의 문제라기보다는 나 자신을 위한 원칙일 뿐이었다. 파스타 집에서 보내는 시간이 길어져 초조했지만, 그 자리에서 차까지 다 마신 덕인지 사모님들은 2차 가자는 제안 없이 각자의 길로 갔다. 더 정확히 말하면 세 분은 플리츠 사모님의 차를 타고 같이 갔고 나는 전철역으로 향했다.

지하철 안에 올라타서 빈 좌석에 앉아 휴대전화를 들고 망설인 채로 멍하니 생각했다. 흰 얼굴에 아담한 체구의 도영을 만난 첫인상은 꼭 필요한 말만 하는 똑똑한 사람이라는 것이었다. 하얀 셔츠, 통 넓은 검은 바지를 입은 도영은 스타일이 있으면서도 단정해 보였고, 삶을 꾸리는 태도도 그러했다. 늘 오거나이저를 확인하는 습관, 물건들을 작은 파우치에 넣어 구획을 잘해놓은 가방, 정리가 잘된 손톱까지, 웬만해서는 일정을 놓칠 사람이 아니었다. 그녀와는 수업 끝나고 차를 한 잔 마시거나 밥을 같이 먹은 정도지만 적당한 친밀감과 적당한 거리감이 있었다.

황망한 사람에게 폐가 될지도 모른다는 걱정은 들었지만 소식을 들은 이상 모른 척하는 것도 예의도 아니다 싶어 어렵게 썼다 지웠다를 반복하며 문자 한 통을 보냈다. 전송을 누르고 나서 전철 벽에 머리를 기대자마자 바로 휴대전화가 진동했다.

마카롱 가게와 가방 공방 사이의 골목은 쉽게 찾을 수 있었지만 의외로 세탁소가 보이지 않았다. 150미터는커녕 300미터는 넘게 올라온 것 같은데도 어디까지 가야 할지 알 수가 없었다. 아까 두 갈래 길에서 다른 편 길로 갔어야 했나 싶어서 도로 내려오는데, 일행인지 아닌지 모를 남자 둘이 길을 막고 있었다.

일행 같아 보이는 건, 사이가 친밀해 보여서가 아니라 둘 다 오월치고는 더운 날씨에 검은 정장을 입고 있었기 때문이다. 키는 차이가 있지만 운동하는 사람처럼 몸이 단단해 보이는 것도 비슷했다. 명찰과 가방만 있다면 선교하러 다니는 외국인들과도 인상이 비슷했다. 그러고 보면 어딘가 모르게 포교를 하러 다니는 사람 같은 엄격한 분위기도 있었다.

일행이 아닐지도 모르겠다 싶었던 건, 두 사람은 계속 그 자리에 있었으면서도 서로 아무 말도 나누지 않았기 때문이다.

나는 세탁소를 찾지 못하는 이유를 깨달았다. 아까 올라갈 때도 이 남자들이 가리고 있어서 골목을 놓쳤던 것이다. 남자들이 앞에 서 있었기에 그들을 피해서 가려다 세탁소를 미처 보지 못했다. 그들 사이를 비집고 가야 해서 왠지 불편했지만 달리 방도가 없었기에 나는 "실례합니다"라고 작은 소리로 중얼거리며 남자들 옆을 지나쳤다. 남자들은 아무런 대꾸도 없이 옆으로 한발 비켜서며 어깨를 살짝 돌렸을 뿐이다. 내가 지나갈 때 아래위로 훑어보는 눈길이 느껴졌다. 아, 남자들이란. 저렇게 노골적으로 쳐다볼 필요는 없을 텐데.

세탁소 옆을 지나가니 좁은 부지에 현대적인 분위기의 하얀 건물이 서 있었다. 오래된 건물들이 많은 이 동네에서 눈에 띄는 건물이었는데도 아까는 왜 보지 못했는지 의아할 지경이었다. 물론 요사이 동네가 관광지화되면서 군데군데 개성적인 건물들이 들어서 있는 바람에 특별히 눈여겨보지 않았던 것도 있었다. 우직하게 오래된 집들 사이에 껴 있는 신축 건물들은 산뜻한 기운이 흘러 넘쳐, 화보나 사진처럼 초현실적이기도 했다. 사 층 건물이라고 했을 때 짐작했듯이 엘리베이터는 없어서 계단을 올라가야만 했다.

도영은 문을 열면서 파란빛이 돌 만큼 창백한 하얀 얼굴에 애써 미소를 띠었다.

"어서 와요. 이럴 때 초대하게 되어서 미안하네."

목소리가 제대로 나오지 않는 쪽은 오히려 나였다.

"저야말로 이런 때 오게 되어서. 폐가 아닌가 싶었지

만……."

도영은 거실로 안내하면서 고개를 저었다.

"아니에요. 와줘서 고마워요."

빈손으로 올 수 없어서 근처 새마을금고 옆에 있는 꽃
집에서 흰 장미를 몇 송이 사 왔지만, 흰 꽃이 주는 지나친
상징성이 무거운 나머지 직접 건네지 못하고 현관 옆 콘솔
위의 빈 꽃병 옆에 놓아두었다. 현관을 지나 거실로 들어
섰다. 도영의 집은 상상을 그대로 현실로 옮겨놓은 듯 익
숙했다. 흠 하나 없는 나무 바닥, 타원형의 나무 탁자 주위
에는 3인용 가리모쿠 소파와 1인용 소파가 놓여 있다. 현
관은 약간 사선으로 빗겨나 있어 거실에서는 바로 보이지
않았고, 벽지나 장식품은 주로 모노톤과 베이지색이었다.

풍수 시간에 배운 얄팍한 지식을 써보자면 水의 검은
색과 金의 흰색이 강조된 집안을 보니, 재물 운에 초점을
둔 인테리어처럼 보였다. 하지만 집에 너무 찬 기운이 돌
지 않도록 패브릭을 여기저기 깔아둔 것이 도영 씨의 따뜻
한 성품을 반영한 듯했다.

도영이 차를 내오겠다며 주방으로 들어간 동안, 나는 일
단 3인용 소파에 앉았다. 창가에 작은 화분이 두 개 놓여
있다. 창문 반대편으로는 키 높은 스탠드형 전등이 서 있
었다. 그 위에 걸린 흑백사진은 현관에 걸린 바다 사진과

한 쌍인 듯했다. 소나무가 서 있는 앞으로 기차가 달려가고, 철로와 평행선으로는 바다가 달려간다. 특이한 것은 3인용 소파와 테이블의 너머에 있는 또 다른 탁자였다. 책상인 것 같기도 하고 그저 장식장인 것 같기도 한 이 탁자 위에는 그 크기만 한 나무상자가 하나가 널따랗게 놓여 있을 뿐이었다.

검은 목단으로 만든 사각 쟁반 모양의 상자 안에는 하얀 모래가 깔려 있고 그 위에 돌 몇 개가 쭉 늘어섰다. 돌 주변에는 작은 이끼를 덧붙였다. 상자 오른쪽에는 작은 빗자루 혹은 갈퀴가 걸쳐 있었다. 모래 위에는 봄 되어 곱게 갈아놓은 이랑처럼 줄무늬가 그려져 있다. 나무상자를 바라보고 있노라니 마음속의 희뿌연 안개가 서서히 걷히는 기분이었다. 슬픈 일을 겪은 친구에 대한 안타까움, 그를 도와줄 수 없는 나 자신에 대한 무력감, 그리고 이런 감정 자체가 주제넘지 않은가 싶은 걱정이 그간 짙게 내려앉아 있었던 모양이다.

잠시 나무상자를 멍하니 바라보다 문득 돌을 세어보았다. 개수는 모두 다 해서, 하나, 둘, 셋…… 열네 개인가? 나는 앉은 자리에서 몸을 약간 옆으로 빗겨가며 다시 세어보았다, 하나, 둘, 셋…… 열넷. 아까와 개수는 똑같지만 뭔가 빠뜨린 듯한 미진함이 남았다.

도영이 내 앞에 찻잔을 놓았다.

"재인 씨, 커피 안 마시니까…… 그레이프프루트 티로 가져왔어요."

이런 와중에도 내 취향까지 생각하는 사람이다. 찻잔에서 피어오른 김이 오월인데도 서늘한 방안에 퍼져갔다.

"도영 씨가 언짢아할 수도 있겠지만, 나 사실 소식 들었어요. 자세한 얘기는 못 들었지만. 번잡할 수도 있다 싶었지만 나라도 뭔가 힘이 된다면……."

도영은 떨리는 손으로 찻잔을 들다가 미처 입까지 가져가지도 못하고 도로 내려놓았다. 그녀는 고개를 들고 내 눈을 보며 말했다.

"아니에요."

그녀는 가는 목소리로 힘 있게 말했다.

"그 사람 그렇게 죽지 않았어요. 목격자라는 사람 말도 믿을 수 없어요."

사연을 잘 모른다는 말을 차마 할 수 없었다. 내가 안경 사모님에게 들은 건 도영의 약혼자가 돈과 관련된 사고를 냈고 외국에서 죽었다는 사실뿐이다. 지금 도영이 하는 말은 금시초문이었다.

"그 사람, 현규 씨가 그런 범죄를 저질렀다는 것도 난 안 믿어요. 우리가 알고 지낸 게 삼 년인데 나한테 숨기는 게 있다면 그렇게 아무렇지 않은 태도로 있을 순 없어요. 안 그래요?"

도영은 시선을 피한 채로 내 동의를 기다리고 있었다. 입 바른 말이 터져나올 뻔했지만 꾹 누르고 고개만 끄덕였다. 평생을 살아도 모르는 사람이 있다. 특히 예상하지 못하는 일을 저지르는 사람은 언제나 그렇다. 내가 안다고 생각했던 것과 반대의 모습을 보인다.

"경찰에서는 연락을 남기지 않았느냐고 물었지만 그런 것 없었어요. 상하이 가는 날 아침에도 공항 가기 직전에 기념 선물 사 오겠다고, 웃는 얼굴이었어요. 그렇게 엄청난 짓을 계획하고 있는데도 거리낌없이 태연하게 굴 만큼 대담한 사람이 아니에요."

도영의 목소리는 점점 높아졌다. 이제껏 한 번도 들어보지 못한 어조, 성량이었다. 그녀는 언제나 조곤조곤한 말투였고 필요 이상으로 목소리를 높이지도 않았다. 도영이 지금 보이는 강한 자기 확신은 정반대의 의미가 아닐까 하는 의심이 점점 들었다. 의심은 나만의 것이 아닐 터였다. 우리가 타인을 얼마나 안단 말인가? 아무리 가까운 사람이라도, 타인의 마음속은 내가 다 들어가볼 수 없는 대륙과 같아서, 반드시 밟아보지 못한 땅이 있다. 그 안에는 자기만의 빛이 혹은 자기만의 그늘이 있다. 내 의심의 무게를 도영은 짐작한 모양이다.

"설령…….."

도영은 침을 삼켰다.

"설령…… 그 사람이 나를 놔두고 혼자 사라지려 했다
고 해도, 말도 안 하고 갈 사람은……."

그녀는 말을 끝맺지 않았다. 의심이 확신을 삼키려 하고
있었지만 그녀는 끝까지 저항했다.

나는 몸을 앞으로 내밀어 탁자 위에 깍지를 낀 도영의
두 손을 잡았다.

"도영 씨."

내 손아귀에 잡힌 두 손이 점차 떨렸다. 나는 잡은 손에
약간 더 힘을 주었다.

"많이 힘들었죠."

도영이 고개를 들었다. 두 눈이 마주쳤다. 붉은 눈에 물
기가 가득 고였다. 나는 드라마나 영화에서와는 달리 이제
까지 눈물을 흘리지 않고 의연히 버티던 사람이 내 앞에서
눈물을 쏟는다면 다정하게 위로하기보다는 어쩔 줄 몰라
하며 곤란해할 사람이지만, 다른 사람의 아픔 앞에서는 내
곤란함 따위는 아무 의미가 없다. 이런 순간에도 내 입장
을 생각하는 이기심을 반성하는 찰나에 도영이 손을 빼더
니 오히려 내 손을 잡고 꼭 잡았다.

"고마워요."

그녀는 내 눈을 똑바로 바라보았다.

"고마워요, 재인 씨."

내가, 그 누구라도 곤란해할 행동은 하지 않겠다. 그녀의 눈빛에는 어떤 순간에도 어기지 않는 삶의 원칙이 어려 있었다. 나는 이번에도 하지 않아야 할 말을 했다. 남의 일에 오지랖 넓게 상관하는 나쁜 습관.

"나라도 괜찮다면 어떻게 된 건지 얘기해줄래요?"

도영의 약혼자 현규는 국내 대기업 부속 환경공학 연구소의 연구원이었다. 기업의 이름을 들으면서 나는 우연하게도 요새 이 회사에 인연이 많다는 생각을 했다. 내가 당한 사고부터, 영선의 결혼식까지. 이제는 도영의 약혼자도 그 회사와 관련이 있다.

하지만 지금 얘기하는 사람은 나와의 인연은 아닐 것이다. 우리는 만나지 못할 테니까. 그러니 여기서는 도영의 이야기에 집중하는 편이 좋다. 도영과 현규, 두 사람은 강원도에서 공동체 중심의 지역 개발을 추구하는 프로젝트 공청회에 패널로 초대되었다가 만난 사이였다. 디자인과 공학이라는 차이는 있었지만 자연에 기반한 건축과 도시 건설이라는 공통적인 관심으로 서로에게 호감을 느꼈다.

서울로 돌아오는 길에 같은 차를 탄 우연이 있었고, 왠지 의기투합하여 정동진으로 갔다. (현규가 우겼다고 한다. 그는 모든 시작하는 연인은 정동진에 가야 한다는 관념 같은 게 있는 사람이 아니었을지.) 거기서 두 사람은 처음 손을 잡았다.

전문적인 용어를 빼고, 내가 이해한 바로는 도영의 약혼자가 있던 팀은 최근 획기적인 기술 개발에 성공하고 상용화를 위한 테스트를 준비중이었다고 한다. 하지만 최근 회사로 이 기술의 상당 부분이 중국 기업에 유출되었고 나머지 핵심 기술을 판매하려는 접촉 시도가 있었다는 제보가 들어왔다.

"회사에서는 현규 씨를 유력한 용의자로 몰고 비밀리에 내사중이었나 봐요. 그런데 그 사람이 지지난주에 중국으로 출장을 가게 되었어요. 상하이에서 학회가 열릴 예정이어서. 학회 첫날 일정이 끝나고 현규 씨가 사라졌어요. 같이 동행했던 연구소 직원들 말로는 저녁 식사에도 참석하지 않았고, 어떤 낯선 사람과 같이 학회장을 빠져나가는 걸 보았다고."

한국 본사와 중국 공안에서는 현규의 휴대전화를 지나치게 빠르게 찾아냈다. 상하이에서 얼마 떨어진 곳에 있는 부두였다. 마침맞게 그 근처에서 외국인으로 보이는 낯선 사람이 부두로 향하더라는 신고도 들어왔다. 중국 공안은 물속에서 현규가 입었던 재킷과 가방을 발견했다. 재킷 속 지갑에 신분증이, 가방에는 여권이 들어 있었다. 믿기지 않을 만큼 일사천리로 진행된 수사였다. 영화라고 해도 이렇게 딱 맞아떨어지기는 힘들 만큼 시간 지체도 없었다.

"한국 경찰에서는 현규 씨가 그쪽과 접촉을 시도하다가 거래가 틀어져서 살해당했을 가능성이 있다고 했어요. 하지만 그것보다는 다른 쪽을 의심하고 있는 것 같아요."

"다른 쪽이라면……"

"네, 현규 씨의 자작극일지도 모른다는 거죠. 죽은 척하고 중국에서 실종된 것으로 가장."

최근 국내에서 사건을 저지른 범법자들이 중국이나 동남아시아로 건너가 신원을 지우는 방법으로 실종을 가장한다는 뉴스는 본 적이 있었다.

"그럴 리가 있겠어요. 결혼도 앞두고 있었던 사람이."

"경찰 생각은 달라요. 저한테 그 사람과 마지막으로 연락한 것은 언제인지, 뭔가 남긴 건 없는지를 자세히 묻더군요. 회사 쪽의 사고 처리 담당자도 그 사람 물건 중 자료와 관련된 게 있으면 가져와달라고 부탁했어요. 하지만 뭘 찾고 있는지는 정확히 말하지 않았어요."

회사에서는 도영에게 당분간 서울을 떠나지 말고 연락

가능한 곳에 있어달라고도 요청했다. 경찰의 요청이라는 협박성 말도 잊지 않고.

"회사에서는 아직도 뭔가 찾고 있어요. 그게 해결되지 않은 채로 그 사람과 함께 사라진 거예요."

상상할 수 없는 가치를 가진 첨단 기술이 연구원과 함께 사라졌다면 자발적 실종을 의심하는 것도 합리적이었다. 아니, 이쪽의 시나리오가 더욱 그럴듯해 보였다. 그게 사실이라면 도영에게는 너무 가혹한 일이다. 삼 년 동안 함께 지내며 미래를 같이 꿈꾸던 사람이 부정한 방법으로 이익을 추구하고, 그녀는 버린 채로 떠났다면…….

"그 사람 그럴 리가 없어요."

나는 잠자코 있었다. 내가 알지 못하는 남자의 결정에 대해 무슨 말을 하겠는가?

"안 믿을지 모르지만, 그 사람 상하이로 가기 전 주말에 정동진에 갔었어요. 거기서 그랬어요. 요새 불안하게 해서 여러 가지로 미안하지만, 이제 거의 끝나간다고. 돌아오면 다 얘기해주겠다고. 그때까지 기다려달라고. 금방 떠날 사람이 굳이 그런 말을 할 이유는 없잖아요."

나는 소파 탁자 위 사진을 보았다. 소나무 옆 바다, 연인들의 명소로 유명한 기차역. 그곳에 함께 갔을 연인들을 상상해보았다. 그렇게 풋풋하고 싱그러웠던 사랑이라도 변한다. 아니, 풋풋할수록 변하기 쉬운 것이 사랑이다. 어떤 굳건한 끈으로 묶인 관계라도 때 타고, 찢기고, 거대한 돈 앞에서 부러질 수 있다. 그러나 사랑에 대한 모든 이론은 사랑에 빠진 여자 앞에서는 무용하다. 모든 이론은 또 사랑을 잃은 여자에게는 다 적용이 되기도 한다.

"네……."

"그리고 그 사람 내게 메시지를 보냈어요."

번쩍 정신이 드는 말이었다. 연락이 왔다면 이보다 더 확실한 증거가 어디 있겠는가?

"네? 전화가 왔어요?"

아뇨, 라고 도영은 고개를 저었다.

"그럼, 이메일?"

도영은 일어나 탁자 너머 나무상자로 향했다. 나도 모르게 같이 일어서서 그녀 옆에 가서 섰다.

"이거 알아요. 젠 정원이죠."

오래전에 외국 인테리어 잡지에서 본 적이 있었다. 책상 위의 작은 정원. 일본식 정원을 모형으로 만들어 집안에 두어 기를 맑게 하고 명상을 하는 용도로 쓴다. 선禪적인 정신을 추구했기 때문에 젠禪 정원이라고 부르며, 에코 미니멀리즘의 유행과 함께 미국 내에서 유행하고 있다는 기사를 읽었다.

"네, 이건 가레산스이 정원이에요. 한자로 고산수枯山水라고 쓰죠. 마른 정원, 물과 풀이 별로 없고 돌과 자갈 그리고 이끼로 이루어졌기 때문에 이렇게 부른다고 하지요. 그 사람이 나무 틀을 짜고 고운 모래를 붓고 돌을 골라 직접 만들었어요. 목공을 좋아해서 따로 작업실을 만들어 거기서 이런 것들을 만들었죠. 전공이 환경공학이어서 정원이나 조경에도 관심이 많았어요."

도영은 나무 틀을 손으로 정답게 어루만졌다. 거기에 그 사람의 손길이 서려 있기라도 한 듯이.

"이 정원은 교토에 있는 료안지龍安寺라는 유명한 사찰의 가레산스이를 본떴어요. 료안지는 그가 제일 좋아하는 정원 중 하나예요. 같이 공부하는 친구들과 료안지 정원에 대한 논문을 써서 외국 저널 어딘가에 실었다고……. 3D 토포그래피로 풀어본 정원의 미스터리였나, 그런 내용이었죠. 그렇게 그 정원을 축소해서 열다섯 개의 돌을 배치하고 이끼를 깔았죠. 참 독특한 취미예요."

도영은 미소를 떠었다. 삶에 어떤 피곤함이 있어도 미소 짓게 하는 기억이 있는 것 같았다.

"아침에 일어나면 씻고 나서 가장 먼저 하는 일이 이 모래를 쓰는 것이었어요. 무늬를 그리면 마음이 차분해진다고."

그녀의 손가락이 모래 위의 무늬를 가리켰다.

아까 내가 잘못 세었는지 크고 작은 돌은 분명히 열다섯 개였다. 어떤 돌은 자갈이라고 할 만큼 컸고, 그보다 작은 돌들이 몇 개 서 있다. 모래판은 반으로 나눈 듯 한쪽에는 반듯하게 정사각형이 반복적으로 교차된 형태가 보인다. 그리고 다른 한쪽에는 물고기 비늘이나 꽃잎처럼 반원이 겹쳐진 모양이 찍혀 있다. 젠 정원에 대한 지식이 별로 없는 내 눈에도 인위적인 무늬로 보였다.

"그 사람이 상하이로 떠나던 날에⋯⋯."

도영은 갈퀴를 들어 허공에 선, 그리고 동그라미를 그었다.

"아침에 일어나서는 고랑 형태의 직선, 그리고 돌 주위에만 작은 원을 그리고 갔어요. 가장 흔한 형태죠. 그 사람이 간 후에는 이 정원에 손을 대지 않았어요. 매일 아침 그렇게 그 무늬를 보았죠. 하지만 그가 실종되었다는 소식을 듣고 경찰을 만나고 왔을 때⋯⋯."

도영은 손을 멈추고 나를 보았다. 나는 어느새 숨을 죽이고 있었다. 문득 몸이 오슬오슬했다.

"모래 무늬가 바뀌어 있었어요. 이렇게."

나는 도영의 얼굴을 찬찬히 살폈다. 나도 모르게 찾고 있었던 건 보이지 않았다. 신경증, 망상, 광기. 그녀의 눈은

언제나처럼 맑고 빛났다. 아까 일순 그녀를 괴롭혔던 의심
은 달을 지나간 구름처럼 걷혔다. 나는 다시 정원을 내려다
보았다. 가는 모래 알갱이들이 창문으로 들어오는 햇빛을
받아 사금파리처럼 반짝였다. 반짝인다고 생각했다.

꿈

　운명은 우연을 설명하는 다른 이름이다. 정상분포 내에
있는 확률을 넘어선 어떤 사건을 말하고 싶을 때 사람들은
운명이라고 말한다. 나의 운명론은 언제나 나태에서부터
시작되었다. '왜'를 말할 수 없을 때, '왜'를 탐구하고 싶
지 않을 때, '왜'가 따로 있다고 믿고 싶을 때. 나는 그와
함께 누하동을 걸어 내려오면서 이런 나른한 운명론에 잠
깐 빠질 뻔했다. 하지만 '왜'는 운명론자에게도 찾아온다.
왜? 어쩌다가 우리는 이렇게 같이 걷고 있단 말인가?

　대답 하나. 그가 바로 도영의 빌라 아래 3층에 살고 있
었기 때문이다.
　벨이 울리자 도영과 나는 잠에서 깬 듯 퍼뜩 놀라 정원
에서 눈을 뗐다. 도영은 거실 벽시계를 올려다보았다.
　"벌써 3시군요. 재인 씨, 잠깐만요. 누가 와주시기로 했

어요."

도영은 내가 대답할 틈도 안 주고 현관으로 나갔다. 나는 손님이 왔다면 이제 가볼게요, 라고 말할 기회를 놓쳐서 어정쩡하게 서 있었다. 도영이 누군가와 인사를 나누는 소리가 들렸다.

인생에서 누군가를 세 번 우연히 만나고도 운명이라는 단어를 떠올리지 않는 사람이 얼마나 될지 모르겠다.

이상하게도, 어쩌면 당연하게도 그 남자는 일 년 전 처음 만났을 때와 같은 옷차림이었다. 하얀 셔츠에 베이지색 바지. 다만 지금은 네이비색 재킷을 걸치지 않고 있을 뿐이었다. 스티브 잡스처럼 똑같은 배색의 옷을 반복해서 입는 건지도 모르지만. 결혼식에서는 정장 차림이었다는 게 기억났다.

"아!"

먼저 아는 척을 해놓고 금방 후회했다. 처음에는 절에서, 그다음에는 대조적으로 성당에서 마주치긴 했지만 그 사람이 나를 기억하고 있으리라는 보장은 없는데.

"아……. 안녕하세요."

그가 고개를 숙였다. 하긴 성당에서도 서로 목례를 교환했었지만 그때도 알아본다는 확신은 없었고 결혼식이 끝난 후에는 정신이 없어서 서로 알은체를 할 겨를은 없었다. 설령 여유가 있었다고 해도 무슨 대화를 나눈다는 말인가? 영선에게 물어볼까 망설이기도 했지만, 신혼인 친구에게 방해될 것 같기도 하고 괜한 호기심을 일으키기도 싫어 그만두었다. 경은에게는 아는 사람이냐고 물어봤지만, 그저 "신랑 쪽 친구겠지"라고 대답했을 뿐이었다. 일 년 전에 스치듯 본 사람이라는 기억도 하지 않는 듯했다. 사실 경은은 그를 거의 보지 못했으니까.

"두 분 서로 아는 사이예요?"

도영이 우리 두 사람을 번갈아 보았다. 되레 내가 묻고 싶은 질문인데.

"아뇨, 안다기보다…… 그 비슷한 거죠."

아니라는 말을 너무 빨리 했나 싶어 신경쓰였다. 그는 신경쓰지 않는 듯했다.

"이전에 우연히 뵌 적 있습니다."

한 번, 두 번? 묘하게 어감이 신경쓰였지만 토를 달진 않았다.

"……성함도 아직 모릅니다."

예의상 더한다는 말투였다.

"아, 이쪽은 저희 아래층에 계시는 안성현 씨예요. 그리고 이분은 저랑 같이 문화센터 수업 듣는 도재인 씨."

얼결에 서로 다시 고개를 끄덕였다. 소개는 끝났지만 어색함은 가시지 않았다. 우리 셋 다 우왕좌왕하는 느낌으로 움직이다 다시 소파에 앉았다. 그는 차는 마시고 왔다면서 사양했다.

"아침에 성현 씨를 계단에서 만나서 시간 있으실 때 저희 집에 와달라고 부탁했어요."

도영은 딱히 누구를 쳐다보지는 않았지만 내게 양해를 구하는 듯했다. 나는 오히려 내가 방해가 되는 건 아닌가 생각하던 참이었다.

"재인 씨에게 방금 한 얘기, 성현 씨와 의논하고 싶어서. 성현 씨에게 말씀을 드린 다음에 때마침 재인 씨가 전화한 거고요. 두 분 모두에게 부탁을 드리면 좋을 거라고 생각했어요."

도영은 내게 한 얘기를 더 간략하게 줄여서 성현에게 전달했다. 그는 웃거나 황당하게 여기는 표정 없이 진지하게 얘기를 들었다.

"제가 좀 봐도 되겠습니까."

그는 일어서서 젠 정원으로 향했다. 정원 앞에 선 그의 뒷모습에 자연스레 눈이 쏠렸다. 아까도 느꼈지만 서면 새삼스레 키가 크다고 느껴지는 사람이었다. 집안이라는 공간 프레임 때문일 수도 있다고 생각했다. 그는 넓은 어깨를 구부정하게 굽히고 미니어처 정원의 돌멩이와 이끼, 모래를 샅샅이 살폈다.

"성현 씨는 보험 조사원이세요."

도영은 말은 내게 건넸지만 그를 쳐다보며, 괜찮죠? 라는 표정을 지었다. 그가 돌아보지 않았으므로 자기 직업을 낯선 여자에게 말하는 걸 개의하지 않는지까지는 알 수 없었다. 나는 잠자코 있었다.

"현규 씨에게 그렇게 말씀하셨다고 들었어요. 보험 관련 여러 사건 사고를 조사하신다고."

"네에."

나는 고개를 끄덕였다. 보험 조사원이 무슨 일을 하는지는 잘 몰라 대강의 이미지만 떠오를 뿐이었다. 우라사와 나오키의 『마스터 키튼』을 읽은 적은 있었지만 그것이 만화적 상상력일지도 모른다는 의심도 들었다.

"두 분이라면 이 일을 알아봐주실 수 있지 않을까 하고…….."

처음에는 무슨 말인지 즉시 알아듣지 못했다. 두 분이라니, 내가? 저 남자와?

"재인 씨는 이런 분야에 대해서 잘 아시기도 하고, 그렇다고 쉽게 현혹되는 분도 아니니까요. 그리고 성현 씨는 아무래도 조사에는 전문가이시기도 하고."

보험 조사원은 그런 게 아닐 텐데, 라는 생각이 먼저 스쳤다. 아니, 내가 그런 분야를 잘 안다는 단정부터가 틀린 전제인데.

"도영 씨, 저는 글을 쓰느라 조사를 하는 것뿐이지⋯⋯."

도영이 내 손을 잡았다. 그 손이 서늘해서 차가운 기운이 내 손에까지 전해졌다. 그러나 그녀의 눈만은 뜨거웠다.

"부탁해요, 재인 씨. 제가 사흘 동안 혼자 생각해보았지만 전혀 알 수가 없었어요. 전 알아야 해요. 그 사람이 무슨 메시지를 보내는 건지. 나한테 뭐라고 말하고 싶은 건지. 지금 어디에 있는 건지."

경찰도 알아내지 못한 진실을 내가 무슨 수로 알아낸단 말인가. 나는 그에게 도움을 청하듯 눈길을 보냈다. 그도 우리를 쳐다보고 있었다. 남의 일에 관심 없는 무심한 사람처럼 보인 만큼 이 사람이 먼저 거절을 해주겠지. 그러면 나도 그에 껴서 어쩔 수 없는 척 거절하면 된다. 어차피 나 혼자서는 할 수 없는 일이고⋯⋯.

"알았어요."

내가 무슨 말을 하고 있는 걸까?

"저분이 도와주시면요."

그래도 다행히 한마디 덧붙일 수 있었다. 이제 도영과 나 둘 다 그에게 관심을 집중했다. 나는 그가 수락하길 바라는 건지 아닌지 알 수도 없었다.

그는 고개를 끄덕였다.

"알겠습니다. 그렇게 하죠."

나를 똑바로 쳐다보는 두 눈에는 주저하는 기색이 전혀 없었다.

"우리 둘이 같이 하죠."

대답 둘. 그와 내가 가는 길이 '우연히' 겹쳤기 때문이다.

나는 앞장서서 계단을 내려갔다. 난간을 잡는 게 나을 듯도 했지만, 3층에 이르면 그가 자기집으로 갈 테니까 그때 이후부터 잡아도 될 것 같았다. 그러나 그는 3층을 지나 내 뒤를 계속 따라왔다. 나는 어깨 너머로 고개를 돌려 그를 올려다보았다.

"3층에 산다고 하지 않으셨어요?"

"아, 산다기보다…… 그 비슷한 거죠."

남자는 애매하게 말하고 입을 다물었다. 사는 것과 비슷하다니, 그런 게 뭘까. 하기는 나도 아까 그런 식으로 대답했다. 아는 사이와 비슷하지만 알지 못하는 사이라고.

새 건물의 좁은 계단을 앞뒤로 서서 내려가야 했다. 나는 그가 내 위에 서서 뒤통수를 쳐다보는 것이 신경쓰였다. 그렇다고 계단을 내려가면서 뒤를 돌아보며 말을 걸기도 어려웠다. 내 다리는 아직도 집중이 필요했다. 그가 내 앞을 지나쳐 가주길 바랐지만 그저 잠자코 따라올 뿐이었다.

2층에 내려섰을 때 나는 멈춰서 비켜섰다.

"바쁘시면 먼저 내려가세요. 제가 빨리 못 걸어서."

그가 멈칫했지만 나를 지나치진 않았다. "다리…… 아프십니까?"

나는 고개를 숙였다. "네, 작년에 좀 다쳐서."

작년에 다쳤는데 아직도 불편하다니 꽤 큰일이었군요, 같은 반응을 예상했는데 그는 별 내색 하지 않고 손을 앞으로 내밀었다.

"천천히 내려가세요. 무리하지 마시고."

다시 한층 더, 기묘한 행렬이 이어졌다. 빌라 문을 나서고도 넓지 않은 골목이라 그와 헤어질 때는 계속 같이 가든가, 어색하게 알지도 않고 모르지도 않는 채로 떨어져서 걸어야만 했다. 세상에서 가장 어색한 일 중 하나일 것이다. 이 미터쯤 떨어져 걷는 일행이란.

내가 입을 열려던 순간에 그가 선수를 쳤다.

"여기서부터는 경사가 좀 있습니다. 조심해서 걸으십시오."

"아, 네."

세탁소 앞에 서 있던 검은 정장 차림의 남자들은 어느새 가고 없었고 골목은 나른했다. 세탁소는 문을 열어놓고 있어 바람이 불자 안에 걸린 여러 색깔의 셔츠가 살짝 흔들렸다. 노란 얼룩이 있는 흰 고양이 한 마리가 어느 차 밑에서 쏜살같이 튀어나왔다가 우리를 보더니 잠깐 멈춰 섰다. 고양이는 점이 찍힌 한 발을 들더니 다시 내려놓고 집과 집 사이의 골로 휙 들어가버렸다. 꼬리가 깃발처럼 흔들리다 사라졌다.

"인사라도 하고 가는 건가."

나는 말했다. 그는 고개를 돌려 고양이의 뒷모습을 지켜보면서 담담하게 말했다.

"그러게요."

나는 무슨 말이라도 하고 싶어 좀이 쑤셨다. 하지만 말을 꺼낸 건 그쪽이었다.

"고양이들이 저를 보면 자주 그러더라고요. 고양이에게 인기가 많나 봅니다."

나는 그를 슬쩍 쳐다보았다. 그는 내 쪽을 보지 않고 다만 앞을 보면서 걸을 뿐이었다. 그가 한마디를 덧붙였다.

"개는 그런 법이 없는데."

나는 이것이 신호일까 생각했지만 왠지 할말이 더 생각나지 않았다. 그래서 평범한 질문을 했다.

"지금 어디 가세요?"

"아, 지하철역 근처 시장에서 살 게 있어서요."

시장에서 장을 볼 스타일로 보이지는 않았지만, 내가 이 사람을 진정으로 알게 된 지는 아직 한 시간도 되지 않았으니까 알 수 없는 일이다.

　상권이 점점 커져가면서 사람들이 많이 찾는 동네인데도 오늘은 유난히 사람이 적은 느낌이었다. 건물들은 지은 지 오래된 듯 야트막하고 작았지만 간판만은 새로운 가게들이 많았다. 나는 쇼윈도에 관심을 쏟으며 걸었다. 실제로 그와 함께 걷고 있는 게 아니라면 관심이 갈 만한 가게들이었다. 독일제 접시들을 파는 골동품 가게, 1990년대에서 넘어온 것 같은 장난감들을 파는 정체 모를 상점, 레이스 솔 칼라를 걸어놓은 빈티지 옷가게, 분해한 시계 부품으로 만든 인형을 파는 가게, 하얀 중국 만두가 소담하게 쌓여 있는 식당……. 이채로운 조합의 상점들이 이어졌다.

　침묵이 어색해질 즈음 내가 입을 열었다.

　"여기 사신 지는…… 살기 비슷하게 된 지는 오래되셨어요?"

　"아뇨, 두 달 정도 됩니다."

　"그런 것치고는 도영 씨랑 친하시네요."

　"도영 씨보다는 현규 씨랑 좀 알고 지낸 정도죠. 윗집 아랫집이라 오고가면서 만나고. 둘 다 자전거를 타고 다니고."

코끝을 찡그리는 그의 모습이 도영의 방안 사진 속의 현규와도 왠지 겹쳐 보였다. 비슷한 또래에 비슷하게 보수적인 차림, 자전거가 공통의 취미인 남자.

"현규 씨…… 어떤 사람이었을까요?"

한 번도 눈을 맞추지 않던 그가 나를 안경 너머로 쳐다보았다.

"재인 씨는 그 사람이 죽었다고 생각하는군요."

잘못한 것도 없이 죄책감이 들었다. 도영의 이야기를 처음 들었을 때부터 나는 그녀의 약혼자가 죽었을 거라고 생각하고 있었다는 사실을 이제야 깨달았다.

그는 내 대답을 기다리지 않고 계속 걸어갔다.

"평범한 말이지만, 좋은 사람이었습니다. 그 누구도, 그 무엇도 해칠 마음이 없는 사람 같았죠."

그는 몇 걸음 앞에서 나를 기다렸다. 나는 걸음이 점점 느려졌다.

우리가 다시 어깨를 나란히 했을 때 그가 문득 생각이 나기라도 한 것처럼 덧붙였다.

"누구에게도 해를 입을 만한 짓을 할 남자가 아니었습니다."

"다음에는 언제 만날까요?"

같이 하자고 말할 때처럼 스스럼없는 말투였다. 그는 나를 보지도 않고 거리를 걷는 통행인들을 한가로이 구경하는 듯했다. 나는 머릿속으로 계산해보았다.

"음, 조사를 하려면 시간이 필요해요. 정원과 모래 무늬에 대해서도 알아보고, 현규 씨가 미니어처 정원을 만들 때 구입했던 상점들도 확인해봐야 하니까요."

"알겠습니다. 그러면 저는 현규 씨 주변을 조사해보겠습니다. 사흘이면 되겠습니까?"

사무적인 건지 서두르는 건지는 알 수 없었다. 하지만 더 끌어봤자 달라질 것도 없었다.

"알겠어요."

할 수 없다고 하기도 어려운 일이었다.

로스터 기계를 막 돌렸는지 대로변 커피 가게에서는 따뜻한 커피 향이 흘러나왔다. 창문을 향한 좌석에는 가벼운 여름 점퍼를 걸친 두 남자가 뚱하게 나란히 앉아서 창밖을 내다보다 우리와 눈이 마주치자 대수롭지 않은 척하며 고개를 돌렸다. 둘이 마치 맞춰 입은 듯 비슷한 차림이었다. 한 남자는 베이지색 점퍼에 네이비색 면바지를 입고, 다른 한 남자는 네이비색의 점퍼와 진한 베이지색 바지를 입고. 오늘은 유난히 친한 듯 친하지 않은 두 남자로 이루어진 일행을 많이 만나는 것만 같다. 성인 남자 둘이 소녀들처럼 귓속말을 속닥이는 모습이 귀엽기도 하고 우스꽝스럽기도 했다.

오후의 봄빛이 내려앉은 거리는 관광 엽서의 삽화 같은 색채를 입었다. 벚꽃이 피었나 싶게 다시 지는 계절, 길가의 벚나무들은 붉은 줄기가 더 많이 보였고, 한둘 남은 꽃잎이 바람을 타고 흩어지다 나무 밑에 쌓여 무덤을 이루었다.

그를 처음 만나던 날, 바닥에 핏방울처럼 점점이 떨어져 있던 빨간 꽃잎들을 떠올렸다. 그때로부터 일 년이 지났고, 계절도 나 자신도 많이 바뀐 듯한 기분이 밀려왔다.

약혼자를 잃은 도영에게는 꽃이 지는 게 더 가혹할지도 모르겠다고 생각하며 나는 남은 꽃잎들을 눈으로 헤아려보았다. 꽃이 지더라도 지지 않는 슬픔이 있다.

지하철역 앞에 이르러 우리는 멈춰 섰다. 이 미터 동행 길은 여기서 끝이 났다.

"그럼 사흘 후, 금요일에."

"네, 금요일에 뵙겠습니다."

지하철을 내려가면서 나는 왠지 모를 예감에 뒤를 돌아보았다. 그가 어깨의 힘을 빼고 나른하게 왔던 길을 되돌아가는 모습이 보였다. 시장으로 접어드는 길은 지하철역에서 왼쪽이다. 그러나 그는 시장 입구를 지나쳐 앞으로 힘 있게 걸어갔다.

지하철 개찰구에 카드를 찍으면서 생각해보았다. 나를 지하철역까지 배웅한 건가?

게으른 운명론자의 '왜'가 다시 머릿속을 떠돌았다.

꽤

"이게 다 어떻게 된 거예요?"

도영을 더 놀라게 하고 싶지는 않았지만 나도 모르게 큰 소리를 내고 말았다. 영화나 드라마에서는 많이 보았지만 실제로 눈으로 목격하니 소름이 몸을 훑고 갔다.

사흘 전만 해도 인테리어 잡지 화보에 바로 실어도 될 것 같았던 도영의 작은 집은 완전히 아수라장이었다. 서랍이라는 서랍은 다 뽑혀 속을 드러낸 채고, 스탠드나 작은 가구들은 전쟁에서 전사한 병사처럼 제멋대로 쓰러졌다. 녹색 쿠션은 찢겨서 허연 속을 드러내고, 매끈하고 흠 하나 없던 체리목 마루 위에는 회색 발자국이 어지러이 찍혀 있었다. 거실뿐만 아니라 침실도 뒤집어놓았고, 책장의 책들도 양팔을 벌리고 엎드려 있었다.

내 몸이 부들부들 떨릴 지경인데 도영은 오죽할까 싶었

다. 하지만 오히려 도영은 조용히 바닥에 흩어진 모래를 쓸고 있었다. 현규의 정원도 엎어졌다. 돌들은 흩어져 구르고 모래도 죄다 파헤쳐 뻐끔뻐끔 구멍을 남겼다. 도영은 모래 알갱이 하나라도 놓칠까 두려워하듯이 꼼꼼히 쓰는 것도 모자라 손으로 하나씩 주워 정원 상자에 담았다.

"도영 씨가 전화를 해서 와봤더니 이런 상황이더군요."

현관문을 열어준 성현이 내게 손을 들어 더이상 들어오지 말라는 신호를 보냈다. 나는 현관과 거실 사이에서 구두도 벗지 못한 채 가방만 두 손으로 움켜쥐고 섰다.

"도영 씨, 거기까지만 하고 더는 손을 대지 마십시오. 경찰에 신고해야 할 것 같습니다. 현장을 보존해야 할지 모르니까요."

도영은 돌 하나를 든 채로 엉망이 된 정원 앞에 그대로 서 있었다. 허공에 든 손이 착륙지를 찾지 못하고 헤매다 구석으로 떨어졌다. 돌은 원래의 자리를 잃고 삐딱하게 넘어졌다.

경찰이 왔다 간 후, 나와 도영은 근처의 카페로 옮기자고 했지만 성현이 아래층에 있는 자기집을 제안했다. 손님을 반기는 인상은 아니었지만 누가 침입해서 도영의 집을 뒤집어엎었는지 알 수 없는 상황에서 카페는 이야기하기에 적절한 장소가 아니었다.

그는 문을 열며 변명 같지 않게 말했다. "저희 집에 아무것도 없어서. 하지만 소파는 있으니까 들어가시죠."

사실이었다. 정말 아무것도 없었다. 도영의 집과 같은 크기일 텐데 거실에는 덩그렇게 하얀색 가죽 소파와 진한 색깔의 나무 탁자가 하나 놓여 있을 뿐이었다. 그 외에는 아무것도 없었다. 전등도 화분도 벽의 그림도. 부엌에도 식탁 하나 없고 찬장에 컵과 접시만 몇 개 있는 듯했다. 정말 사람이 사는 흔적이라고는 묻어 있지 않은 집이었다. 사는 것 비슷한 삶.

우리가 소파에 앉자 그는 뭔가 마시겠느냐고 물었다. 나는 딱히 뭐가 있을 것 같지 않아서, 도영은 아직 흥분이 가라앉지 않아서 사양했다. 그는 방에 들어가서 의자를 하나 들고 나왔다. 그 위에는 마닐라 폴더가 올려져 있었다. 그는 의자를 우리 건너편에 놓고 파일을 탁자 위에 올려놓은 후 자리에 앉았다.

"도영 씨, 천천히 말해봐요. 어떻게 된 건지."

도영은 침을 천천히 삼키고 심호흡을 했다.

"요 며칠 사무실에 나가지 않고 집에만 있었는데……. 어제 사무실의 계진 씨에게 전화가 왔어요. 클라이언트가 만나고 싶어 한다고. 토요일에 보고 싶다고. 당장은 힘들다고 거절했는데, 계진 씨가 곤란해하면서 평소 사무실의 큰 고객 소개로 연락했다며 일단 만나서 의논이라도 하고 싶다고 했대요. 오후에는 성현 씨와 재인 씨가 온다고 해서 그 시간에 맞추려고 오전 중에 만나기로 했어요.

사무실에 도착해서 기다리는데 삼사십 분이 넘도록 클라이언트가 오지 않는 거예요. 전화 드려서 재촉하면 싫어하시는 분들도 간혹 있어서 한 시간까지는 기다려봤죠. 그래도 급하게 만나자고 한 사람이 이렇게까지 오지 않다니 이상해서 전화를 걸어봤는데 없는 번호라고 하는 거예요. 불길한 예감에 집으로 와봤더니 집이 저렇게 엉망이 되어 있었어요."

나는 도영의 어깨에 손을 올렸다. 손바닥 아래에서 떨림이 전해져 왔다. 며칠 사이에 엄청난 일을 당하고도 이렇게 버티려면 온몸의 힘을 쥐어짜도 모자를 것이다.

"전에 말한 대로…… 회사에서 찾는다는 물건, 그것 때문인 거죠?"

"모…… 모르겠어요. 그 사람 물건은 우리집에 없어요. 아니, 회사 물건은 없어요."

나는 건너편에 앉은 그를 보았다. 의자가 약간 높아서 고개를 조금 들어야 했다. 그는 머리를 흔들었다.

"아니, 회사가 한 짓은 아닙니다."

"어떻게 알아요?"

"회사라면 수사 요청을 하고 집을 수색해도 됩니다. 이렇게까지 할 이유가 없어요."

"물건 없어진 걸 소문내고 싶지 않아서 그런 거라면요?"

그는 몸을 약간 숙였다.

"그렇다면 더더욱 이렇게 요란하게 할 이유가 없죠. 우리가 경찰에 신고할 텐데. 회사에서는 도영 씨에게 요청을 하고 수색을 해도 됩니다."

합리적인 설명이었다. 나는 휴우 한숨을 내쉬며 등받이에 기댔다.

"잘 모르겠네요. 그럼 누가 이런 짓을 했는지……."

"그 물건을 갖고 싶은 사람이겠죠. 혹은 빨리 찾아내야 하는 사람."

이런 상황에도 침착할 수 있는 사람은 도영 혼자만은 아닌가 보다.

"제가 조사를 해보았습니다."

그는 탁자 위에 놓인 폴더 위로 손을 뻗었다. 안의 서류를 한 장 한 장 넘기면서, 옆에 둔 크라프트지 공책에 글자와 도표를 적어나갔다.

"도영 씨는 이미 아는 것이지만, 구체적으로 말하면 현규 씨는 토양 전문가였어요. 정확히는 토양학과 수문학이라고, 지구상의 토양과 물의 순환 연구가 전문 분야였죠. 그가 맡고 있는 프로젝트는 지열 에너지 개발에 따른 지하수 오염을 최소화하는 기술 개발팀인데, 요새처럼 에너지 전쟁 시대에서는 중요한 기술이죠. 획기적인 장치를 개발할 수 있다면."

"도영 씨에게 얘기 들었어요. 정보 유출과 관련한 문제가 있었다고."

"그렇습니다. 현규 씨는 한동안 의심을 받고 있었어요. 하지만 증거가 없었죠. 회사에서 현규 씨를 중국 학회에 보낸 것도 그런 이유일 겁니다. 접선을 유도해서 꼬리를 잡으려는 것."

나도 이상하게 여겼던 점이었다.

"심지어 현규 씨는 학회 직전에 장치를 완성할 핵심 기술의 난제를 거의 풀었고, 갔다 와서 공유하겠다고 했답니다. 이제까지 개발한 기술을 무력화할 만한 새로운 방식의 접근이라고 합니다. 중국으로 떠나기 고작 이틀 전이었죠. 이 말이 사실이라면, 이걸 가지고 외국 기업 측과 거래를 할 거라고 회사는 의심했어요. 위험한 도박이긴 했지만 현규 씨를 함정에 몰아넣어야 완성 단계의 기술과 스파이를 동시에 손에 넣을 거라고 생각한 겁니다."

"그 사람, 주말도 없이 연구소 일에 매진했는데 회사에서는 그를 의심하기만 했군요."

도영은 조용히 대답하고는 손을 뻗어 폴더 안을 뒤적거렸다. 그녀가 끄집어낸 것은 사진이었다. 똑같은 안경, 똑같은 체크 셔츠를 입은 남자 여럿이 원형 책상에 둘러 앉아 카메라를 쳐다보고 있었다. 맨 앞에서 카메라를 들고 있는 사람이 현규임을 나도 알아보았다.

"현규 씨가 실종되자 회사는 곤란해졌죠. 직원을 사지에 몰아넣은 것이니까. 게다가 현규 씨가 자기만 아는 상태로 죽었다면……."

그는 도영을 슬쩍 쳐다보았다. 도영은 말했다.

"괜찮습니다."

"개발은 늦어지겠지만, 어떤 면에서는 그게 나을지 모릅니다. 하지만 백업이 없을 리가 없죠. 더 큰 문제는 기술과 함께 실종되는 겁니다. 그렇다면 유포되는 건 금방이니까요. 하지만 아직까지는 그런 흔적이 없어요."

그는 어려운 말을 쉬지도 않고 쭉 쏟아냈다. 도영은 고개만 숙이고 있을 따름이었다.

"현규 씨가 알고 있는 것을 노리는 쪽은 회사뿐만이 아닙니다."

누가 듣기라도 하는 양 그는 목소리를 낮추었다.

"외국 기업에 접촉해서 그 비밀을 팔려는 사람 쪽도 있죠."

도영은 도리어 개의하지 않았다. 현규가 산업스파이가 아니라고, 적어도 자신은 그렇게 믿고 있다고 선언하는 투였다.

"그렇습니다."

도영이 물었다.

"그 사람이 누군진 아시나요?"

대담한 질문이었다. 그는 거의 표정의 변화 없이 즉시 대답했다.

"아직은 모릅니다."

"보험 조사원이라고 하시더니 꽤 많은 걸 알아오셨네요."

그럴 뜻은 아니었는데 불쾌해할 만한 말일까, 새삼 걱정스러웠지만 그는 별반 기분 상한 기색 없이 말했다.

"현규 씨가 우리 회사에 십억 원짜리 생명보험을 가입했으므로 자세한 정황을 알아야 한다고 거짓말을 좀 했죠. 운 좋게도 회사에 아는 사람도 있었습니다."

잘 맞는 찬합처럼 딱 맞아떨어지는 이야기였다. 내가 조사한 자료에는 그런 명확한 결과가 없었으므로 미안하기까지 했다.

"저는 미니어처 젠 정원과 모래 문양에 대해서 조사를 했어요."

나는 가방에서 복사하고 인쇄한 종이를 몇 장 꺼내 테이블 위에 펼쳐놓았다. 그중에는 확인할 부분을 적어놓은 리스트도 있었다.

"먼저, 현규 씨가 만든 돌 정원. 완성품을 산 건 아니고 현규 씨가 개인적으로 임대한 작업실에서 직접 제작한 거라죠. 작업실은 팔당이라고 해서 가보지는 않았는데 도영 씨도 가보진 않았다고 했죠?"

"그 사람이 중국에 갔다 오면 데리고 가겠다고 약속했었어요. 빌린 지 얼마 안 돼서 저도 가본 적이 없어요. 그 사람은 가끔 휴일에 가긴 했지만. 아직 정리가 안 되어서 보여줄 수 없다는 말만 하고. 하지만 요새 거기서 시간을 많이 보내긴 했죠……."

"그럼 일단 패스. 모래와 돌, 나무 등 재료에 관해서는 도영 씨가 영수증에서 본 인터넷 쇼핑몰 주소를 줘서 각각 확인은 했어요. 통화를 해봤는데 평범한 재료래요. 즉, 모래에 자석 가루를 섞어서 훑으면 모양이 나온다든가, 그런 건 아니라는 거죠."

확인하기 위해 그제 자석을 가져와서 훑어보았다는 말은 성현에게 하지 않았다. 그런 마술 같은 일이 일어날 거라고 기대하다니, 나는 대체로 바보라는 말을 이 남자에게 할 필요는 없을 테니까.

"돌의 배치는 료안지를 본뜬 건데 가레산스이 정원의 대표로 불리고 실제 미니어처 정원에서도 인기가 있어요. 누가 이런 식으로 배치했는지는 알려져 있지 않다고 하고……."

나는 료안지 정원을 다양한 각도에서 찍은 사진 몇 장과 돌을 그려 넣은 A4 종이를 들었다.

"돌 배치로는 알 수 있는 게 없었어요. 어떤 설에 의하면 세이 쇼나곤의 지혜의 판이라고, 모아놓으면 정사각형이 되지만 조각을 다시 배치하면 속이 빈 사각형이 되는 모양을 땄다고도 하고. 흔하기로는 새끼를 입에 물고 강을 건너는 호랑이와 같다는 설이었죠. 물론 이 돌의 모양만 봐서 딱 알 수 있는 건 아니지만. 그리고 마음 심心 모양이랑 비슷하다는 말도 있어요. 여기서 뭐 생각나는 거 있어요, 도영 씨?"

있으리라고는 기대하지 않았기에 나는 도영의 대답이 떨어지자마자 하얀 배치도 위로 펜을 꺼내 들었다. 하지만 펜은 종이를 긁기만 할 뿐 잘 나오지 않았다. 성현이 손에 든 펜을 쓱 건네주었다. 손에 잡히는 느낌이 견고하면서도 필기감은 부드러운 펜이었다. 아무것도 없이 살면서도 펜만은 고급품을 쓰는 사람이다. 그러나 지금은 그의 취향을 따질 때가 아니다. 나는 잠깐 딴 데 팔렸던 정신을 종이에 돌렸다.

"여기서 가장 중요한 건 모래 문양, 사문沙紋이죠. 도영 씨의 말이 맞는다면 없던 문양이 나타난 거니까요. 여러 자료 사진을 보면 료안지의 모래 문양은 이렇게 직선과 돌 주위의 물 무늬로 나타났더라고요. 이게 현규 씨가 중국에 가기 전에 마지막으로 그리고 간 거라고 했죠."

나는 자료 사진을 따라 배치도에 있는 문양(직선과 동그라미 무늬)을 보았다. 딱히 미술적 재능이 있는 편이 아니어서, 내가 그린 선은 정원에서 본 문양과는 달리 삐뚤빼뚤했다.

"이렇게 좁은 간격의 직선 여러 개를 긋고 넓은 간격을 두는 패턴은 렌몬漣紋이라고 해요. 물놀이 연漣 자를 써서 물결무늬라는 뜻이죠. 간격이 일정하면 조쿠센몬直線紋, 직선문이고 차분한 명상 효과를 준다고 해요. 현규 씨가 그리고 간 건 렌몬에 가깝죠?"

도영은 고개를 끄덕였다.

"돌 주위에 그린 원은 우즈마키몬, 한자로는 과권문過港紋이라고 하는 건데, 그야말로 소용돌이를 표현했어요. 둘 다 돌 없이 물을 표현하는 방법입니다."

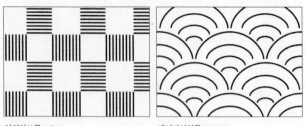

이치마쓰몬市松紋　　　　　　세이가이하몬靑海波紋

나는 아무것도 적히지 않은 배치도를 새로 꺼냈다.

"도영 씨가 새로 보았다고 하는 무늬는 이런 거예요."

"이렇게 체커 무늬. 이건 바로 이치마쓰몬이라고 해요. 한자로는 시송市松이라고 쓰죠. 조약돌을 깐 것 같다고 해서 포석 무늬라고도 하고. 프리메이슨 전통으로는 선과 악의 이중성을 상징하는 거라고도 하는데, 이 무늬를 이용한 일본 전통 공방 같은 데서는 무한히 반복된다고 해서 연명장수를 상징한다고도 말하고 있더군요. 영원이라는 뜻도 있고요. 그리고 이 반원은 세이가이하몬靑海波紋. 푸른 바다에 이는 거대한 파도를 뜻해요."

셋 다 잠시 그걸 들여다보았다. 가만히 보면 매직아이처럼 어떤 글자라도 떠오를 것처럼.

나는 성현이 겉보기에는 태도가 진지해도 젠 정원의 문양에 대한 설명에 대해서는 그렇게 관심이 없다는 것 정도

는 눈치채고는 있었다. 당연하지 않은가. 보통의 사람이
유령이 보낸 메시지라는 말을 그렇게 쉽게 믿어버린다는
것도 이상하다. 그런데 지금 이 사람이 보이는 반응은, '유
령이 메시지를 보냈다고? 아, 그래?' 정도였다. 그는 우
리가 지금 하는 짓이 허무맹랑하다고 말하지 않았다. 그저
무늬만 들여다볼 뿐이었다.

"이게 무슨 번호라든가 방향이라든가를 말할 가능성은
없습니까?"

그가 도영에게 물었다.

"네?"

"현규 씨가 도영 씨에게 어떤 장소를 알려주고 싶어 했
을 수도 있죠. 적어도 도영 씨 집을 뒤집어놓은 사람들이
찾는 것이 있는 장소에 대한 어떤 힌트가 될 수도 있는 겁
니다."

내가 되레 놀랄 차례였다. 이 남자, 내 생각보다도 더 이
상한 사람인 것 같다. 유령이 보낸 메시지라니.

"이 무늬만 보고는 생각나는 게 없어요."

"가방은 어때요?"

나는 이치마쓰몬을 가리켰다. "이런 문양의 명품 브랜
드 가방 많이 있잖아요. LV 브랜드라든가."

가장 쉽게 할 수 있는 추론이었다. 가방이라면 뭔가 담

기에도 좋다.

"저도 현규 씨도 이런 무늬 가방은 없어요. 저는 민무늬를 선호해서 패턴이 있는 물건은 잘 안 써요. 현규 씨는 명품 브랜드와는 거리가 멀고요."

수수께끼 앞에서 우리는 말이 막혔다. 과연 이것이 수수께끼인지도 알 수가 없었다. 가구가 희박한 방안에 울리는 침묵은 물둘레를 그리듯 퍼져만 갔다.

"여기 이 바둑판무늬에는 도시市와 소나무松라는 글자가 들어 있군요."

그가 내가 쓴 글자 위에 손가락을 놓았다. 가늘고 긴 손가락이었다. 반지는 끼고 있지 않았다. 괜히 쑥스러운 마음에 몸을 더 앞으로 내밀며 글자에 집중하는 척했다.

"그러네요. 제가 알기로는 어떤 가부키 배우가 이 무늬 옷을 즐겨 입어서 그렇게 부르게 되었다고 하던데요."

"그리고 이 글자는 푸른 바다 青海."

"네, 그러네요."

나는 이 이야기가 어디로 흘러가는 건지 방향을 잡지 못했다. 도영도 마찬가지인 듯했다.

"그렇다면 이 문양이 뜻하는 바는 도시와 바다. 그리고 소나무가 있는 곳을 뜻하는 것 아닐까요?"

나와 도영은 모두 창문 왼쪽의 벽을 향했다. 그곳은 텅

비어 있었다. 구조가 같긴 하지만, 여기는 도영의 집이 아니었지. 바로 한층 위에 있을 그 벽에는 흑백사진 액자가 걸려 있었다. 소나무와 기차, 바다.

"정동진 말씀하시는 거예요?"

나는 믿을 수 없다는 듯 물었다. 유령이 정동진에 가보라고 메시지를 보냈다고? 하지만 이 방안에서 가장 미신을 믿는 쪽에 가까웠던 사람, 즉 나는 가장 냉철한 태도를 취하고 있었다. 하지만 그는 안경을 고쳐 쓰며 약간 목소리를 높여 말했다.

"현규 씨가 상하이로 떠나기 일주일 전에 정동진에 같이 가셨죠."

"네⋯⋯. 그렇지만⋯⋯."

"거기 물건을 맡기거나 하지 않았을까요? 가령, 역 물품 보관함이라든가."

도영은 코끝을 찡그렸다.

"정동진역에는 물품 보관함이 없어요. 내일로 기차를 탄 대학생들이 왔다가 짐을 맡길 데가 없어서 불평하는 걸 봤는데, 아! 휴게소!"

애초에 이 이야기를 꺼낸 사람은 나지만 너무 딱 맞아떨어지는 것 아닌가 싶을 정도의 전개였다. 하지만 도영이 이렇게 흥분하는 모습은 사건 이후뿐 아니라 내가 그녀를 알고 나서도 처음이었다.

"정동진역 옆에 휴게소가 있어요! 거기에서 잠깐 물건을 맡아준다고 하는 걸 들었어요. 현규 씨도 점심 이후에 잠깐 휴게소에 다녀왔었고요."

그가 소파에서 일어났다. "그럼 직접 가보는 게 좋을지도 모르겠군요. 가서 차 키를 가져오겠습니다. 토요일이라서 어떨지 모르지만 빨리 가면 문 닫기 전에 도착할 수 있을 겁니다."

나는 전화를 먼저 해보는 게 좋지 않겠느냐고 말하고 싶었지만 먹히지 않을 제안 같았다. 방안으로 들어가는 그에게서도 뭔가 말할 수 없는 들뜬 기운이 느껴졌다. 어리벙벙하다는 게 지금 나의 상태를 표현하기에 적절한 말인지 몰랐다.

나는 첫인상만 보고는 이 남자를 〈엑스 파일〉의 스컬리 같은 사람일 거라 파악했었나 보다. 내가 종종 하는 미신적인 말을 하면, '그건 과학적이지 않아요'라고 잘라버릴 사람. 하지만 지금 그의 행동은 스컬리보다는 멀더에 가까웠다. 내 첫인상은 틀리는 법이 없다고 근거 없이 자신했었는데 결국 이렇게 깨어지는 건가?

그가 재킷을 걸치며 방에서 나왔다.

"그럼 재인 씨, 저희 갔다 오겠습니다."

그가 내 이름을 처음으로 부르긴 했지만 그것보다는 다른 말이 더 신경쓰였다. 저희라고? 도영은 맘이 급했는지 벌써 문밖으로 나갔고, 나는 이러지도 저러지도 못하고 어정쩡하게 서서 탁자 위에 늘어놓았던 종이를 주워 담던 중이었다.

"문은 닫으시면 자동으로 잠깁니다. 여유롭게 하시고 천천히 조심해서 가세요."

"네?"

"너무 어둡기 전에 가세요. 이 동네가 밤 되면 의외로 캄캄해요. 일찍 문 닫는 가게가 많아서."

뭐라 항의할 틈도 없이 그도 서둘러 집밖으로 뛰어나갔다. 뒤 한번 돌아보지 않았다. 그가 나간 뒤에 톱니가 드르륵 돌아가는 소리가 들리면서 문이 다시 천천히 닫혔다. 나는 남의 집에서, 그것도 가구라고는 하나도 없는 남의 집에서 종이 몇 장을 들고 멍청히 서 있을 뿐이었다. 그 모든 수수께끼의 단서를 들고서도.

빨리 가라니? 내가 뭐 들고 갈까 봐 그러니? 이 집에는 그러고 싶어도 가지고 갈 것도 없다고!

너무 어이가 없는 내 심정을 대변하듯이 종이들이 스르르 손에서 떨어졌다. 바둑판무늬와 물결무늬가 그려진 정원 배치도. 바닥에 떨어진 종이가 지금 내 기분을 가리키는 것만 같았다.

❧

　아침에 비가 온 터라 아직도 나뭇가지 끝에서는 물방울
이 뚝뚝 들어 연못 위로 떨어졌다. 그 아래로 잉어들이 모
여드는지 물둘레가 일었다. 꽃들은 이미 다 지고 푸른 잎
들이 돋아 물 위에 어른거렸다. 궁궐 해설사가 잠깐 자유
롭게 둘러보라고 준 시간이었지만, 우리 풍수 교실의 회원
들은 여전히 선생님 주위에 모여 부채꼴 모양의 관람정 주
변을 떠나지 않았다.

　나는 그들과 약간 거리를 두고 어정쩡하게 연못 앞에 서
서 그 속을 들여다보는 척했다. 이렇게 지방 방송의 해설
을 하는 게 해설사에게 무례가 되는 것은 아닐까 신경이
쓰였지만 딱히 개의하는 사람도 없어 보였다. 혼자면 몰라
도 여러 사람이 같이 저지르는 무례에 둔감해지기란 쉬운
법이다.

　풍수 교실의 실습 견학인 셈이었다. 창덕궁 자체가 경복
궁의 풍수 논란 때문에 건설된 이궁이므로 선생님이 특히
선호하는 견학지인 듯했다. 선생님은 2014년에 있었던 창
경궁, 창덕궁 주변의 공사로 인해 좌청룡의 혈맥이 잘려나

간다고 했던 논란에 대해서 설명하고 있었고, 회원들은 여느 때처럼 눈을 빛내면서 그에 귀를 기울였다. 이따금 나는 이들이 이 수업을 듣는 이유가 궁금했다. 분명 몇몇은 부동산을 운영하는 듯했지만, 다른 사람들은? 하긴 한국 사회에서 살면서 부동산에 관심이 없는 사람이 얼마나 있을까.

존덕정을 건너보다가 생각이 다시 도영의 정원으로 돌아갔다. 도영은 일요일 아침에 내게 전화를 했다. 토요일이어서 고속도로에 차가 많은 터라 그들이 정동진 휴게소에 도착한 것은 밤 11시경, 그래도 영업은 아직 하고 있었다. 두 사람은 뛰어들어 카운터를 보던 아주머니에게 자초지종을 설명했지만 맡겨놓은 물건은 없다는 말만 들었다.

"다른 사람들에게도 물어봐달라고 했지만 딱 잘라 없다고 말하더라고요."

도영은 전화 너머에서 한숨을 내쉬었다.

"그게…… 그날 저녁에 우리보다 먼저 다른 사람들이 와서 똑같은 걸 물어봤대요. 남자 둘이었는데 하도 우악스럽게 다그쳐서 다른 직원에게도 전화해서 확인을 해봤는데 없었다고. 현규 씨를 기억도 못 하고."

도영의 풀죽은 목소리에 나는 두 사람에게 서운한 감정을 품었던 것 자체가 부끄러울 지경이었다.

"그…… 참, 어떡하죠. 미안해요."

"재인 씨가 왜요. 제가 재인 씨랑 성현 씨에게 되레 미안하죠. 두 사람이 그렇게 애써줬는데, 참. 그날 같이 오지 않길 잘했어요. 같이 왔더라면 세 사람 모두 허탕만 칠 뻔했으니까. 저는 재인 씨도 따라 나오는 줄 알았는데, 성현 씨가 재인 씨는 넘어져서 다리 부러진 이후로 아직도 걷는 것 불편한 것 같으니까 끌고 다니면 안 된다고 하더라고요. 저도 참 그렇게 심한 부상이었는지도 모르고 제 생각만 했죠. 아무리 급해도……."

그런 배려라면 미리 말을 해주는 편이 좋았겠다 싶지만, 이리저리 꼬였던 마음이 반쯤 풀어지기는 했다. 토라지는 마음이란 애초에 스스로 묶은 매듭이다.

도영과 전화를 끊고 나서는 우리가 낸 답을 생각해보았다. 모래 무늬의 이름에서 정동진을 유추한 건 그럴듯하긴 했지만 처음 예감대로 너무 딱 떨어지는 해답이었다. 수수께끼는 인간의 구미에 맞게 풀리지 않는다.

선생님의 말에 다시 창경궁 후원으로 돌아왔다. 이제 선생님은 한국의 궁궐 정원에 대해 설명하고 있었다.

"한국의 정원은 자연의 이치를 따르는 것을 근본으로 합니다. 그래서 과하게 손질을 한 듯 보이는 관목은 심지 않지요. 지세를 무너뜨려가면서 정원을 조성하지 않는다는 거죠. 즉, 한국 사람의 정신세계 속에서 정원은 몸과 마음을 정화하는 자연, 학문을 갈고 닦으며 세속의 먼지를 떠나 안분지족으로 향하는 장소라고 할 수 있었어요. 일본의 정원도 이런 정신과 크게 다르지는 않습니다만 일본은 자연물을 축소해서 새롭게 구성하고 추상적 상징을 담는 원칙이 있습니다. 그리하여 주변 경관을 정원 안에 빌려오는 것이라고 할 수 있었습니다."

축소, 추상적 상징. 빌려 온다. 마음속에서 모래바람이 휙 일었다가 가라앉으며 돌들이 드러났다. 돌들이 빙빙 돌면서 제자리를 찾아갔지만 내 생각은 아직 완전히 자리잡지 못했다.

일행은 다시 해설사를 따라 연경당을 향해 움직이기 시작했다. 나도 퍼뜩 정신을 차려 사람들 뒤를 따라갔다. 맨 뒤에서 사모님 삼총사가 나누는 이야기가 들렸다.

"그래서 그런지 한국 정원은 자연적이어서 풍취가 있는데 일본 정원은 그것보다는 인공적인 느낌이야."

플리츠 사모님의 말씀.

"왜요, 나는 깨끗하고 마음이 편해져서 좋던데. 교토 갔을 때 절에 가니까 얼마나 좋던지. 거기가 어디더라, 그 돌 주르륵 놓여 있는 데. 열다섯 번째 돌은 어떻게 해도 보이지 않는다는 모래 정원 있잖아."

안경 사모님의 말에 내 귀가 번쩍 뜨였다.

"아, 료안지요?"

쇼트커트 사모님, 미령의 말이 머리를 쳤다. 내가 조사한 자료에도 분명히 있었다. 료안지 돌의 비밀. 그런데 왜 깨닫지 못했을까. 눈앞에 바로 놓여 있는 것도 보지 못할 때가 있다. 열다섯 번째 돌처럼.

플리츠 사모님이 한마디 더했다.

"참, 요새 그렇게 일본 정원들을 재현하는 게 인기라는데. 돈 많은 사람들이 서울 근처에 전원주택을 지을 때 그런 정원을 같이 조성한다나 봐. 왜 요새, 양평, 퇴촌, 팔당에 그런 주택들 많잖아."

연속 안타. 나는 남의 말을 엿듣는 것에서 얻어지는 이점에 머리가 어지러울 지경이었다.

미령이 한마디 더 했다.

"네, 제 친구도 설치미술 아티스트인데 그쪽에 작업실을 얻었어요. 자전거 좋아하는 친구라서 팔당 근처에. 거기 오는 젊은 미술가들이 그렇게 많대요. 단지를 만들어서 함께 작업하기도 하고. 언제 한번 우리도 견학을⋯⋯."

사모님 삼총사는 어느덧 내가 그들 뒤에 바짝 붙어 있다는 것을 눈치챘다. 미령이 돌아보았다.

"어머, 재인 씨. 앞에 가는 줄 알았는데."

"그럴지도 모르겠네요……."

내가 중얼거리자 사모님들이 멈춰서 환자 보듯이 위아래로 훑었다.

"재인 씨, 괜찮아요?" 플리츠 사모님이 커다란 노란 보석이 박힌 반지를 낀 손으로 내 팔을 잡았다. "얼굴이 벌게졌는데, 걷는 게 힘들어서 그래?"

안경 사모님은 손수건을 꺼내 건넸다.

"아이구, 젊은 사람이 땀도 흘리고. 움직이는 게 불편해 보이더니만."

나는 그 손을 덥석 잡았다. "감사해요!"

안경 사모님은 나의 열렬한 반응에 퍼뜩 놀란 듯했다. 손수건을 줬을 뿐인데 그렇게 좋아하는 사람은 오랜만에 만났다는 얼굴이었다. 나는 안경 사모님의 손을 잡은 채로 다른 사모님들을 돌아보았다. 아직도 플리츠 사모님은 다정하게 내 팔을 잡고 있었다. 미령은 무척 걱정스러운 표정이었다. 그들을 모두 꼭 껴안아주고 싶었다. 그래서 나는 손을 놓고 그렇게 했다. 안경 사모님, 플리츠 사모님, 미령까지.

"정말 감사해요, 감사해요, 감사해요!'

내가 와락 껴안자 미령은 당황했지만 어깨를 토닥여주었다.

"어머, 그동안 힘들었나 보네⋯⋯."

"저 먼저 가볼게요! 선생님에게는 먼저 간다고 말씀 전해주세요!"

나는 미령을 놓고 돌아섰다. 사람들을 앞질러 나가야 할지 도로 돌아가야 할지 잘 몰라서, 왔던 길로 다시 뛰어가며 가방을 뒤져 휴대전화를 꺼냈다. 번호를 누르는데 뒤에서 플리츠 사모님이 소리쳤다.

"재인 씨, 다리 조심해! 뛰지 말고 걸어!"

팔당역에 내렸을 때, 도영의 큐브 자동차가 주차장에서 기다리고 있었다. 뛰어가보니 성현이 앞자리에 이미 타고 있었다. 떼놓고 오라고 확실히 말할걸 그랬나, 나는 입을 보이지 않게 샐쭉하면서 뒷좌석에 올라탔다. 그가 고개를 돌려 인사했지만 헤드레스트에 반쯤 가려서 잘 보이지 않았다.

"여기서 십오 분 정도 더 들어가야 해요."

운전대를 잡은 도영이 차를 왼쪽으로 틀었다. 옆에는 팔당댐과 그 아래 강물이 한봄의 햇빛을 받아 넘실거렸다. 눈앞에는 평소 같으면 넋을 잃고 봤을 근사한 강변 경치가 펼쳐졌지만 초조한 기분에 풍경은 그저 바탕 화면처럼 보일 뿐이었다. 서로 수다를 떨 사이도 아니지만, 지금은 그 누구도 아무 말 하지 않았다. 성현은 그저 휴대전화를 들여다볼 뿐이었다. 가끔 안경을 치켜 올리기도 했다. 요전날 이후로 나도 그에게 별로 말을 걸고 싶은 기분은 아니었다. 나는 가는 내내 차창 너머만 힐끔힐끔 바라보았다.

작업실이 있는 곳은 요새 몇몇 아티스트들이 작업 공동체를 이룬다는 팔당-양평 사이의 부지 맨 뒤편이었다. 공동으로 쓰는 울퉁불퉁한 진입로를 들어가면 몇몇 스튜디오들이 지그재그로 배치되어 있다. 각각의 건물은 나무 울타리로 구획되었고, 바로 이어지는 문은 없었다. 입주가 전부 끝난 건 아닌지 어떤 곳은 건축중이었고, 어떤 곳은 분양 광고지의 그림처럼 말끔했다.

현규의 스튜디오는 맨 안쪽, 원래는 창고로 쓰였을 콘크리트 건물을 개조한 것이었다. 오른편 옆집과는 예의 울타리로 나뉘어 있고, 왼쪽은 단지의 끝으로 산으로 향하는 길로 이어졌다.

철문 앞에 서서 우리는 숨을 깊게 내쉬었다. 곁눈질로 흘끔 보니 도영은 잠깐 굳은 채로 서서 건물 정가운데 난 문을 응시하고 있었다. 나는 이번에도 성급한 결론을 내린 것이 아닌지 벌써 후회하고 있었다. 창덕궁에서 이야기를 들었을 때는 직감적으로 이것이라는 생각이 번쩍 스쳤지만, 남한강을 따라 달리는 동안에 기분이 가라앉으며 도영을 또 다른 실망으로 인도하는 셈이 될까 걱정되었다. 하지만 도영에게 말하지 않고 현규의 작업 스튜디오를 확인할 길은 없었다.

"그럼 이제 들어가볼까요?"

도영은 디지털 도어 록 앞으로 다가가 커버를 올리고 여섯 자리 번호를 눌렀다. 출입문 비밀번호를 공유하는 사이가 어떤 것인지는 경험이 없는 나로서는 잘 모르겠지만, 번호는 틀리지 않았다. 도영의 집과 똑같은 소리를 내며 문이 열렸다.

맞은편의 널찍한 창문에서 빛이 쏟아져 들어왔다. 처음에는 눈이 부셔 스튜디오 안을 한 번에 볼 수가 없었다. 눈이 빛에 익자, 여유 있는 실내에 띄엄띄엄 흩어져 있는 물건들이 한둘 모습을 드러냈다.

넓은 방안에서 가구들은 주인을 오래 기다리다 지쳐서 줄에서 벗어난 학생들처럼 약간 삐딱하게 서 있었다. 문앞 전면에는 작업을 하는 자리인지 텅 빈 공간이 있고, 왼쪽 시계 방향으로 잡지 등 잡다한 물건을 담는 바구니가 놓여 있었다. 그 옆에는 커다란 공구 수납 선반이 있었다. 하지만 자세히 보면 바구니와 공구 수납함 사이에 작은 수납함이 하나 더 끼어 있었다. 그리고 비슷한 크기의 수납함이 공구함 오른편 반대편에 있다. 그리고 앞에 놓인 것은 못이나 클립, 압정을 두는 널찍한 칸막이 트레이였다.

창문 밑, 가운데에서 약간 왼쪽으로 치우친 자리에는 하얀 화분에 뿌리내린 천리향 나무와 그 앞의 선인장이 햇빛을 받고 있었다. 천리향은 오랫동안 물을 마시지 못해 가지를 축 늘어뜨리고 있었다. 거기서 약간 앞쪽에 높이와 크기가 다른 책상 두 개와 야트막한 의자가 삼각형을 이루듯 놓였다. 그 뒤편 오른쪽 모서리에는 검정색의 작은 1인

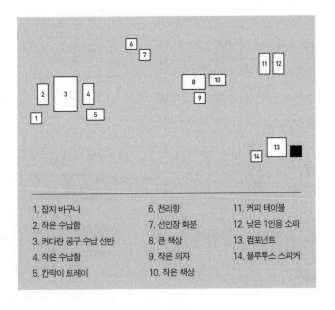

1. 잡지 바구니
2. 작은 수납함
3. 커다란 공구 수납 선반
4. 작은 수납함
5. 칸막이 트레이
6. 천리향
7. 선인장 화분
8. 큰 책상
9. 작은 의자
10. 작은 책상
11. 커피 테이블
12. 낮은 1인용 소파
13. 컴포넌트
14. 블루투스 스피커

용 소파, 그 왼쪽에는 잔이나 책 하나를 놓을 수 있는 커피 테이블이 있었다. 그리고 방의 오른편 맨 앞에는 작은 독일제 컴포넌트와 스웨덴제 블루투스 스피커가 기묘하게 놓여 있었다.

그야말로 동선의 효율성이라고는 하나도 없는 공간 배치였다.

문안으로 들어가자 양쪽 벽에 걸린 액자에 눈이 들어왔다. 문 왼쪽에는 도영의 집에서 본 정동진 사진의 다른 에디션이 검은 액자 틀 속에 들어 있었다. 하지만 문 맞은편 벽에 장식한 네 개의 액자에 든 건 사진이 아니라, 상장처럼 보이는 영어와 한자로 된 증명서였다. 붉은 리본이 달린 금색 딱지가 창문으로 들어오는 빛에 반짝였다. 유리판 아래로 "United States Patent"라는 글자가 두드러졌다. 성현이 이전에 가져다준 서류를 보고, 현규가 여러 나라의 특허를 갖고 있다는 건 알고 있었다.

도영은 스튜디오 빈 공간에 서서 두리번거렸다. 성현은 더는 안으로 들어오지 않고 문 오른쪽 바로 옆에 기댔다.

"이건……."

도영은 차마 말을 끝맺지 못했다.

"현규 씨는 역시 공대생이었나 봐요. 물론……." 나는 재빨리 덧붙였다. "공대생이 오타쿠, 마니아라는 생각은 편견이겠죠. 하지만 현규 씨는 정말로 정원 오타쿠, 마니아였던 거예요."

나는 마치 모델하우스를 안내하는 도우미처럼 두 손을 벌리며 방안으로 걸어 들어가 빙 돌았다.

"처음부터 이런 모양은 아니었을 거예요. 작업을 하기에 적합하진 않은 구조니까. 하지만 현규 씨는 상하이에서 돌아올 때까지 뭔가 숨겨두고 싶었어요. 그다음에 바로 도영 씨에게 보여주겠다고 약속했으니까요. 그래서 물건들을 이런 식으로 배치한 거예요."

책상 위에 놓인 책에 손이 갔다. 『日本庭園の見方/楽しみ方』라는 제목의 책 표지엔 푸른 관목이 심긴 일본 양식의 정원이 선명했다.

"이 방안에는 모두 열다섯 개의 가구가 놓여 있어요. 왼쪽에 다섯, 가운데에 둘, 다시 앞에 셋, 뒤편에 둘, 그리고 셋."

나는 손을 돌려서 각각의 그룹을 가리켰다. 두 사람은 아무 말 없이 내 손짓을 눈으로 쫓았다.

"바로 료안지, 그리고 모래 정원의 돌 배치를 본떴죠."

실제로 본 적도 없는 현규란 사람에게 감동하는 순간이었다. 그는 약혼녀를 위해서 두 개의 정원을 만들었다. 하나는 집안에 모래로 미니어처를. 그리고 자신이 아끼던 공간에 가구를 옮겨가며. 나는 컴퓨터로 배치를 띄우고 숫자를 계산해가며 가구를 옮겼을 한 남자를 상상했다. 흙과 물을 공부한 사람이 사랑하는 사람에게 주는 선물.

"이 배치법에는 널리 알려진 사실이 있어요. 모두 열다섯 개의 돌이 있지만 한 번에는 다 보이지 않는다는 겁니다. 한쪽 자리에서는 언제나 열네 개만 보이도록 되어 있죠. 왜 그렇게 해놓았는지는 알 수 없지만, 여러 가지 설이 있대요. 그중 하나는, 15는 완전함을 뜻하지만 인간은 그 완벽함을 볼 수가 없다."

나는 문 오른쪽으로 가서 성현의 어깨를 톡톡 쳤다. 그가 문 앞으로 비켜서자 나는 특허증 액자 아래에 섰다.

"왼편부터 1번이라고 순서대로 번호를 매기면, 맨 왼쪽의 작은 상자, 즉 2번이 보이지 않아요."

나는 옆에 선 성현을 돌아보았다.

"성현 씨, 저기 수납함 속을 들여다봐줄래요?"

성현은 예의 눈빛으로 안경 너머로 나를 바라보았고, 나는 어깨를 으쓱했다. 그는 큰 걸음으로 2번 수납함 앞에 서서 뚜껑을 열고 허리를 굽혔다.

"하드 드라이브가 하나 있군요."

일어선 그의 손에는 하얀 파우치가 들려 있었다. 나는 그를 똑바로 바라보며 말했다. 그와 나는 다시 눈이 마주쳤다.

"그게 찾던 거겠죠……. 당신……이 조사한 사람들이."

그 순간 그가 망설였다고 생각한 건 그저 내 의심이 만들어낸 착각이었을 뿐인지도 모른다. 망설였다고 해도 순간일 뿐이었다. 그는 방 한가운데에 망부석처럼 가만히 선 도영을 향해 걸어가서, 그녀의 손에 파우치를 쥐여주었다.

"도영 씨 겁니다, 현규 씨가 남기고 간."

도영은 하얀 파우치를 가만히 들여다보았다. 그녀는 들고 있던 검은 쇼퍼 백에 파우치를 넣고는 스튜디오 안을 다시 둘러보았다. 창문으로 들어오는 햇빛은 처음 발을 디디던 때만큼 강렬하지 않았다. 해가 지고 있는지도, 잠시 구름이 가렸는지도 모른다. 그러나 보이지 않아도 해는 창 너머에 아직 남아 있다. 창턱으로 스며드는 잔 빛들이 그 증거였다.

"한 번에 열다섯 개의 돌을 다 볼 수가 없다고 했죠."

노을빛에 잠긴 방안에서 도영의 목소리는 저 세계에서 온 것처럼 멀게 울렸다. 그녀는 반대편 벽의 사진을 보고 있었다. 이 흑백사진은 그녀의 집에 걸렸던 다른 사진과 비슷했다. 다만 이 사진에는 바다 앞, 소나무 아래, 사람이 찍혀 있다는 것만이 달랐다. 카메라를 보고 환히 웃는, 손을 맞잡은 두 남녀.

나는 그녀가 스스로 깨달을 거라고 믿었다. 현규 씨도 그렇게 믿었을 것이다.

"그러면 왼쪽에서, 저 사진 아래서 보면 보이지 않는 돌도 있겠네요?"

"네."

도영은 천천히 그 사진 아래로 걸어가서 잠깐 멈추었다. 나는 며칠 전 봤을 때보다도 그녀의 어깨가 더 가늘어졌다고 느꼈다. 내가 평소처럼 먹고, 자고, 수업에 다니고, 일하고 하는 시간을 그녀는 어떻게 지냈을까. 이제 그녀가 뒤로 돌아섰다. 상실한 사람에게는 평소의 일상이 버겁다. 고작 이 주 만에 입던 옷이 헐렁해질 만큼. 그러나 그녀는 이제까지 한 번도 힘을 잃은 적이 없었다.

"그렇다면, 이쪽에서 보이지 않는 돌은…… 15번."

나는 고개를 끄덕였다. "네, 바로 컴포넌트 뒤예요."

내 말이 신호라도 되는 양 성현이 그리로 움직이려 했다. 나는 손을 들어 저었다. 그도 알아듣고 그 자리에 우뚝 섰다.

도영이 천천히 걸어갔다. 좁은 방안에서 거기까지 가는 길은 꽤 멀었다. 내가 선 곳에서는 이미 그 물건의 끄트머리를 볼 수 있었지만 나는 입을 다물었다. 도영은 컴포넌트 앞에 주저앉아 그걸 빤히 쳐다보았다. 작고 검은 벨벳 상자. 몇 주 동안 주인을 기다리고 있었던 터라 고운 흰 베일처럼 먼지가 덮여 있다. 도영이 그걸 두 손으로 퍼 올리자 석양 속에서 그 먼지 베일이 빛을 발했다. 나는 도영의 집에서 처음 모래 정원을 보았던 때를 다시 떠올렸다. 반짝이는 작은 것들. 나를 바라보는 도영의 얼굴은 웃는지 우는지 알 수가 없었다.

그 안에 들어 있는 게 뭔지 도영이 뚜껑을 열기도 전에 우리는 모두 알고 있었다. 보지 않아도 도영의 얼굴에 떠오른 빛만으로도 무엇인지 알 수가 있었다. 시간을 넘어서는 빛. 그걸 들여다보는 도영의 얼굴이 다이아몬드보다 더 반짝였다.

나는 말했다.

"현규 씨의 프러포즈예요. 도영 씨를 떠나기 전에 하고 싶었던 말. 떠난 후에도 애타게 전하고 싶었던 말. 그 사람, 이렇게 말하고 싶어 했어요. 보이지 않는 곳에도 내 마음은 있다고. 열다섯 번째 돌이 보이지 않아도 존재하듯이."

사람들이 위기의 순간을 회상하며, 그때 어디서 그런 능력이 나왔는지 모르겠다고들 말한다. 아기를 구하려는 어머니가 자동차를 들어올리거나, 높은 데서 떨어질 위기에 처한 사람이 팔 힘으로만 몇 시간 동안 버티는 일들이 해외 토픽에 나온다. 적잖은 사람들이 절체절명의 순간에 신비한 잠재력을 경험한다. 나도 그런 신비 체험을 한 사람 중의 한 명이다. 고등학교 졸업 이후로는 체육과는 결별하고, 교통 신호가 바뀌거나 지하철이 출발한다고 해도 뛴 적이 없었다. 다리가 다친 이후로는 내딛는 발걸음 하나가 조심스러웠는데 그렇게 무지막지한 속도로 뛰다니. 하지만 불운하게도 잠재력이 지속된 건 고작 일 분뿐이었다는 것.

팔당역에서부터 눈치채고 사이드미러로 계속 쳐다보기는 했다. 드라마에나 나올 듯한 거대한 사각 세단을 타고 노골적으로 쫓아오는데 이상하지 않을 리가 없다. 하지만 발견의 흥분에 들떠서 방심했고, 다른 두 사람에게 경고를 하는 것을 미처 잊고 있었다.

남자들은 우리가 안에 있던 내내 건물 뒤에 숨어 있었던 모양이다. 성현이 먼저 나와 리모컨 키로 차문을 열고, 도영과 내가 작업실 문을 나선 순간 검은 양복을 입은 두 남자가 옆에서 튀어나와 도영을 밀어 넘어뜨리며 가방을 낚

아챘다.

"아악!"

너무 순간적인 일이라 도영이 뒤로 넘어졌고, 성현은 몸을 돌리다 얼결에 그녀를 잡은 채로 함께 넘어졌다. 두 남자가 옆 건물과 구획을 나누는 울타리를 넘어가려 하자 나는 문제의 '절체절명의 슈퍼 파워'를 발휘해서 미친듯 뛰어가 가방을 든 남자의 양복 뒷자락을 잡았다.

"가방 내놔요!"

남자는 고개를 돌리며 한 손으로 나를 내려치려 했다.

"피해요, 재인 씨!"

나는 성현의 말에 고개를 돌리다 남자의 옷을 잡은 채로 엉덩방아를 찧었고, 남자는 옷을 벗어던지고 울타리를 휙 뛰어넘었다. 잠깐 정신이 없었지만 나도 그들이 뛰어넘은 자리를 기어 올라갔다. 관목 울타리에 일제 레이스 스타킹이 걸려 찢어졌지만 신경쓸 틈이 없었다.

"재인 씨, 그냥 놔둬요! 위험해요! 가지 마요!"

성현이 뒤에서 다급하게 외쳤지만, 생각할 겨를이 없었다. 옆집 사람들은 취미 고상하게도 울타리 아래에 노랗고 빨간 장미 관목을 심어놓았다. 평소에는 꽃을 밟는다는 생각만 해도 질겁하는 나였지만, 지금은 갓 피어난 장미 꽃송이를 밟는다고 해도 죄책감을 느낄 때가 아니었다. 게다가 내가 아니라 저 악한들이 이미 짓밟고 간 자리였다. 그 것만으로도 변명이 될 터였다. 장미 덩굴은 한 번에 빠져 나가기가 힘들었지만 어떻게 찾은 물건인데 놓칠 수는 없었다. 무엇보다 가방 안엔 도영의 반지가 있지 않은가. 벌써 남자들은 창고 오른편에 세워놓은 차문을 열고 올라타고 있었다.

나는 스튜디오 단지 차량 진입로로 미친듯 달려갔다. 영화의 한 장면인지 현실인지 구분이 머리가 핑핑 돌았고, 머리카락이 눈 위로 흘러내렸다. 차를 붙잡을 수는 없지만, 빨리 뛰어가면 진입로를 막고 두 팔을 벌려 차를 세울 수 있을지도…….

"재인 씨, 뛰지 말라니까! 멈춰요! 다리도 아프잖아!"

성현이 뒤에서 불렀지만 나는 계속 달렸다. 내가 이렇게 빨리 달릴 수 있다니, 한 번도 경험한 적 없는 힘이었다. 달리기 대회에서도 매번 꼴찌만 하다가 바람을 가른다는 기분을 처음 느껴보았다. 다친 이후에 부러진 뼈가 재생하며 오히려 튼튼해진 건가.

이것이 건강의 힘인가……! 생각하는 순간, 오른쪽 발목이 삐끗하며 나는 다시 앞으로 고꾸라졌다. 신발이 벗겨져 땅 위로 널브러졌다. 다행히 손으로 땅을 짚어 코를 박지는 않았고, 옆집은 사람이 거주하는 스튜디오인지 마당

정돈이 잘되어 있는 편이라 뾰족한 돌 같은 건 없었지만 발목의 충격은 상당했다. 나는 옆으로 도로 누우며 두 손으로 발목을 잡았다.

"아야……."

내가 뛰어온 건 고작 십 미터 정도였다.

성현이 내 앞에 무릎을 꿇었다.

"괜찮아요? 다치지 않았어요?"

종아리는 울타리와 장미 덤불에 쓸려 생채기투성이인데다 머리는 짓밟힌 장미 덤불보다도 더 어수선할 테니 꼴이 말이 아니었다. 다시 일어설 수 있을지조차 알 수가 없었다. 하지만 지금은 내 우스운 꼴이나 발목이 중요하지 않았다.

"빨리 가요, 저 사람들 잡아야죠!"

성현이 내 캠퍼 구두를 집어 와 발 옆에 놓았다.

"어디 한번 신어봐요, 일어날 수 있나 보게."

지금 여기서 이렇게 신데렐라 놀이를 할 때가 아니잖아! 나는 부아가 치밀어 그를 노려봤다.

"뭐하는 거예요! 저 사람들 잡아야죠! 저 사람들 서촌에서도 본 사람들이에요. 도영 씨네 빌라 앞에서요! 그때부터 우리 주변을 맴돌며 노리고 있었던 거예요!"

그는 구두를 내 발에 신기며 손을 내밀었다.

"괜찮아요. 자기 다리나 걱정해요. 사람이 참……."

그는 내 눈을 내려다보더니 씩 웃었다. 그렇다, 웃음은
모든 인간에게 내재된 능력이니까 이 사람이라고 웃지 말
란 법은 없겠지. 이제껏 한 번도 보여주지 않은 웃음을 이
부적절한 순간에 보여주어야 할 이유는 모르겠지만.

"용감하기는."

오랜만에, 아니 평생 처음으로 이렇게 뛴 탓인지 심장이
터질 것만 같았다. 하지만 심장은 터지는 대신에 쿵 떨어
질 뻔했다. 자동차가 끼익하며 멈추는 요란한 소리에. 우
리는 소리가 난 쪽으로 고개를 돌렸다.

두 남자가 탄 네모난 검은 세단은 사륜구동 자동차에 가
로막혔다. 세단에서 아무리 경적을 시끄럽게 울려대도, 사
륜구동은 꼼짝할 생각을 하지 않았다. 전원주택 단지는 공
기 좋고, 풍경 좋고, 조용하고 다 좋은데 이게 나쁘다. 도
로 사정. 길이 너무 좁아. 고작 한 대만이 지나갈 수 있을
정도이다. 도영이 검은 차를 향해 걸어가는 것이 보였다.
사륜구동에서도 두 남자가 내렸다. 한 남자는 어디선가 본
네이비색 점퍼를 걸치고 있었다.

친한 듯 친하지 않은 두 남자로 이루어진 커플이 서촌
유행인가 했던 내 생각은 틀렸다. 그런 커플이 어디에서든
유행일 리 없다.

풍수 수업이 끝난 후, 문 옆에 서서 기다리는 그를 보자 곤란한 마음과 반가운 마음이 교차했다. 곤란한 건, 그와 여기서 함께 간다면 사모님들이 뒤에서 수군거릴 게 뻔했기 때문에, 반가운 건 오늘이 마지막 수업이니 점심 같이 하자고 했던 사모님들 제안을 거절하기가 애매했던 차에 좋은 핑계가 생겼기 때문이다.

　그들과 아직도 서먹한 건 아니었다. 그들과 내가 다른 생활방식을 가졌다고 해서 선을 그었던 건 나의 선입견일 뿐이었다. 나를 걱정해주는 사람들과는 친구가 될 수 있다. 사모님들은 내가 다리를 살짝 저는 걸 알면서도 굳이 말하지 않을 만큼 섬세한 분들이었다. 내 다친 상처 걱정을 살뜰히 하고 있었다. 미령과는 친해져서 이제 서로 이름을 부르고 전화번호도 교환했다. 그러나 다른 날이라면 모를까 오늘은 언론에까지 보도된 도영의 사건 얘기가 나올 게 뻔한데 쉽게 둘러대기 힘들었다. 친구가 되었다는 표시로 가십을 공유하는 것이지만, 나는 그들에게 아직 어느 정도까지 말할 수 있는지 마음을 정하지 못했다. 그러니까 그가 반가웠던 건 이런 이유라는 뜻이다. 다른 뜻이

절대 아니라.

그가 날이 좋으니 걷는 게 괜찮다면 근처 테라스 카페에서 점심을 먹자고 제안했다. 여전히 내 다리가 신경쓰이는 모양이었다. 나는 그때 넘어져서 아직도 다리를 전다는 걸 그가 눈치채지 않게 조심스레 걸었다. 카페까지는 따라갔지만 점심은 사양하고 차를 주문했다.

"밥은 친한 사람들끼리 먹는 거고……."

내 말엔 분명히 가시가 돋쳤지만 그는 못 알아들은 척했다.

"그럼 이야기부터 하기로 하죠."

하지만 우리 둘 다 어디서 말을 꺼내야 할지 알지 못했다. 나는 손가락으로 찻잔만 톡톡 두드리며 기다렸다.

"언제부터 알았습니까?"

그가 앞뒤 자르고 본론을 꺼냈다. 언제부터였는지는 확실히 알 수 없다. 추리소설을 읽을 때 '나는 몇 페이지에서 범인을 정확히 눈치챘어'라고 말할 수 있는 경우도 있지만 처음에는 의심으로 시작해서 서서히 확신으로 변해가는 경우도 있지 않나? 어느 시점에서 확신이 들었는지 분명히 말할 수 있는 사람은 드물다. 그의 경우에는 후자였다.

"보험 조사원이라는 직업이 진짜인지 가짜인진 모르겠어요."

나는 그를 바라보았다. 그는 눈을 피하진 않았지만 대답도 하지 않았다.

"집이 사람 살기에는 너무 아무것도 없었고, 그렇다고 사무실도 아니고. '사는 것 비슷하다'고 말했죠. 현규 씨가 회사에서 의심받기 시작하던 때에 이사 왔고. 우리에게 조사했다고 알려준 사실도 외부 사람이 그렇게 짧은 시간에 알아내기엔 어려운 일 같았고."

"현규 씨와 친해지고 싶은 마음은 없었습니다."

의도적으로 접근해서 그에게 정보를 빼내려고 했었다는 고백, 그러려고 하지 않았지만 친해지고 말았다는 죄책감. 어느 쪽이었을까.

"속여서 얻어내려고 하진 않았겠죠. 저는 그런 분야의 일은 잘 모르지만…… 동태 감시? 정동진 얘기는 제가 알아온 사실에서 추론한 건 아닐 거예요. 그런 미신을 믿는 사람도 아니고. 이미 알고 있었겠죠. 계속 보고 있었으니까. 현규 씨가 말했을지도 모르고. 다만 맡겼다면 어디에 맡겼을지 몰라서 도영 씨에게서 단서를 찾고 싶었을 테죠."

그는 여전히 긍정도 부정도 하지 않았다. 내 말을 기다리고 있었다.

"팔당 작업실은 알고 있었을 텐데, 성현 씨는 거기 가보

2장 악마와 깊고 푸른 바다 사이에서　　183

자는 말은 하지 않았어요. 칩을 찾는 게 목적이 아니었겠죠. 성현 씨는 칩 자체에는 관심을 크게 관심을 보이지 않았어요. 현규 씨를 쫓는 사람들이 도영 씨를 여전히 감시하고 있었으니, 그 사람들의 존재를 끌어내려는 게 아니었을까요. 정동진도 생각해보면 허황된 얘기인 줄 알았을 텐데 일부러 서둘러 가는 척했어요. 그 사람들이 움직이는 걸 보고 싶었겠죠."

도영의 집에서 만난 날 나를 지하철역까지 데려다준 것도 도영의 집을 노리는 사람이 있다는 것을 알고 배려한 것이리라. 그 정도는 내게 마음을 썼다. 그는 내게 어디까지 말해야 할지 확신하지 못하고 있었다. 그의 직업윤리이기도 하고 계약 사항이기도 할 것이다. 그러나 그는 내게 분명 설명의 빚을 지고 있었고, 이제까지 '틀리지 않은' 내 첫인상에 따르면 그는 빚을 지고는 못 사는 성격이리라 짐작했다. 그가 보험 조사원이 맞는다면, 그 일은 얼마만큼 갚아야 하는지를 계산하는 것이므로 지금 그는 자기 일을 하는 것이었다.

그가 입을 열었다.

"회사에서는 현규 씨를 의심하는 듯했지만 다른 연구원 하나도 똑같은 의심을 받고 있었습니다. 그래서 현규 씨가 연구소에 모든 데이터와 결과를 보관하지 않고 개별 자료를 항상 지니고 있었던 거죠. 이 사람은 다른 기업들에 교섭할 일정이 다가올수록 마음이 다급했어요. 우리도 팀을 나눠서 각각 조사는 하고 있었는데, 연구가 끝나지 않은 상태에서 연구원들을 고발할 수는 없었고 확증도 없었습니다. 그때 현규 씨 사고가 생긴 거죠."

회사에서는 사고의 진상도 알아야 했지만 데이터도 필요했다. 현규와 함께 사라진 게 아니라면. 섣불리 움직여서 산업스파이도 데이터도 놓칠 위험을 감수할 수는 없었다는 게 그의 설명이었다.

"저는 현규 씨에게 의심 가는 점이 없다는 보고를 올리려던 참이었습니다. 그런데 상하이에서 그런 일이 생겼죠. 제가 늦었습니다. 조금만 서둘렀더라도."

우리는 잠시 아무 말도 하지 않았다. 나는 당신 잘못이 아니라는 인사치레도 하지 않았다. 실제로 나는 그의 잘못인지 아닌지 판단할 수가 없다. 자신이 판단할 수 없는 일에 대해서 위로를 건네는 건 언제나 섣부르다. 아무리 마음이 간절하다 해도.

"현규 씨는…… 정말 죽은 건가요."

그는 고개를 끄덕였다.

"저희가 알기론 그렇습니다. 달리 살아나오거나 한 흔적은 없어요."

나는 사진 속의 현규를 떠올렸다. 도영의 뒤에서 환히 웃던 사람은 아직 젊은 청년이었다. 이국의 깊고 푸른 바다에 잠겨 악마의 포로가 되기엔 아까운 영혼. 삶은 때로 순서를 따지는 논리가 없기에 그렇게 가혹하다. 그 가혹함을 견디고 싶어서 우리는 운명론자가 되기도 한다.

나는 그에게 확인받고 싶은 게 몇 가지 남아 있었다. 우리 둘에게는 여전히 걸려 있는 질문이 있었다. 그에게는 그의 대답이, 내게는 나의 답이 있는 질문.

"제게 한 거짓말은 이제 없나요?"

그가 대답하기까지 삼 초. 삼 초는 짧은 시간이지만 대답을 기다리기까지는 긴 시간이다. 그는 안경을 벗어 눈을 문지르며 말했다.

"재인 씨를 속인 건 없습니다."

그는 안경을 다시 걸쳤다.

"도영 씨가 보았다는 모래 무늬는…… 아마 현규 씨가 떠나는 날 아침에 그려놓고 간 것이겠죠."

그는 내가 소리 내어 말하지 않은 질문에 대답하듯 자연스럽게 말했다.

"도영 씨는 그날은 무늬를 보지 않았고, 현규 씨 소식을 들은 후에 정신없이 지내다가, 슬픔 속에서 그 무늬를 처음 보고 무늬가 새로 그려졌다고 생각했습니다. 어쩌면 현규 씨가 만에 하나 자신에게 무슨 일이 생길 때를 대비해서 무늬를 그린 것일 수도 있겠죠. 정원을 생각하라고."

그것도 하나의 해답이었다. 미리 그린 무늬. 나중에 우연히 발견했다. 스튜디오의 정원은 그가 오래전에 미리 꾸며 배치해놓은 것이었다. 어떤 신비로운 힘이 개입되지 않아도 모두 설명할 수 있는 일들.

"그럴 수도 있죠."

나는 중얼거렸다. 우리는 다시 입을 다물었다.

오월의 바람이 테이블 위로 불어와 돌로 눌러놓은 종이 냅킨을 파드득 날렸다. 그의 이마에 떨어진 갈색 머리카락도 살며시 떨렸다. 나는 그 머리카락을 보며 처음 만났던 초봄의 절을 생각했다. 그때에 비해 바람은 훨씬 산드럽고 향기로웠다. 모든 봄바람에는 정다움이 서려 있다. 상처 입은 사람 모두를 감싸준다.

"제가 두 달 동안 풍수를 배웠잖아요. 배웠다 말하기도 부끄러운 수준이긴 하지만."

그가 나를 바라보았다.

"풍수하면 흔히들 무덤, 즉 묏자리를 잘 선택하는 기술이라고 생각하기도 하고, 그게 중요한 부분인 것도 맞아요. 하지만 죽은 조상의 묘를 잘 쓰는 것이 어찌해서 후손에게 유리하다는 건지 이상하게 생각해본 적 없어요?"

그의 표정에는 변화가 없었다. 그는 이상하게 생각해본 적이 없을뿐더러, 아마 그 점에 대해서 생각해본 적이 아예 없을 것이다. 그런 사람이었다.

"동기감응론이라는 게 있거든요. 조상과 후손은 같은 기로 이어져 서로 감정이 통한다. 유전자를 공유한 사이니까, 조상의 편안한 죽음이 후손의 복으로까지 이어진다는 설이죠. 『금낭경錦囊徑』에서는 이를 '미앙궁의 종' 설화로 설명해요. 대략 한무제 때, 미앙궁에 걸린 종이 아무도 친 사람이 없는데 울리죠. 그런데 알고 보니 저멀리 촉 지방의 구리 광산이 무너졌다는 거예요. 종의 재료, 즉 종의 부모와 다름없는 구리가 무너지자 종이 울었다고."

그의 입가가 살짝 올라갔다. 나는 아랑곳하지 않고 말을 이었다.

"제가 읽은 책에서는 이를 여러 비유로 설명했어요. 봄이 와서 바깥 식물에 싹이 트기 시작하면, 방안에 있는 밤톨에도 싹이 튼다. 이 책에는 빌 브라이슨의 『거의 모든 것의 역사』 얘기도 나와요. 아원자 하나가 회전하면 지구 반대편에 있는 다른 아원자가 반대 방향으로 회전한다. 오하이오에 있는 당구공을 회전하면, 피지에 있는 당구공이 반대 방향 같은 속도로 회전한다는 것처럼요.

입자 하나의 스핀은 먼 거리에 있는 다른 입자의 스핀을 일으켜요. 이런 입자들이 서로 얽혀 있기 때문에 과학자들도 이유를 제대로 설명할 수 없는 얽힘 현상들이 풍수의 기본이 되죠."

나는 테라스 카페의 차양에 드리운 나뭇가지를 올려다보았다. 꽃은 떨어지고 푸릇한 봄의 싹이 돋고 있었다. 이 봄 기운이 어느 어두운 곳에도 이어져 있을까. 이제 어느 골방에서도 푸른 싹이 트고 있을까.

"저 빌 브라이슨에 대한 인용이 마음에 들어서 찾아봤었어요. 양자역학에서는 이 입자의 얽힘을 인탱글먼트라고 한대요. 한번 스친 전자 사이에서도 그런 연결이 있을 수 있다고. 그리고 우주 저편에 있는 두 원자 사이의 연결을 원거리 유령 작용·Spooky action at a distance이라고 부르지요. 애브너 시모니라는 사람은 이렇게 불렀대요. 먼 거리의 강렬함. Passion at a distance. 유령 같은 현상이지만, 정열이라고도 하죠. 어쩌면 정열이 유령이 되기도 하겠죠."

내 말이 어디로 가는지, 그도 이제는 알아차렸을 것이었다.

"부모 자식이 아니어도, 피를 나눈 게 아니어도, 가까운 사람끼리는 이런 얽힘이 있는 게 당연하잖아요."

내 목소리가 울컥 치미는 감정을 누르지 못하고 파르르

떨렸다.

"멀리에 있어도, 우주 건너에 있어도 서로 반응할 정도의 얽힘. 그런 게 사랑의 다른 정의 아닐까요? 살아 있을 때도, 죽기 전까지 생각하는 사람이라면요. 같은 기가 통하고 감정이 반응하는 게 이상하지 않잖아요. 그렇게 마음을 전할 수 있다면, 저멀리 있는 사람에게도 메시지는 보낼 수 있지 않을까요?

현규 씨가 사랑하는 사람과 살던 집의 기가 그가 만들고 꾸민 정원 위에 모래 그림을 그릴 수가 있는 것도, 양자 과학인지 은유인지로 설명할 수 있지 않을까요? 먼 거리 사이에서도 강렬한 마음. 그가 저 먼 바다의 밑바닥 모래 위로 가라앉을 때 이곳에 있는 모래 위에 무늬가 새겨질 수도 있다는 것처럼요."

그의 입꼬리는 이제 움직이지 않았다. 그와 나 둘 모두에게 다행이었다. 나는 비웃음당할 수도 있다는 각오는 하고 있었다.

"이치마쓰몬, 바둑판무늬의 뜻 아세요?"

"연명장수라 했던가?"

"불행하게도…… 현규 씨에게는 해당하지 않는 말이었어요. 하지만 바둑판무늬가 끝도 없이 계속 반복되어나가기 때문에 다른 뜻도 해석할 수도 있죠."

나는 손가락으로 테이블 위에 바둑판을 하나하나 그려
보았다.

"영원한 마음."

그리고 그 옆에는 반원의 부채꼴.

"거대한 바다의 파도에 삼켜졌지만."

테이블 위에서 보이지 않는 무늬들이 정원의 그림처럼
우리 눈앞에서 물결쳤다. 우리는 무늬가 완전히 사라질 때
까지 바라보았다.

"재인 씨는 역시 낭만주의자네요."

그가 깊은 목소리로 말했다. 칭찬인지 비난인지 알 수
없었다.

"처음 봤을 때부터 그런 것 같더니만."

언제를 말하는 건지도 알 수 없었다.

"그게 언⋯⋯."

"자, 그럼 이제 밥 먹을까요, 충분히 친해진 것 같으니."

그가 메뉴를 내 쪽으로 돌리며 불쑥 내밀었다. 나는 아
직 멀었다고요, 라고 들릴락 말락 말하며 입을 내밀었지만
그는 고개를 숙이고 자기 메뉴를 들여다보느라 나를 보고
있지 않았다.

그의 머리카락이 또 바람에 날렸다. 적어도 머리숱은 많
은 사람이었다. 보기 드물게 머릿결도 고왔다. 괜히 손가

락이 가려워져서 나도 고개를 메뉴에 박았다. 메뉴의 페이지가 바람에 후르르 넘어갔다. 봄치고도 거센 바람이었다. 지구 건너편, 지금 한 바퀴 돈 나의 마음속 입자와 얽혀 있는 어떤 입자가 반대 방향으로 똑같은 속도로 회전하면서 일어난 바람.

기를 맑게 해주는 풍수 인테리어

미니어처 젠 정원을 만들어보자

집안은 가장 시간을 많이 보내는 공간이다. 기본 생활 활동이 집안에서 이루어지는 것은 물론, 사회생활에 필요한 에너지까지도 모두 집에서 충전이 된다. 하지만 집에 돌아와도 좀처럼 편히 쉴 수 없다든지, 청소를 아무리 해도 집안의 분위기가 칙칙하다든지 하소연을 하는 사람들은 적지 않다. 전문가들은 집안의 기운을 맑게 하는 인테리어 기법 중의 하나로 미니어처 젠禪 정원을 추천한다. 자연을 접할 기회가 적고, 자기를 성찰할 환경을 만들기가 어려운 현대인이 쉽게 만들 수 있는 명상 공간이다.

젠 정원이란 선의 정신을 체화한 일본식 정원을 흔히 부르는 표현이다. 미국에서 미니멀리즘 인테리어가 인기를 얻으며 젠 정원도 인기 아이템으로 부상했다. (……)

오,
너
미친
달이여

3

Oh, You Crazy Moon

"그림자는 실체와 같은 모양이지만 실체는 아니라는 거예요.
그림자의 주인은 다른 진실을 갖고 있죠."

그해 6월

"예, 다 그렇게 했어요."

살며시 치미는 짜증을 누르고 최대한 차분하게 대답한다. 지금 어디 있는지 알면서 굳이 이런 시간에 확인할 것까지는 없지 않은가. 이 사람은 매번 이런 식이다. 그것도 오늘만 벌써 세 번째.

"네, 걱정 마시고요. 내일 서울 올라가는 대로 다시 연락……."

상대방이 전화를 툭 끊는다. 자기가 필요한 말만 하면 남이 말을 끝맺지 않았더라도 전화를 뚝 끊어버리는 것 또한 변함없는 습관이다. 그렇지만 거절하지 못하는 자신이 더 한

심하다. 군이 마지막 말을 하면서 굴욕을 자처한다.

전화를 재킷 주머니에 넣고 돌아서는데, 누군가 쳐다보는 기분이 들었다. 사락사락하는 소리. 뒤통수에 와닿는 눈길. 하지만 두리번거려봤자 아무도 없다. 하늘을 올려다본다. 밝다기보다 붉은 달이 머리 위에서 내려다보고 있다. 댓잎 사이를 훑고 지나는 바람이 무어라 속삭이듯 지나간다. 어디선가 들은 비밀을 전하는 것인가. 그렇다면 방금 내가 한 말도 대나무 숲이 들었나.

숙소로 가는 길을 터벅터벅 오른다. 진입로에서 보니 마루의 불이 휘황하고 말소리가 수런수런 들려온다. 주위가 고요하다 보니 원래 시끄러운 일행인데도 평소보다는 훨씬 볼륨을 낮춘다. 아직 잠들기는 이른 시각이기도 하고, 오랜만의 여행이라 그런지 다들 마루에 나와서 떠드는 모양이다.

옆방에 묵는 커플도 그 자리에 있다. 아니, 이 말에는 틀린 점이 있다. 둘 다 옆방에 묵기는 하지만 커플이라고 하기에는 어색한 사이 같다. 같이 도착하기는 했지만 방도 따로 잡고 호칭도 서먹서먹하다. 즉, 옆방에 묵는 커플이라고는 해도 각각 다른 옆방인 것이다. 한 번도 이름이나 애칭을 부르는 법도 없었고, 아예 호칭을 듣지 못한 듯하다. 최근에 만나서 사귀는 사이 같기도 한데 그렇다고 해도 굳이 따로 잘 거면서 여행씩이나 올 필요가 있을까 싶다. 그렇다고 일로 아는 사이라고 하기에는 둘 다 딱히 직장인처럼 보이지도 않는다.

동안이라고도 아니라고도 하기 어려운 얼굴의 여자는 하늘하늘한 비단 치마를 입고 왔는데 출장에는 무척 비실용적으로 보이는 옷이다. 남자는 여자보다 연상인데 옷차림도 외모도 평범하게 깔끔한 편이다. 아니, 그렇게 평범해서 괜찮은 편인가. 여자애들이 흘끔흘끔 쳐다보니 나만 그렇게 생각하는 건 아니겠지. 여자는 간혹 사진도 찍고 메모도 하는 것 같지만 남자는 그저 여자 뒤를 느긋하게 따라다닐 뿐이다. 그렇다고 해도 남자와 가끔 눈길이 마주칠 때면 왠지 섬뜩한 기분이 들기는 한다.

뭐 어때, 하고 어깨를 으쓱한다. 지금은 그보다 더 중요한 일이 있다. 닥친 일도 처리해야 하고, 오늘 마음 먹은 것도 기회를 봐야 하고.

대청마루에 가까워졌을 때 말소리가 들린다.

"……아, 내가 다 안타깝네."

옆방 남자가 이야기를 하던 중, 고개를 끄덕인다.

"……안타깝다고 말할 수도 있겠죠. 하지만 또 다른 면으로 볼 수도 있을 것 같습니다."

남자가 이야기를 하는 동안 한 귀로 들으면서, 주위를 둘러본다. 그러다 그 애와 눈이 마주친다. 그 눈빛에 나도 모르게 갑자기 입을 열어버렸다. 사람들의 시선이 다 내게 쏠리자 얼굴이 붉어진다. 떠도는 말소리 속에 다시 고개를 숙인다. 고개를 다시 들었을 때는 그 애가 보이지 않는다.

불안감이 높아지지만 너무 두리번거리는 것도 다른 애들의 이목을 끌 것 같아서 이야기에 귀를 기울이는 척한다. 하지만 눈은 나도 모르게 그 너머 집안을 향한다.

어느덧 구름이 달을 가린 듯 주위가 어두워진다. 바람이 분다. 거기 실려온 대나무가 흔들리는 소리. 비밀을 말해주고 의심을 부추기고 불안을 일으키는 속삭임. 이유를 모르게 심장이 뛴다. 그러나 잦아들지 않는 대나무의 속삭임이 높아진 심장 고동 소리를 묻는다. 모든 사람의 말소리까지도 삼킨다.

다들 조용해진다. 그와 동시에 어두워진다.

비밀도 들을 수 있을 것 같은 고요와 어둠이 흐른다. 아주 잠깐. 그 순간은 왠지 침도 삼킬 수 없다.

주위가 서서히 밝아진다 싶을 때. 마당 쪽에서 나타난 사람이 애들에게 말을 건다. 다행히도 다시 부산함이 살아난다. 어둠이 걷힌 후의 명랑함은 한층 더 볼륨이 높다. 드디어 숨을 들이마실 수 있다. 아무도 알아채지 못한 채 지나가버렸나 싶은 순간 그 애가 방문을 여는 것이 보인다.

순간 안심하기는 했지만 스치듯 마주친 그 애의 눈빛이 다른 의미로 불안했다. 어색하게 문틀을 잡고 있는 손과 다른 손에 들린 물건조차도. 하지만 그 애는 이쪽을 보지 못했는지 고개를 돌리면서 한 손을 뒤로 감췄다. 누군가 볼까 두려워하는 듯한 동작. 하지만 아무도 보지 못한다. 다들 바깥에서 들려오는 큰 소리에 집중하고 있으니까.

"우리 같이 사진 찍어요. 자, 이렇게 모여봐. 여기 관리인 아저씨에게 사진 찍어달라고 하자."

옆방 여자가 한 손을 저으며 사양하는 투로 말한다.

"아, 화장도 다 지웠는걸요. 게다가 이렇게 화사한 사람들과 같이라니."

"괜찮아요, 언니. 화장 안 해도 충분히 예쁘세요. 자자, 다들 이리 와봐. 여기 등 아래서 찍으면 예쁘겠다."

그사이에 신발을 벗고 대청마루로 올라가서 앉았다. 태연하게 행동해야만 할 것 같다. 다들 이리저리 움직이며 대열을 만든다. 그 틈에 그 애는 아무렇지도 않은 듯 옆에 앉는다. 자리에 앉아서 고개를 숙일 때, 평소에 하얀 목덜미가 왠지 불그스레하다. 붉은 등불 혹은 붉은 달빛.

"야, 너 거기 뭘 그렇게 어정쩡하게 서 있냐. 이리 와. 한 명도 빠지면 안 되지!"

그 애 옆에 앉을 수 있었다. 내 쪽을 쳐다보지도 않고 앞만 바라볼 뿐이다. 한밤에 화장실에 가려다 말고 갑자기 붙들려

사진사가 된 관리인 아저씨가 관성이 된 양 휴대전화를 든다. 바람은 잦아들고, 달은 밝으며, 대나무 숲은 아무런 말을 하지 않는다. 침묵을 지킨다. 나처럼.

❦

도로변에 대나무 한두 그루가 지나더니 줄지어 나타나기 시작했다. 차창 오른쪽에 "슬로 시티 담양에 오신 것을 환영합니다"라는 표지판이 스쳐갔다.

"슬로 시티라."

나는 중얼거렸다. 운전대를 잡고 있는 성현이 힐끔 건너다보았다. "뭐 이상합니까? 요새는 지자체에서 어쨌든 도시 브랜드를 만들려고 저런 이름들을 많이 붙이던데."

그의 말투에는 방어적인 기색이 있었다. 이전부터 괜히 신경쓰이는 말투였지만, 오랜만에 보는 푸른 기운에 누그러져 좋은 기분을 망치지 않으려 했다.

"아뇨, 어차피 나는 빨리 걸으려야 걸을 수 없으니까 어디나 슬로 시티인걸, 이런 생각을 했어요."

그가 다시 나를 보았다. 이번에는 좀더 오래. 내 처지를 가여워하는 건지, 쉽게 자기 비관에 빠지는 나를 한심해하는 건지 분간이 잘되지 않는 눈빛이었다. 어느 쪽이든 상관없다. 어쨌든 이 사람 덕분에 여기까지 올 수 있었던 것이니까 동정을 할 권리를 주는 것도 차비의 일부라고 생각하면 된다.

생각해보면, 부자연스러운 일투성이었다. 여러 번 우연히 부딪히기는 했지만 그래도 여전히 타인이나 다름없는 사이. 그런데도 담양에 취재를 가야 한다는 말을 꺼냈을 때 선뜻 데려다주겠다고 하다니 의외였다. 가까운 곳도 아니고 1박 2일 예정이라 한사코 거절했지만 그도 의외로 강경했다. 지난 사건 때 넘어진 일 때문에 책임을 느끼는 건가. 어지간히 빚지기 싫어하는 성격은 나와 비슷했다.

하기는 기차에서 내려 버스를 타고 다니며 소화하기엔 쉽지 않은 일정이었다. 그렇지만 나는 KTX로 광주송정역으로 간 후, 거기서 차를 렌트하자고 제안했다. 담양까지 먼 길을 계속 운전을 맡기기엔 내 마음이 편하지 않았다. 이 사람과 단둘이 차에 오래 있는 것이 살짝 불편하게 여겨지는 것도 있었다.

차는 이제 담양 시내로 접어들고 있었다. 떡갈빗집과 전통찻집들이 길가에 한둘 나타났고, 전통 공예점들도 드문드문 볼 수 있었다. 처음 와보는 곳이라도 TV의 맛집 소개 프로그램에 출연했다는 현수막이 여기저기 걸려 있는 풍경은 한국 어디를 가나 낯설지 않다. 바로 이 좁은 공간에 가까이 있는 그가 낯선 사람이라는 생각을 새삼 하니 갑자기 공기가 팽팽해진 느낌에 참을 수가 없어졌다. 나는 휴대전화를 꺼내어 스크롤했다.

"음악이라도 들으면서 갈까요? 제 휴대전화 블루투스로 연결할 수 있어요?"

그는 열의가 넘치진 않지만, 진지한 말투로 말했다.

"연결할 수는 있는데……. 그것보다는 이번에 취재한다는 내용에 대해 이야기 좀 해봐요. 이번에는 주제가 뭐라고? 파워 스폿?"

그렇다, 담양까지 찾아온 이유는 파워 스폿에 대한 기사를 준비하려는 목적이었다.

"파워 스폿이란 말 그대로 힘을 주는 곳이라는 의미로 쓰여요. 찾아보면 실은 일본에서 유래한 개념임을 알 수 있죠. 영어로 power spot을 검색하면 해당하는 항목이 나오지 않거든요. 토속신앙적 오컬트와 관광지를 섞어서 만들어낸 개념이랄까?"

"최근 들어서 한국 미디어에서 쓰는 걸 들어본 것도 같습니다."

"네, 2000년대 초반부터 부쩍 유명해진 느낌인데, 일본 위키피디아에서는 1999년에 닥터 코파라는 별명을 가진 풍수 전문가이자 건축가인 고바야시 사치아키가〈대지의 슈퍼 파워〉라는 프로그램에서 처음 썼다는 설명이 있더라고요. 일각에서는 에하라 히로유키라고, 일본에서는 아이돌 그룹과도 방송을 하기도 하고 한국에 책도 번역되어 있는 유명한 영적 상담가가 있는데, 그 사람이 공공연히 유행으로 만들어낸 개념이라고도 하더군요."

"그렇다면 풍수와 딱히 다른 개념은 아닌 것 같은데."

"네, 기본적으로는 풍수에 바탕을 두고 있죠. 치료력이 있는 샘이라든가, 사람에게 영감을 주는 바위라든가. 지형이 특수한 전자기파를 발산한다든가. 기라든가 전자기장이라든가 의미를 갖고 있다는 면에서 기공, 주로 파워 스폿으로 지정된 곳이 일본의 신령한 사원이나 숲을 가리킨다는 면에서 신토神道 신앙과도 관련이 있고요.

파워 스폿이라고 하는 곳들은 기본적으로 이전부터 자연숭배를 하던 곳이에요. 그래서 비와 호나 이세 신궁 같은 곳들이 이에 속하죠. 하지만 지금에 와서 인기가 있는 건 상업적으로는 아무래도 힐링이나 에코 관광 열풍하고도 상관이 있겠죠."

길어진다 싶었지만, 내친김에 나는 머릿속을 정리할 겸 이야기를 더 풀어나갔다.

"하지만 이런 게 일본 한정적이라고만은 말할 수 없어요. 가령 레이라인leyline이라고 들어봤어요?"

그는 고개도 돌리지 않았다.

"아니, 아시겠지만 저는 그다지 오컬트에 흥미가 없어서."

"이것도 어떤 면에서는 파워 스폿과 비슷하다고 생각해요. 용어 자체는 영국 고고학자가 썼다고 하지만요. 고대 비석이나 석상이 있었던 곳들의 배치를 연결한 것이죠. 그런 면에서 이것도 풍수랑 연결한 개념이고, 실제로도 그렇게 쓰였어요."

그는 딱히 반응을 보이진 않았지만 귀를 기울이는 것 같긴 했다. 나는 흥에 겨워서 하던 얘기에 리듬을 붙였다.

"독일에서는 성스러운 선이라는 뜻인 하일리게 리니엔 Heilige Linien, 아일랜드에서는 요정의 길이라고 부르는 것들이 다 비슷한 거죠. 가령 레이라인이 교차하는 곳에 차원의 문이 생긴다거나 하는 생각도 흔히 볼 수 있었고요. 문화는 다르지만 세계에는 에너지장이 다른 장소가 있고, 그곳에서는 초자연적인 힘이 인간에게 영향을 미친다는 가설 정도로는 받아들일 수 있지 않을까요?"

"뭐, 눈에 보이지 않는 지구자기 같은 개념을 들이댄다면 무엇이든 설명할 수 있겠죠. 이런 건 결국 믿음의 문제 아닙니까."

마지막 말에는 냉소적인 기운이 깔려 있었지만 나는 무

시했다.

"가령, 미국 애리조나 주에는 세도나라는 곳이 있어요. 그건 들어봤겠죠."

"버스에 붙은 책 광고 같은 데서 이름을 본 듯하기도 하고."

"세도나는 적색 사암 지형으로 이름 높은 마을이에요. 물론 햇빛을 받으면 아름다운 곳이기도 하죠. 하지만 그곳은 미국 원주민 신화에서부터 초능력 파워로 유명한 곳이에요. 하이킹 등의 관광지로 유명한데 세도나에 갔다 와서 영적 기운을 회복했다는 사람들이 책을 내서 알려졌어요. 이곳을 에너지가 소용돌이치는 보텍스라는 개념으로 설명하려는 사람도 있어요. 물론 레이라인의 개념으로도 볼 수 있겠죠."

"잠깐, 이야기가 점점 장황해지는데 지금 이런 이야기들이 우리가 가는 담양과 무슨 상관이 있습니까? 결국 담양도 레이라인이 지나가는 곳, 파워 스폿이라고 주장하려는 겁니까?"

"사실 잘 몰라요."

세상에는 하기 힘든 말이 있다고들 한다. 미안합니다. 제 잘못입니다. 제가 틀렸습니다. 그리고 잘 모릅니다. 하지만 주변의 평가에 따르면 나는 이런 말들을 거리낌없이,

진지하게 말하는 사람이었다. 경은은 내게 누구보다 가장 먼저 이런 말을 하는 사람이라고 반쯤 농담 삼아 얘기한 적도 있었다. 그는 약간 기가 차다는 표정을 지었다.

"그럼 우리가 서울에서부터 300킬로미터가 넘는 길을 온 의미는 뭐죠?"

"300킬로미터씩이나 되는지는 몰랐네요. 하지만 정확히 알지 못하는 것을 안다고 할 수는 없죠. 저는 풍수 전문가가 아니니까요. 게다가 외국에서 유행한 개념을 수입해서 막 사용하는 데 위험성이 없는 것도 아니고요."

그는 내가 이미 풍수 수업을 듣고 기사에 써먹었다는 사실은 지적하지 않았다. 그 정도는 눈감아줄 만큼 분별력이 있었다. 다만 이렇게 대꾸했을 뿐이다.

"그런데요?"

"담양을 정의하는 가장 큰 풍수적 특색은 주위를 두른 추월산과 그 아래 담양호인데요. 추월산은 이전부터 용의 지세라 하죠. 지형이 드세고 기가 강한 곳으로 알려져 있어요. 담양호는 용이 현신한 곳으로 여의주를 물고 있는 모양이라고 하고요. 근처에 용추산이라든가 용이라는 글자가 들어간 지명이 많은 데도 관련이 있다고 해요."

"우리나라 지형 중에 용이나 호랑이 둘 중 하나랑 관련이 있는 곳은 허다할 텐데."

"중국에서는 레이라인의 개념을 용선龍線이라는 말로 표현했어요. 용이 지나가는 곳이라는 뜻이죠. 그런 의미에서 지세상 용의 모양인 곳과 레이라인, 거기서 연결되는 파워 스폿까지 연결하기란 쉽죠. 게다마 무엇보다도 담양에는 대나무 숲이 있잖아요. 사시사철 푸르고 똑바로 자라는 대나무의 상징은 설명할 필요도 없을 거고.

또, 중국 삼국시대에 살았던 비장방이라는 사람과 대나무과 관련된 중국 얘기가 있어요. 말하자면 긴데……. 간단히 요약하면 비장방이 호공이라는 신령의 초대를 받아 다른 세계로 나들이를 가려는데, 대나무 지팡이를 자기로 변신시켜 대신 두고 갔대요. 그런데 나중에 집에 돌아오려고 했지만 방법이 없어 발만 동동 굴렀다죠."

"오즈의 마법사에서 도로시가 신발 잃어버린 꼴이군요."

"그렇죠. 뭐, 립 밴 윙클 같은 미국 전설 생각도 나고. 아무튼, 비장방은 빨간 구두는 없었지만 호공이 대나무 지팡이를 또 하나 줘서 그걸 타고 왔대요. 그런데 가족들은 이전에 놓고 간 대나무 지팡이를 비장방인 줄 알고 장례를 치러버린 뒤였죠. 그래서 비장방이 다시 돌아왔는데도 믿지 않았다고 해요. 하지만 너무 똑같으니까 결국 가족들도 관을 열어봤죠. 그랬더니 대나무 지팡이 하나만 덩그러니

있으니까 가족도 결국 믿을 수밖에 없었겠죠? 비장방은
자기가 타고 온 대나무 지팡이를 호수에 던졌는데 그게 청
룡이 되었다고 해요. 그래서 대나무의 다른 이름을 화룡이
라고도 한대요. 여기에도 용의 상징이 있죠. 신령한 기운
을 받기에 충분한 지역이죠."

"억지스러운 느낌이 없지 않지만 스토리를 만들 순 있
겠군요."

그가 납득하는 기색이 느껴져 나는 약간 힘을 얻었다.
그래도 과하게 들떠서 떠들지 않으려고 기분을 살짝 억눌
렀다.

"아까 말씀하셨듯이 믿음의 문제예요."

"어떤 의미입니까?"

"파워 스폿을 찾아 떠나는 사람들은 지금 일상에서 괴
로운 일이 있거나 지친 사람들이에요. 그야말로 생활을
유지하는 데 드는 에너지만도 모자라는 이들. 어떤 날, 평
소에 아무렇지도 않게 해왔던 일들이 버거워질 때가 있어
요. 밥을 차린다거나 몸을 씻는다거나, 하다못해 오르막
길을 오르기도 힘들어지기도 해요. 멀쩡한 사람들은 예사
로 해낼 수 있는 일들이 아프고 힘없는 사람들에겐 엄청난
과업이 되는 거죠. 그래서 어떻게든 이 삶을 유지하고 싶
다. 돌아가고 싶다. 그래서 떠나고 싶다는 생각들이 있는

거잖아요.

실제로 그곳에 어떤 자기장이 흐르고 있는지는 몰라도, 방문한 후에 힘을 얻는다면 그것만으로 파워 스폿이 될 수 있는 게 아닐까요? 우리에게도 그런 곳이 있다고 믿는 게, 없다고 단정하기보다는 유리하잖아요. 과학적으로 뒷받침할 수 없어도 다녀와서 다시 또 지친 일상을 살아갈 수 있다면…….”

그는 아까와 똑같은 눈빛으로 나를 쳐다보았다. 일전에 어떤 심리학책에서 사람의 눈빛은 없다고 한 연구 결과에 대해서 읽은 적이 있었다. 즉, 눈이 반짝인다고 표현한다고 해서 광학적으로 조도가 달라지거나 하지 않는다는 뜻이다. 하지만 인간은 눈에서 나오는 다른 기운을 감각적으로 느낄 수 있다. 지금처럼.

“왜요?”

내가 묻자 그는 다시 고개를 돌리고 앞을 쳐다보며 차의 핸들을 꺾었다.

“다친 곳, 많이 아팠습니까?”

갑작스러운 질문에 나는 급습을 당한 느낌이었다. 이제까지 그런 질문을 받은 적은 많았다. 얼마나 힘들었니, 많이 아팠니. 생각보다 부상이 컸기 때문에 질문에 답하는 것도 어려웠다. 그것보다 갑작스러운 병으로 일상이 그렇게 쉽게 깨어질 수 있다는 것, 내가 그간 쌓아올려온 삶의 구조가 순식간에 무너질 수 있는 연약한 것이었다는 사실을 받아들이는 것이 힘들었다.

"상처가 컸던 건 아니에요. 하지만 생활이 무너지는 건 아프더군요."

그가 핸들을 돌리면서 사무적으로 말했다.

"사고는 어떻게 났다고 했죠?"

"거래처에 볼일이 있어서 들렀어요. 주차를 하려는데 그날따라 이상하게 아침부터 차가 너무 많더라고요. 아침 회의 같은 게 있었나 봐요. 그런데 주차 요원은 나와 있지 않아서, 잘못해서 VIP 주차장으로 들어간 거예요. 그때는 그 사실조차 몰랐고요. 엘리베이터로 통하는 문 바로 옆에 주차하고 차에서 내려서 나오는데 그만 미끄러지고 말았어요. 그때는 많이 다친줄도 몰랐고, 절뚝거리면서 일을 보고 돌아가는 길에야 한쪽 다리를 쓸 수 없다는 걸 알게 되었어요. 그다음부터는……"

"여러 우연이 공교롭게 겹쳤군요."

나는 고개를 끄덕였다.

"네, 공교롭게."

"다친 곳에 손해배상을 청구할 생각은 안 해봤습니까? 보험 처리를 받을 수도 있을지 모르는데."

"말해봤죠. 하지만 담당 부서에서는 제 과실이라고 했고, 시설 탓이라면 그 사실을 제가 증명해야 한다고 했어요. 그리고 제가 외부 방문객이 허용되지 않는 VIP 주차장으로 잘못 들어간 것도 문제가 됐죠. 안내가 없었기 때문이지만 걷지도 못하는데 그렇게 복잡한 일들을 감당하기가 어려웠어요. 대기업을 상대로 소송한다는 게 쉽지도 않고. 제가 운이 나빴죠."

"경찰에 신고한다거나 변호사를 고용하는 방법도 있잖습니까?"

"그렇게까지는 생각하지 않았어요……. 말했지만 의욕이 없어져서."

"그렇군요."

나는 쉽게 패배를 인정한 운동선수 같은 기분이었다. 실력 차가 너무 나기 때문에 경기도 해보지도 않고 포기한 사람처럼.

나는 고개를 떨구고 손을 바라보았다. 갑자기 손톱이 깨끗한지 신경이 쓰였다. 그가 물었다.

"그래서 파워 스폿에서 다시 생활을 일으킬 힘을 얻고 싶다?"

"네. 할 수 있다면. 파워 스폿이라서 가는 게 아니라, 갔다 와서 힘을 얻으니까 그곳이 파워 스폿이 되는 거죠."

"그렇군요."

"그래요."

그는 한참 말이 없었다. 나는 머리를 숙인 채로 가방 속을 뒤지기 시작했다. 목캔디나 민트 같은 게 들어 있을 법도 했다. 그사이 차가 빙 도는가 싶더니 부드럽게 멈추었다.

"그럼, 왔어요. 힘이 날 수도 있는 곳에."

나는 고개를 들었다. 그가 창문을 내리자 바람이 차 안으로 휙 밀려들었다. 그와 함께 쏴아 하는 소리. 바람 속에 푸른 향이 옅게 스며 있었다. 앞에 선 꼿꼿한 나무들이 손짓하듯 휘청이며 일제히 잎을 흔들고 있었다. 대나무 숲이었다.

❧

"어머, 저거 봐. 둥근 달이 빨갛잖아."

저런 걸 시스루 뱅이라고 하는 건가. 마루에 앉아 있던 나는 방금 소리를 지른 여자애의 앞머리를 쳐다보았다. 언제부터인가 여자애들의 옷이나 머리 스타일을 유심히 보는 습관이 붙었다. 나이가 들어가고 있나, 하고 자각하게 된 시점부터일까. 그러고 보니 이 여자애는 한밤에도 머리를 곱게 풀어 내리고, 다른 아이들처럼 헐렁한 트레이닝복이

나 반바지 차림이 아니라 소매 없는 저지 원피스에 시스루 셔츠 같은 것을 입었다. 머리에 꽂고 있는 진주 핀이나 핑크색에 검은 꽃무늬 세면도구 가방 등 소품 하나까지도 아기자기하게 귀여운 것만 갖고 있어서 일행 가운데서도 시선을 끄는 아이였다. 이렇게 항상 흐트러지지 않는 모습을 보이려 노력하는 사람들은 어딘가 모르게 감탄스러운 부분이 있다. 남의 눈을 의식해서라고 하더라도, 자기를 지켜보는 남을 항상 생각할 수 있다는 것 자체가 대단하다.

"으음, 그런가? 난 잘 모르겠는데."

앞머리도 셔츠도 시스루인 아가씨 쪽에 가까이 다가가 앉는 사람은 체구가 크지 않고 머리카락이 원래부터 갈색인 듯한 남자애였다. 둥근 눈과 북슬한 머리카락이 요크셔테리어를 연상시키는 아이였다. 긴 머리 여자애에게 귀여움을 받고 싶다는 기운을 강하게 풍기는 것도 강아지 같았다.

"불그스름하긴 한 것 같은데. 보통 보름달은 치즈같이 노란빛이 도는데 이건 유난히 붉긴 한 것 같아."

여자애의 감상에 손을 들어준 것은 다른 아이들이 선배라고 불렀던 남자애였다. 내가 보기엔 다 그만그만한지라 딱히 나이가 구분되지 않지만, 머리카락 몇 군데에 이르게 찾아온 새치 때문인지 호칭 때문인지 같은 대학생이라도 더 어른스럽다는 느낌이 들기는 했다.

"다들 어디 갔니? 나와봐. 달이 빨갛다니까."

시스루가 다소 호들갑스럽게 재촉하자 방안에 있던 다른 아이들까지도 창호문을 열고 마루로 나왔다. 아이들이라고는 해도 키도 덩치도 큰 젊은이들이라 좁은 한옥의 마루가 꽉 찼다. 마루에 걸터앉아 모두 하늘을 향해 고개를 들고 달을 올려다보았다. 그들의 머리카락에 어린 붉은 기운은 초롱을 흉내낸 갓 속에 매달린 전등의 불빛인지 불그스름한 달빛인지 알 수가 없었다.

죽향헌이라는 이름의 이 한옥은 담양 죽녹원에서 멀지 않은 곳에 위치한 숙박 시설이었다. 기와를 얹고 대청마루가 있으며 세 개의 방이 마루 주위에, 그리고 앞채 격으로 또 하나의 방이 있다. 주인은 집 뒤채에 따로 살고 있는 듯했다. 그 사이의 뜰에는 작지만 대나무를 심어놓아 언뜻 보기에는 과거 실제로 살던 집이라고 생각할 만했다. 하지만 수백 년 전부터 이어내려온 고가는 아니고, 게스트 하우스로 신축한 곳이다. 사극 드라마나 영화의 촬영지로도 나온 적이 있다고 남자 주인은 자랑스럽게 말했다.

방은 총 네 개, 4~5인용의 방이 죽실과 국실이고, 2인실이 각각 매실과 난실이었다. 우리가 도착했을 때는 이미 서울에서 왔다는 대학생들이 각각 죽실과 국실에 묵고 있었다. 여자 셋 남자 셋으로 이루어진 학회 모임이라고 했다.

그와 나는 저녁 식사 후 숙소에 들어왔다. 각자의 방으로 들어가버릴 수도 없는 일이었다. 대학생들은 우리가 도착하고 한참 지나 숙소에 도착했다. 저녁 버스를 타고 왔고 아이들끼리 이야기하는 말을 들으니, 원래는 아홉 명 정도 MT에 참가하겠다고 신청했기 때문에 큰 방을 잡았지만 여행 직전에 세 명이 취소해서 여섯 명에 방 두 개라는 어정쩡한 수가 되었다는 듯했다. 그리고 그가 매실, 내가 난실에 묵으면서 이 어정쩡한 구도를 완성하고 말았다. 사람 한 명 당 방 하나라는 지극히 당연한 계산인데도, 어색함이 느껴지는 2인 2실이라는 숫자. 그리고 숫자의 어색함 그대로 그와 나는 양쪽 마루에 걸터앉아서 오가는 아이들을 구경하며 저녁 시간을 버티고 있었다.

"스트로베리 문이라고 해요."

내가 불쑥 말하자 아까부터 옆에 앉아서 책을 읽고 있던 성현이 고개를 들고 눈을 가늘게 떴다. 이제 그도 묻지 않았는데 앞서서 정보를 주는 내 버릇에 익숙해질 법도 하지만, 나 스스로도 가끔은 당황스러운 습관이니까 그의 이런 반응도 이해하지 못할 바는 아니다. 마루에 모인 사람들의 시선이 내게로 쏠렸다.

앞머리도 뒷머리도 일자로 잘라서 지나치게 정직해 보이는 단발머리를 한 여자애가 수수께끼를 풀어낸 탐정처럼 무릎을 쳤다.

"아하, 빨갛기 때문에 딸기 달이라고 하는구나!"

나는 손을 저었다. 논리력을 발휘한 정직한 단발머리를 실망시키긴 싫었지만 모든 추론이 다 사실로 입증되는 것은 아니다. 그렇게 입증되지 않은 추론은 민담이나 소문으로 남는다.

"빨갛다고 딸기 달일 수도 있겠지만, 사실 다른 이름의 달들도 빨갛게 보일 수 있거든요. 달이 빨갛게 보이는 건 대기 상태 때문인데, 보통 공기층을 푸른빛이 통과하지 못할 때 일어나는 현상이래요.

딸기 달이라고 부르게 된 유래는 미국 원주민인 앨곤퀸족까지 거슬러 올라가는데, 그땐 매달 보름달에 이름을 붙였다고 해요. 가령 일월의 달은 울프 문, 늑대 달이라고 하는데 추운 겨울에 먹이가 없으면 늑대들이 굶주려 한밤에 돌아다니며 달을 보고 울었기 때문이었겠죠. 유월의 보름달이 딸기 달인 이유는 이때가 딸기 수확철이었기 때문이라는 거죠. 비슷한 이유로 유럽에서는 로즈 문이라고도 하고, 혹은 허니 문이라고도 하더군요. 그건 유월의 보름달이 지평선 위에 낮게 걸렸다는 이유라고."

"어쨌든 이름 예쁘다. 딸기 달, 장미 달, 벌꿀 달."

이렇게 말한 사람은 시스루였다. 예쁘다는 말을 예쁘게

하는 재능을 타고나는 여자애들이 가끔 있는데, 지금 말을 할 때 보니까 시스루가 약간 그런 과였다. 평범한 말을 할 때도 사랑스럽다. 요크셔테리어가 지금 저 달만큼이나 불그스름한 얼굴로 시스루를 쳐다보는 것도 충분히 이해가 되었다.

"되게 유식하시네요. 별걸 다 아시고. 앨곤퀸족 같은 단어를 일상 대화에서 쓰는 사람 처음 보는데."

별걸 다 안다는 말이 칭찬이 되는 문맥은 드물지만, 조용하게 건넨 말은 다른 의도가 섞이지 않은 채로 꽤 담백했다. 이 말을 한 세 번째 여자아이는 그 말만큼이나 다른 것이 섞여 있지 않아서 딱히 특징을 집어낼 수 없는 도화지 같은 얼굴을 하고 있었다. 다만 아직 화장을 지우지 않은 시스루와는 달리 일찍 세수를 하고 렌즈를 뺐는지 처음 봤을 때와는 달리 안경을 쓰고 있다.

"유식하다기보다…… 검색과 조사를 했으니까? 우리도 여기 일로 온 거라."

일이라는 단어를 필요 이상으로 강조한 게 아닌가 하는 느낌이 스쳤지만, 대학생들은 어차피 우리 사이에 대해서는 관심이 없을 것이다. 그 학생들과 같은 나이였을 때 내가 다른 사람들의 일에 관심이 있었나 기억이 잘 나지 않았다. 그때는 세계가 내 중심으로 돌아간다고 생각했는지도 모른다.

물론 내 편견일 수도 있다. 의외로 날카롭거나 주변 환경에 민감한 사람들은 나이와 상관없이 어디에나 있을 테지. 하지만 지금 우리가 만난 이 한 무리의 대학생들은 추리소설이나 공포영화에 나오는 캐스트처럼 무척 전형적인 구성으로 보였다. 이야기를 주도하는 미인, 그녀의 추종자들, 각자의 개성이 있지만 남자들의 시야에는 들어오지 않는 두 여자애.

알 수 없는 건 여섯 번째 남자애였다. 이제껏 그 애가 입을 여는 걸 본 적이 없었다. 내가 그 아이를 보고 연상한 것은 예전에 탄산음료 광고에 나왔었던 캐릭터 파이도디도였다. 만화 캐릭터보다는 짧지만 바짝 일어선 머리카락, 가늘고 긴 팔과 긴 다리에 씌웠다는 말이 어울리는 티셔츠와 반바지. 남자애치고 하얀 피부와 구슬 같은 눈. 말을 하지 않는 사람은 침묵으로 이해할 밖에 다른 도리가 없지만, 그 아이의 침묵은 해석하기도 어려운 과였다. 무엇보다 다른 애들에 비해 계속 왔다갔다하는 편이라 자세히 볼 기회 자체가 없었다. 지금도 이 자리에는 없었다.

"야, 그래도 야외에 나오니까 좋은데. 대나무 냄새 굿굿."

정직한 단발머리가 마루에 앉은 채로 두 팔을 벌리며 공기를 들이마셨다.

"그런데 난 대나무 보면 으스스하더라, 뭐가 숨어 있을 것도 같고."

시스루가 콧등을 찡그리며 부근의 대나무 숲을 가리켰다. 대나무 잎이 손길에 반응하듯 우수수 소리를 냈다.

"그러고 보니까, 어렸을 때 봤던 『공포 전설』 같은 책에서 대나무와 관련된 무서운 이야기 읽었는데. 첫날밤에 신랑이 도망가서 신부가 늙어 죽었다나 뭐라나……."

요크셔테리어가 한 손을 머리에 대고 쥐어짰다. 책과는 거리가 없을 듯한 외모인데 의외로 상식이 있다고 나는 속으로 감탄했다.

"그거 케이블에서 방영해주는 옛날 〈전설의 고향〉에서 본 거 같은데. 아주 옛날에 방영한 것? 그런데 그게 대숲이랑 무슨 상관?"

단발머리는 문장을 끝까지 만드는 능력은 없지만 자기도 모르게 논리적인 지적을 하는 편이다. 나는 또 어느새 나도 모르게 끼어들고 있었다.

"아, 그거 서정주의 『질마재 신화』에 나오는 이야기일 거예요."

그때 전화벨 소리가 울리더니 선배라는 아이가 "잠깐. 내일 아침에 후발대로 오는 애들인가?"라고 중얼거리며 일어섰다. 여자애들은 나에게 눈길을 보냈다가 자리를 뜬 선배를 쳐다보면서 주의가 흐트러졌다. 전화 소리란 이제 껏 지속되는 고요한 분위기를 깨는 힘이 있다. 대열이 흐트러졌고, 벨이 울리지 않았지만 자기 스마트폰을 꺼내 구석으로 가서 무의식적으로 들여다보는 아이들도 있었다. 이런 상황에서 아무도 원치 않는 이야기를 꺼내는 지루한 어른이 된다는 것이 의식이 되긴 했지만, 이미 뱉어버린 이야기를 여기서 멈춘다는 것도 머쓱하기 그지없었다.

순간 내 등을 밀어준 건 옆에 앉아 있던 시스루였다.

"언니, 그래서요? 질마재 신화가 뭔데요?"

적절한 순간에 반응을 보여준 여자애가 고마웠다. 나는 성현이 말을 거들어주지 않을까 생각했으나 그는 달빛 아래 대나무 숲만 쳐다볼 뿐이었다. 나는 입을 떼었다.

"아까 말한 대나무 숲과 관련된 이야기인데⋯⋯.『질마재 신화』란 서정주 시인의 시집 제목이에요. 그의 고향 질마재에 전해 내려오는 전설을 시로 적었다고 해요. 저도 기억이 가물가물하긴 한데, 내용은 대충⋯⋯ 신혼 첫날 밤, 신랑이 잠깐 화장실을 가려고 나왔다가 방에 다시 돌아가려고 보니 누군가 창호문 뒤에서 칼을 들고 기다리고 있더랍니다. 그래서 신랑은 그길로 냅다 줄행랑을 쳤죠."

요크셔테리어는 두 손을 마주치며 소리를 질렀다.

"아, 맞다! 그런 얘기였지."

"그렇게 신랑은 타지를 떠돌다가 몇십 년 후에 고향에 돌아왔는데, 이전 그 신방이 생각나서 앞을 지나다 열어보았더니 신부가 혼례복 그대로 앉아 있더랍니다. 그래서 신랑이 손을 대니 초록 재와 다홍 재로 가라앉았다는 이야기죠."

단발머리가 눈을 동그랗게 뜨면서 말했다.

"우아, 짠해. 오해가 비극을 만들었네."

사람들 사이에 갑자기 숙연한 분위기가 흘렀다. 괜한 얘기를 꺼냈나 싶지만, 어차피 먼저 꺼낸 사람도 내가 아니다. 좌중이 조용하다 싶을 때 한 목소리가 고요를 깼다.

"그런데 재인 씨가 약간 혼동하신 것 같습니다."

이전에도 분명히 말한 적이 있다. 나는 틀린 걸 지적당했다고 화를 내는 미성숙한 사람이 아니라고. 하지만 그 순간 밤공기가 서늘했음에도 얼굴이 약간 달아오르는 기분이었다. 낮에 보였던 분별력을 지금은 잃어버린 모양이다. 무엇 때문에? 여기 있는 청중들의 존재? 사소한 이야기에 귀를 잘 기울여주는…… 귀여운 청중들?

"네? 뭐가요?"

성현은 아까처럼 사무적인 목소리로 설명했다.

"지금 말씀하신 내용이 경북 영양에 전해 내려오는 황

씨 부인 설화인 건 맞는데, 지금 내용은 『질마재 신화』에
나오는 「신부」와는 좀 다릅니다. 황씨 부인 설화에서는 신
랑에게 연적이 있었고, 그가 화장실에 갔다가 돌아올 때
문에 비친 그림자를 오해했다는 내용이 있습니다. 하지만
「신부」에는 그런 내용이 없죠."

"그럼 그 시에서는 신랑이 도망가지 않았다는 거예요?"

시스루는 성현의 눈을 똑바로 들여다보며 물었다.

"아닙니다. 그 시에서도 신랑은 도망갔습니다. 하지만
오해의 내용은 달랐어요."

시스루의 질문에 대답하는 그의 목소리가 조금 더 다정
다감한 듯 들리는 것이야말로 내 착각인 듯했다. 하지만
보통 남자들은 귀여운 여자아이의 질문에는 친절하기 마
련이라는 것도 나는 잘 알고 있다. 그 보통의 범주가 감정
을 짐작하기 힘든 이 남자에게까지 해당되는지는 알 수 없
지만.

"그럼 뭔데요?"

시스루가 이제까지의 어떤 대화보다도 흥미를 느끼는
듯 보이는 것도 같았다.

"서정주의 「신부」에서는 신랑이 화장실을 가려던 중 옷
자락이 돌쩌귀에 걸립니다. 그런데 신랑은 신부가 잠시도
참을 수 없어서 그러는 줄 알고 음탕하다고 여긴 거지요.

그래서 그대로 도망칩니다. 먼 훗날 돌아왔다는 결론은 똑같습니다만."

"결국 착각이라는 거네요. 비슷한 모양을 보고 착각했다."

시스루가 고개를 갸웃했다. 생각에 잠긴 표정이었다.

그러고 보니 어렴풋이 그런 내용이 있었던 듯도 싶었다. 어딘가 모르게 석연치 못한 기억으로 남아 있었던 이야기였다. 나는 다시는 실수하지 않으려 머릿속에 새로 들은 이야기를 입력하며 하려던 말을 이어갔다.

"어차피 전설이긴 하지만 그 남자 참 별로잖아요. 어느쪽이든 말이죠. 결혼 초야에 신부가 연적을 방에 숨겼을 거라 생각했든, 자기 옷자락을 잡았을 거라 생각했든. 자신의 오해에서 비롯된 것 아닌가요? 그 오해는 자기의 콤플렉스일 거고. 의심이란 자기의 가장 약한 부분에서 나오기 마련이라."

내 목소리가 생각보다 높았는지 흩어졌던 아이들이 다시 내 쪽을 주목했다. 정직한 단발머리가 고개를 끄덕였다.

"나도 남자가 루저 같다고 생각하고 있었는데. 아무리 옛날 남자라도 그렇지. 다른 남자가 방에 들어왔다고 생각하면 뛰어들어서 와이프를 구하는 게 남자지."

그때 마루 기둥 옆에 기대앉아 스마트폰 화면을 쭉쭉 내

리고 있던 요크셔테리어가 고개를 절레절레 저으며 끼어
들었다.

"얘가 무서운 걸 모르네. 칼을 들었다고 하는데 무슨 수
로 들어가서 구하냐. 맨손으로 싸워?"

단발머리는 혀를 쯧쯧 찼다.

"옛날이나 지금이나. 남자들이 조잔해가지고. 게다가
서정주 시인은 왜 그랬대요? 여자가 못 참아서 옷자락을
잡았다고 그게 뭐 그리 잘못? 가만히 기다리는 여자보다
좋지 않나? 여자가 급하면 안 돼? 아, 내가 다 안타깝네."

그사이, 전화 통화를 마치고 왔는지 선배라는 남자애가
단발머리와 시스루 사이를 굳이 비집고 들어와 앉았다. 그
런 위치가 불편했는지 시스루가 슬그머니 일어났다.

"나 쌀쌀해서 잠깐 방에 가서 걸칠 옷 좀 가지고 올게."

시스루가 방으로 들어가버리자 선배라는 아이는 애석한
눈치를 티가 나도록 보였다.

"그래, 감기 걸리면 안 되지."

그런 후에는 단발머리에게로 비딱하게 고개를 돌렸다.

"야, 우리 지은이는 역시 진취적인 현대 여성이지. 찍남
이 있으면 선톡도 날리고 하는 성격이잖아. 기다리지도 않
고."

선배가 빈정댄다고 느꼈는지 단발머리는 못마땅한 기색

을 담아 말했다.

"원하는 게 있으면 가져야지. 가만히 앉아 원하는 게 오 길 기다리는 게 루저 아닌가? 가만히 기다린 여자가 불쌍 하긴 해도 바보 같네."

"옛날이나 지금이나 여자가 먼저 나서긴 보기 그렇잖 아. 불쌍하게시리."

같은 이십 대일 텐데 이렇게 고리타분한 얘기를 하는 대 학생이 있다니 놀라웠다. 생각은 할 수 있다고 해도 입 밖 에 낼 수 있는 무모함이 대단했다.

"보기 그렇다는 게 뭐? 불쌍한 건 또 뭐래? 옛날이야 몰 라도 요새도 그런 꼰대 같은 생각을 하는 남자들이 있나? 그런 사람들이 주로 모태 솔로지."

단발머리가 부루퉁한 표정으로 쏘아붙였다. 더 심한 말 을 할 수도 있지만 자제한다는 느낌이었다.

"야, 너 은근히 말이 짧다?"

선배라는 아이의 언성도 높아졌다. 두 사람은 서로를 노 려보았다.

차가워진 공기가 밤 온도 때문은 아닌 것 같다는 느낌이 드는데 성현이 끼어들었다.

"사람마다 관점은 다른 거니까. 신부의 선택이 바보 같 다고도 안타깝다고도 말할 수 있겠죠. 하지만 또 다른 면에서 볼 수도 있을 것 같습니다."

"다른 면요?" 내가 그의 말을 거들었다.

"예. 신부는 신혼 첫날에 자기는 미처 깨닫지도 못한 오
해로 버림받은 겁니다. 그 긴 시간을 기다리며 무슨 생각
을 했을까요? 바보 같아서 다른 선택을 하지 않은 걸까
요? 그저 그렇게 지고지순한 사랑 이야기이기만 한 걸까
요? 그 감정의 실체는 뭘까요?"

그는 안경 너머로 주위를 둘러보았다. 단발머리와 선배
는 입을 꾹 다물었다. 요크셔테리어는 지적을 당하고 싶지
않은 학생처럼 눈만 말똥말똥하게 떴다.

"원한? 보통 사람이라면 그런 상황에서 원망을 품지 않
을까요?"

말한 사람은 언제 돌아왔는지 모를 시스루였다. 시스루
는 성현의 옆 빈자리에 앉았다.

"넌 그럴 거야? 역시 여자가 한을 품으면 오뉴월에도
서리가 내린다더니." 시스루를 쳐다보는 요크셔테리어의
눈빛을 보니 시스루가 자기에게 무슨 감정이라도 품어주
면 감지덕지로 여길 듯했다.

"글쎄. 난 마음을 드러내 보여줬는데 받아주지 않는 사
람이라면 원망할 거야."

시스루는 하얀 얼굴에 순진한 표정을 지어 보였다.

"어쨌든 규민 오빠 말대로 여자가 먼저 말하는 건 쉬운 일은 아니니까. 그런 용기를 냈는데 거절당한다면 쉽게 잊지 못할 것 같은데."

거절당해본 적 없는 여자의 말이다. 나는 직감적으로 그렇게 생각했다. 시스루의 눈길이 주위를 훑었다. 남자애들은 자기도 모르게 슬쩍 고개를 끄덕였다. 성현도 머리를 살짝 움직인 것도 같았다.

"아니지 않을까."

의외로 단호한 말에 모두가 눈을 뒤로 돌렸다. 그동안 우리 얘기에 끼지 않았던 도화지가 뒤쪽, 매실 방문 옆에 앉아 있었다.

동의는 말하기 쉽고, 반대는 조금 더 망설이는 법이지만 이 말에는 망설임보다는 반발이 스며 있었다.

"난 체념이라고 생각해. 그 시대라면 첫날 남편에게 소박맞고 살아가기란 힘들잖아. 그 자리를 지키면서 열녀로 죽어가고 싶었던 거라면 몰라도. 좋아해도 포기해야 할 때도 있고. 그래서 그 자리에 가만히 있었을지 몰라. 할 수 있는 게 없으니까……. 시시한 마음 하나 안고."

이제 아무것도 없는 하얀 도화지에 쓸쓸함이 그려진다. 시시하다는 말을 다른 의미처럼 말할 수 있는 아이였다.

"증명."

여기 도착한 이후 처음으로 듣는 남자애의 목소리다. 다른 아이들도 모두 의외라는 듯 그쪽을 쳐다보았다. 나도 모르게 되물었다.

"증명이라니, 무슨 뜻?"

파이도디도는 할말을 찾는 듯 뜸을 들이며 혀를 입안에서 굴려보았다.

"음⋯⋯. 그러니까 어떻게든 보여줘야겠다는 마음요."

"그러니까 뭘 보여줘?" 단발머리가 두 손을 깍지 낀 채로 뒤로 돌려 팔을 쭉 펴며 물었다.

"음⋯⋯."

파이도디도가 말을 잇지 못하자, 그 틈을 메운 건 나였다.

"알 것도 같은데. 자기가 오해 살 만한 행동을 하지 않았다는 것을 달리는 증명할 길이 없으니까. 거기 앉아서 기다리면서 자기는 결백하다는 걸 보여주고 싶은 마음일까. 그건 그 상대에 대한 어떤 마음이라기보다는 자기 자신에 대한 신념 같은 걸지도."

파이도디도는 고개를 끄덕이며 주위를 훑어보았다. 시선을 마주치려는 건지 피하려는 건지 알 수 없었다.

"어떤 때는 기다리는 것만이 유일한 방법일 때도 있으니까요. 나는 어떤 사람이라는 것을 보여줄 수 있는."

"글쎄, 나는 그래도 사랑하니까 돌아오길 기다린 거 같은데." 단발머리는 역시 정직하고 꿋꿋하게 말했다. "그러니까 그가 돌아왔을 때 비로소 재로 무너져내린 거지. 사랑하는 마음이 없으면 그렇게 못 해. 그러니까, 애정 쪽에 한 표. 우리 애정이한테 한 표." 단발머리는 한숨을 지으며 도화지의 어깨에 정답게 머리를 기댔다. 도화지가 왠지 머쓱하게 미소를 머금었다.

요크셔테리어가 기지개를 켜며 일어섰다. "나도 원망할 것 같긴 한데, 한편으로는 원망도 사랑의 표현 같기도 하고. 사랑이 없으면 원한도 생기지 않으니까."

선배가 마치 병아리 떼를 보는 암탉 같은 얼굴로 피식 웃음을 지었다. 기껏해야 서너 살밖에 차이가 나지 않을 텐데.

"결론은 러브 앤드 헤이트인가. 나는 잘 모르겠다."

"그래서 답은 뭐예요?" 시스루가 그를 보면서 예쁜 눈을 살짝 가늘게 떴다.

"답은 따로 정해져 있지 않은데. 이 모두일 수도 있고, 그를 넘어선 다른 것일 수도 있겠죠." 성현이 담담하게 대답했다. "이 설화를 다룬 또 다른 시로 조지훈의 「석문」이 있습니다. 거기서는 '원한'이라는 말과 '그리움'이라는 단어가 나오죠."

"아, 나 검색해볼래." 단발머리가 캐릭터 케이스를 끼운 스마트폰을 꺼내 화면을 콕콕 눌렀다.

"마지막에 보면 '원한도 사무칠 양이면 지극한 정성에 열리지 않는 돌문이 있다'라는 시구가 있는데요. 시인은 역시 원한에 초점을 둔 게 아닌가 싶습니다만……." 성현은 잠시 뜸을 들였다.

우리 위에 내려앉은 고요의 틈에 대향이 섞인 바람이 파고들었다. 여자아이들의 머리카락이 날리고 한 점 구름이 붉은 달을 천천히 가렸다.

"원한이란 결국 자기가 어떤 분한 일을 당했다는 생각에서 나오는 감정입니다. 거기에는 부당하다는 의식이 깔려 있죠. 내가 그런 취급을 받을 만한 사람이 아니며, 그런 나쁜 짓을 하지 않았다는 생각. 하지만 원한과 동의어처럼 여겨지는 원망이라는 단어에는 바랄 망望이 껴 있습니다. 분명 미워하고 탓하는 마음이 있죠. 하지만 바라보고 그리워하며 원하는 마음도 있는 겁니다."

구름이 서서히 달을 지난다. 어두움은 영원하지 않다.

"원한이 사무쳐서 문이 열리지 않는다면 벽일 뿐이겠죠. 그렇게 벽이 만들어집니다. 하지만 문이라고 한다면 결국에는 열리게 되어 있습니다. 기다림은 끝이 있다는 전제하에서만 이루어지죠. 끝을 기다리지 않는 건 이미 끝을 만난 죽은 존재뿐입니다."

낯선 타인이 모여서 동시에 하늘을 올려다본다는 행위에는 어딘가 모르게 경건한 면이 있다. 다들 그렇게 잠시 구름이 달을 스치는, 아니 달이 구름을 벗어나는 장면을 바라보았다. 그와 나도 잘 모르는 타인이라는 생각이 잠시 떠올랐다 구름처럼 지나갔다.

"조용해져서 다들 들어가셨나 싶어서 돌아와봤더니만."

반바지 주머니에 손을 넣어 바지춤을 추켜올리며 숙소 주인이 나타났다.

"아, 저희 때문에 깨셨어요?"

내 말에 주인은 굳이 두 손을 주머니에서 빼서 휘휘 저었다.

"아니, 화장실에 가려고 나온 거죠. 화장실로 바로 연결되어 있는 방도 있지만, 우리 방은 바깥으로 나와야 해서."

"마침 잘 오셨어요. 저희 사진 좀 찍어주세요."

단발머리가 댓돌 위에 놓인 신발을 아무거나 주워 신고 뛰어 내려가 주인에게 스마트폰을 건넸다. 주인은 이런 주문이 익숙한 듯 망설임 없이 받아들었다. 단발머리는 다시 대청 위로 풀쩍 뛰어올랐다.

"우리 같이 사진 찍어요. 자, 이렇게 모여봐. 여기 관리인 아저씨에게 사진 찍어달라고 하자."

나는 한 손을 저으며 슬쩍 엉덩이를 들었다. "아, 화장도 다 지웠는걸요. 게다가 이렇게 화사한 사람들과 같이라니."

상대방의 기분을 덜 고려하고도 남을 스스럼없이 대할 수 있다는 건 어떤 면에서는 큰 장점이다. 자신의 기분에만 집중할 수 있으니까. 단발머리가 그런 유였다. 화사한 사람과든 아니든 이미 다크서클이 어둠처럼 내려왔기 때문에 한밤에 사진을 찍고 싶어 하지 않는 사람도 있다는 것을 굳이 생각할 필요가 없다.

"괜찮아요, 언니. 화장 안 해도 충분히 예쁘세요. 자자, 다들 이리 와봐. 여기 등 아래서 찍으면 예쁘겠다."

나는 약간 곤란한 기분으로 성현을 슬쩍 쳐다보았다. 그도 내 눈길을 느꼈겠지만, 웃음이 이 퍼센트 정도 가미된 무표정으로 앉아 있을 뿐이었다. 의외로 사진 찍기를 싫어하지 않는 사람인가 싶었다.

"그래, 이런 것도 다 추억이니까 찍어두자고."

선배가 내켜 하지 않는 아이들을 토닥였다.

단발머리가 내 팔짱을 끼고, 성현이 내 옆에 앉았다. 시스루는 그와 요크셔테리어 사이로 자연스럽게 끼어들었다. 선배가 단발머리 쪽 마루 기둥으로 돌아오면서 아이들 뒤에 엉거주춤하게 서 있던 파이도디도를 보고 말했다.

"야, 너 거기 뭘 그렇게 어정쩡하게 서 있냐. 이리 와. 한 명도 빠지면 안 되지!"

선배라는 남자애의 지시에 따라 모두 한 줄로 앉았다. 이래서야 얼굴이라도 제대로 나오겠나 싶었지만 나한테는 더 반가웠으므로 아무 말 하지 않았다. 대열이 정돈된 듯하자 선배가 말했다.

"자, 그럼 다 됐지? 아저씨, 이제 찍어주세요."

"아니야, 아직 애정이가 안 앉았어. 얘가 어딜 갔지."

단발머리가 황급히 말하며 두리번거리자 뒤에서 도화지가 모습을 드러냈다.

"나 여기."

도화지가 머뭇거리자, 남자애들이 엉덩이를 슬쩍슬쩍 움직여 자리를 마련해주었다. 파이도디도와 요크셔테리어 사이에 도화지가 앉음으로써 대략의 구도는 완성되었다. 단발머리가 허리를 앞을 숙이고 대형을 확인하며 말했다.

"이제 다 됐지? 찍는다!"

그때 시스루가 자리에서 일어섰다.

"잠깐, 여기 조명이 좋지 않다. 얼굴에 그늘지겠어. 나 자리 바꿀래. 선배 옆에."

사진의 조명까지 생각하는 치밀함에 나는 다시 한번 감탄했다. 시스루는 자리에서 일어나 기둥 안쪽으로 들어가 선배와 파이도디도 사이에 앉았다. 이제 선배, 시스루, 파이도디도, 도화지, 요크셔테리어, 성현, 나, 단발머리라는 기묘한 배치가 만들어졌다. 요크셔테리어가 어떤 얼굴일지 잠깐 보고 싶었지만 꾹 참았다. 단발머리가 외쳤다.

"자, 모두 치즈!"

플래시가 터졌다. 누군가 소리질렀다.

"아, 나 눈감았어! 아저씨 사진 한 번 더요! 이번에는 플래시 없이!"

대청 조명이 있지만 플래시 없이 사진이 제대로 나올까 싶었다. 그렇지 않아도 우중충할 텐데 더 칙칙하게 보이려나 싶기도 했다. 아이들이 그 사진을 인스타그램이나 페이스북에 올리지 않기만을 보름달을 보면서 빌었다. 허무한 소원이었다.

❧

대나무들이 우우 아우성을 친다. 바람이 몰아치며 창호지 바른 문을 세차게 흔들자, 그 위에 어린 그림자가 조약돌이 떨어진 연못의 물처럼 파르르 떨린다. 연못 앞에서는 한 처녀가 어떤 남자와 두런두런 비밀 이야기를 속삭인다. 처녀의 목소리는 다급하게 애원한다. 남자는 냉정히 돌아선다. 신랑이 신방의 문을 휙 열어젖히고 문 뒤에 숨어 있던 칼잡이에게 달려든다. 칼잡이는 미처 칼을 휘두르지 못하고 옆으로 떨어뜨리면서 문지방 위로 쓰러진다. 문이 우당탕 넘어지며 신랑과 칼잡이는 한데 엉켜 마루 위를 구른다. 신부의 족두리에 매달린 댕기가 비뚜름하게 떨어진다. 두 남자는 마당으로 떨어져 뒹군다. 칼잡이가 신랑 위에 올라타 주먹을 날리고 신랑은 머리를 격렬히 흔들며 피한다. 어느새 마당에는 구경꾼이 몰려든다. 한 남자가 뛰어들어 두 사람을 떼어놓으려 한다. 누군가 새된 비명소리를 지른다.

누구지? 신부의 비명소리는 아니라고 확신했다. 신부는 마루 위에서 그들을 내려다보고만 있을 뿐 아무 말도 하지 않는다. 신부는 연지를 바른 입술을 꾹 다물고 있다. 빨간 달빛을 받아 입술이 더 빨갛다. 그러게, 방안에 칼을 든 남자가 숨어 있는데도 소리질러 경고해주지 않았어. 그녀는 무엇을 기다리고 있었던 걸까? 두 남자가 다투기를? 오해는 그들의 마음속에서 우러나는 것일 뿐 자신의 행동과 상관이 없다고? 비명소리는 그치지 않았다. 저멀리 울리는 사이렌처럼 작았다가 다가오듯이 머릿속에서 더 크게 울려 퍼져나갔다…….

눈을 뜨자 문틈 사이로 들어오는 빛에 눈이 부셨다. 누가 대청마루의 불을 켠 모양이었다. 꿈이 아닌 진짜 비명 소리가 들려왔다.

"누가 좀 말려! 이러다가 둘 중 하나 병원행이야!"

지은이라는 이름의 단발머리 아이. 나는 이부자리에서 벌떡 일어났다. 순간 여기가 어디인지 분간이 안 될 정도로 머리가 어지러웠다. 순간 천장이 빙판 위에서 미끄러져 헛도는 차바퀴처럼 핑글 돌았다. 사고 당한 이후에 갑자기 일어나거나 하면 이런 어지럼증이 있다. 잠이 막 들려던 차에 깬 것이라 팔다리가 술 취한 듯 제멋대로 움직였다. 한 손으로 이불을 짚고 일어나서 문을 열었다. 열린 댐 문으로 쏟아지는 물처럼 광경이 밀려들었다.

"너, 형우, 이 자식. 똑바로 말 못 해!"

가로등이 없어 형체도 분간하기 어두운 마당 한가운데에서 씩씩거리고 있는 사람은 선배라는 아이였다. 그리고 땅에 쓰러져 있는 형우란 아이는 바로 파이도디도였다. 내가 서 있는 문지방에서의 거리, 마당에는 빛이 미치지 않는 자리라 확실히 알 수는 없지만 입가에 손을 대고 있는 모습이 선배에게 얼굴을 얻어맞은 듯 보였다. 지은은 신발을 신고 내려갈까 말까 망설이는지 댓돌 위에서 머뭇거리다 마당에 서 있던 요크셔테리어에게로 향했다.

"재승이 넌 뭐해! 가만히 있을 거야?"

요크셔테리어, 재승은 아까의 활기는 어디로 갔는지 지금 일어난 상황에 어안이 벙벙한 얼굴이었다. 그는 어깨 너머로 마루 위를, 더 정확히는 시스루를 힐끔 넘겨다보았다. 시스루는 다른 사람들과는 좀 떨어져서, 방문 앞에 서 있었다. 내 방문 앞에서는 정면이었기 때문에 나는 그 아이의 얼굴을 제대로 볼 수 있었지만 표정은 짐작하기 어려웠다. 지금 일어나고 있는 상황이 당황스럽기도 하지만 한편으로는 부끄러운 듯 보이기도 했다. 어쩌면 의아스럽기도 한 듯했다. 나머지 한 명, 도화지도 마루에 주저앉아 있었는데, 내 쪽에서는 축 처진 어깨만 보여서 표정이 보이진 않았다.

"깼어요? 시끄러운데 용케 잔다 했더니만."

성현은 팔짱을 낀 채로 자기 방문 옆 벽에 기대서 있었다. 한밤에 소동으로 잠이 깼다면 언짢을 법도 한데, 별로 그런 기색은 내비치지 않았다. 애초에 잠을 잔 느낌도 없었다. 아까 저녁 식사 전에 회색 티셔츠에 마드라스 체크의 반바지로 갈아입기는 했지만, 머리도 얼굴도 정돈된 편이었다. 하기는 잠을 잤더라도 왠지 뒤척이지 않고 통나무처럼 똑바로 누워서 잘 법한 사람이긴 했다. 나는 문밖으로 나가 그에게 속삭였다.

"무슨 일이에요?"

그는 살짝 어깨를 으쓱했다. 안다는 건지, 알 바 아니라
는 건지.

"아까까지만 해도 다들 화기애애하지 않았어요?"

"나도 잘은 모르는데, 우리가 들어간 다음 자기들끼리
술도 마신 것 같고, 게다가……."

그는 손가락을 들어 형우라는 아이를 가리켰다. 이제 형
우는 자리에서 일어나 앉은 채로 고개를 숙이고 있었다.
선배는 씩씩대고 있었지만 다른 손님들까지 뛰어나오니
이제는 주변이 의식되는 모양이었다.

"쟤가 돈을 훔쳤다는 것 같던데. 단체 회비를."

마음속에 가장 먼저 떠오른 생각은 말도 안 돼, 였다. 물
론 이 자체가 말도 안 되는 생각이다. 나는 고작 오늘 이들
을 만났을 뿐이고, 이 아이들의 됨됨이에 대해서는 아무것
도 모른다. 형우가 남의 물건에 손을 대거나 할 사람은 아
닌 듯하다는 것도 인상일 뿐이다. 우리 인상은 세상 그 무
엇보다도 쉽사리 배신할 수 있는 속성을 지니고 있다. 티
없는 얼굴로도 어떤 짓이든 할 수 있는 게 사람이다. 그래
도 나는 왠지 믿을 수가 없었다. 선배는 다시 소리를 질렀다.

"야, 네가 그런 비열한 짓을 하고도 우리 얼굴을 뻔뻔히

볼 수가 있디?"

"규민 오빠도 그만해요."

상황에 어울리지 않게 차분한 목소리가 들려왔다. 하지
만 이런 소동에 진력이 났다는 느낌이 역력히 묻어나는 소
리기도 했다. 기세등등하던 선배 규민도 시스루의 말에는
움찔했다.

"돈도 다 그대로 있는데 일을 키워서 뭐해요. 다른 애들
이 알기 전에 우리끼리만 알고 입다무는 게 좋지."

시스루의 시선이 나와 그를 향했다.

"다른 분들에게도 민폐잖아요."

그러더니 덧붙이듯 어깨를 으쓱하며 말했다.

"돈 관리를 잘못한 제 책임도 있고."

자기 책임을 인정하는 거라면 그렇게 생색내듯이 덧붙
이면서 하면 안 되지 않나 싶었지만, 그 말이 효과가 있긴
있었는지 규민이라는 선배 아이는 주먹 쥔 손을 내려놓았
다. 오르락내리락하는 어깨를 보며 나는 규민이 이 순간
느낄 머쓱한 기분을 함께 느꼈다. 작은 무리나마 리더의
역할을 맡았으니 그 안에서 생긴 일탈을 간과할 순 없었
다. 그건 그의 입장에서는 방임행위리라. 하지만 고작 몇
살 많을망정, 자신이 선배이자 리더로서 행사하는 권위의
방식에 대해서 다른 아이들이 찬성하지 않는다는 것은 규

민에게도 확실히 감지되고 있었다.

결국 모두 동갑이고 같은 학번인 이 모임에서 오로지 규민만이 외부자였다. 다섯 명의 아이들은 각자 나름의 방식으로 불만을 표시하고 있었다. 우리를 방패막이 삼아 규민에 대해 냉정한 비판을 건넨 시스루, 마루에 주저앉아 말없이 두 남자를 바라보는 도화지 애정, 마당에 서 있지만 규민을 도울 생각을 하지 않고 옆에 비켜 서 있는 요크셔테리어 재승, 댓돌 위에 놓인 게스트 하우스용 슬리퍼를 신고 어정쩡하게 서 있던 단발머리 지은. 그리고 변명도 하지 않고 맞서지도 않은 채로 고개를 들지 않는 파이도디도 형우.

그들의 속마음은 유월, 도시의 매연으로부터 멀리 떨어진 밤하늘을 가득채운 별처럼 선명히 빛을 발하고 있었다. 실제 피해는 없었으니 여기서 그만 마무리하자는 것. 규민이 지금 불쾌한 것은 그의 정의감이라기보다는 이 눈에 보이지 않는 거리였다. 하나의 별자리로 묶여도 각 별들 사이의 거리는 다 다르듯, 여기서는 규민만 떨어진 별이었다. 아니, 오히려 별자리를 드러나게 하는 우주의 어둠 같은 위치가 불쾌했을 것이다.

"내가 돈 때문에 이러는 거 같냐."

얼굴이 붉어진 규민이 잇새로 말을 내뱉으며 형우를 내

려다보았다. 그는 주머니에서 보라색 한지 봉투를 꺼내 바닥에서 패대기쳤다. 일반 우편 봉투가 아니라 카드를 넣는 것 같은 모양의 길고 얇은 봉투로 전통 매듭 장식으로 묶을 수 있게 되어 있었다. 회비를 넣기에는 지나치게 고급스러운 봉투지만, 이걸 산 사람이 시스루라면 이해할 수 있었다. 5만 원 지폐 몇 장이 봉변을 당해서 놀란 듯, 열린 봉투 뚜껑 위로 얼굴을 내밀었다.

"돈 자체는 아무것도 아냐. 어차피 남은 회비는 얼마 되지도 않았고. 돈이 없으면 카드로 계산해도 되고 내가 그 정도는 처리할 수 있어. 하지만 자기가 걸릴까 봐 남의 가방에 넣어놨다는 게 기막힌 거 아냐. 그러니까 재승이 네가 말해보라고. 네가 뒤집어쓸 뻔했잖아. 넌 억울하지도 않아?"

재승은 갑자기 자기를 끌고 들어가자 퍼뜩 놀라는 듯했다. "난 뭐……. 기분은 나쁘지만 어쨌든 자기가 그랬다고 먼저 말했으니까요. 양심의 가책을 느꼈으니까 그랬겠지."

재승이 형우를 힐끔 쳐다보았다. 그때 형우가 내내 아래를 향하던 시선을 들어 재승과 눈을 마주쳤다. 재승이 순간 한발 뒤로 물러선 것처럼 보인 건 내 눈의 착각이었을 수도 있다.

"재승이가 됐다잖아요. 그만둬요."

날카로운 목소리는 이제까지 꾹 다물고 있던 애정의 입에서 나왔다. 이제까지 별다른 인상이 없던 그 애의 맨 얼굴에 선명한 선을 긋는 듯한 날카로운 목소리였다.

"이게 뭐하는 거야. 시시하게."

말끝에는 목소리가 약간 떨렸다. 또 다른 시시함.

이로써 상황 종료였다. 규민은 손을 들 수밖에 없다. 피해자라 할 사람들이 한발 빼고 있고, 올바른 일을 하려는 자신은 오히려 악인이 되는 처지. 규민은 넌더리가 난다는 듯 고개를 절레절레 젓더니 '됐다' 비슷한 말을 중얼거리고 마당을 성큼성큼 가로질렀다. 그는 어정쩡하게 서 있는 지은을 지나쳐서 발을 흔들어 신발을 던지듯 벗고 마루 위로 올라섰다.

규민은 아마도 냉정한 표정을 유지하며 방으로 들어가고 싶었을 테지만 개중 어른인 척해도 그도 역시 어린 청년일 뿐이다. 마루의 초롱 불빛 아래 앉아 있고 서 있던 여자애들의 얼굴을 한번 쓱 훑어보면서 자기의 불편한 마음을 전달하고 싶은 충동을 억누를 수 없는 청년. 그러나 두 여자애는 딱히 그에게 시선을 주고 있지도 않았다. 의도는 실패하고 그는 아무에게도 주목받지 못한 채로 방안으로 들어갈 수밖에 없었다. 나는 잘못 없이 악인이 된 선배가 안쓰럽기도 했지만, 그가 끝까지 상황을 정리하는 자신의 권위에 대한 미련을 버리지 못하고 문을 쾅 닫고 들어갔을 때는 헛웃음이 나기도 했다.

다른 아이들도 서서히 움직였다. 지은은 바닥에 쓰러진 형우를 도와주러 다가갔지만, 좀더 가까이 서 있던 재승은 외려 어설피 움직였다. 그러나 형우는 혼자 일어서 바지에 묻은 흙을 툭툭 털었다. 그런 후에는 아이들에게 눈길도 주지 않고, 게스트 하우스 문밖 대나무 숲속으로 사라져버렸다. 그 애가 사라진 쪽으로 바람처럼 대나무가 수군거리는 소리만 남았다.

남은 아이들의 표정은 난처해하는 정도에 따라 가지각색이었다. 지은은 형우가 사라진 쪽과 나머지 아이들을 번갈아 보면서 망설였다. 재승은 따라갈까 하는 눈빛으로 엄지손가락을 들어 머리를 까닥하며 대나무 숲을 가리켰다. 시스루가 말했다.

"놔둬. 어차피 다시 들어온들 어색하기만 할 뿐이잖아."

그때 애정의 어깨가 약간 떨리는가 싶더니 시스루를 올려다보았다. 그 눈길을 깨달은 시스루도 턱을 내리고 애정과 눈을 맞췄다. 그 순간에 나는 두 아가씨의 대조를 극명하게 인식했다. 성경의 한 장면을 그린 중세의 성화처럼 인상적인 모습을 그대로 옮겨놓은 듯했다.

시스루는 검은 저지 원피스를 입은 채로 가느다란 팔과 종아리를 드러내고 있었다. 머리를 틀어 올려 하얀 목덜미가 더 빛났다. 반면 애정은 아무 글씨도 쓰이지 않은 하얀 티셔츠에 남색 카디건, 발목까지 내려오는 회색 바지를 입고 있었다. 어깨까지 내려오는 머리카락도 이제는 풀어 내려 목까지 가렸다. 아까까지 딸기 달을 보고 생글생글 웃고 호들갑을 떨기도 하던 시스루는 그 달처럼 서늘한 붉은 빛이었다.

반면, 하얀 종이처럼 특징 없어 보이던 애정의 얼굴에는 액션 페인팅처럼 물감이 홱 뿌려진 듯 여러 의미의 강렬한 빛이 떠올라 있었다. 두 아이가 마주보던 시간은 고작 삼사 초 정도겠지만 그사이에 밤이 더 깊어진 기분이었다.

해가 져서 둥지로 돌아가는 새처럼 아이들은 두 방으로 흩어져 돌아갔다. 문지방을 넘어서기 전 지은이 우리 쪽으로 어색하게 고개를 숙이는 듯하면서 인사했다. 나는 그 장면까지 보고 기다릴 이유가 없었다는 것을 이제야 깨닫고 머쓱해졌다. 성현은 자기 방문 앞에 기대어 휴대전화에 뭔가 입력하고 있었다.

"아, 나도 이제 들어가 자야겠다. 몇 시예요?"

굳이 안 할 말도 붙이는 나의 서투른 습관. 그가 휴대전

화에서 고개를 들지 않았기 때문에 이 습관은 서투르다 못
해 머쓱하기까지 했다.

"2시 15분? 아까 아이들이 들어간 게 11시쯤 된 듯한데
그사이에 많은 일도 있었군요, 아."

그는 그대로 손가락으로 휴대전화 화면을 톡톡 치더니
빙그레 웃었다. 그런 후에 전화기를 주머니에 넣고서야 나
를 보았다.

"들어가 자요. 아침까진 아무 일 없을 것 같으니. 어디
불편한 건 아니죠?"

무엇을 가리키는지는 알 수 없었다. 다리를 말하는 건
지, 지금 이 상황을 말하는 건지. 불편하지 않을 리 있겠어
요, 라고 대답하고 싶었지만 괜찮느냐는 질문에 괜찮지 않
다는 대답처럼 유아적인 반응은 없다. 나는 고개를 저었다.

"괜찮아요. 그렇지만······." 나는 마당 저편의 어둠을
고개로 가리켰다. "저 아이는 괜찮을까요? 친구들 얼굴
보기가 그러면 우리가 가서 데리고 와야······. 별일은 없
겠지만."

나는 학생 수련회에서 일어난 예기치 못한 사건의 증인
으로 뉴스에 출연하고 싶은 마음은 없었다. 아니, 무슨 일
이라도 뉴스에 출연하고 싶은 생각은 없었다.

그는 태평한 얼굴로 다가와 내 방 문고리를 잡았다. 그

가 가까워지자 나는 약간 놀랐지만 애써 침착하게 아무런 내색을 하지 않았다. 적어도 내 관점에서 티는 나지 않았다고 믿는다.

"말했잖아요. 오늘은 별일 없다고. 들어가요."

내가 방으로 돌아서자 그가 문고리를 잡아당겼다. 끼익하는 소리와 함께 문이 닫히고 방안에 삼각형 모양으로 스며들던 빛도 창호문에 한 겹 걸러졌다. 그에게 잘 자라는 인사도 하지 않았다는 생각이 든 시점, 그의 목소리가 문 너머로 들어왔다.

"잘 자요. 내일 아침에 봅시다."

그래, 내일 아침에, 라고 되뇌며 내가 하얀 요 위로 돌아누울 때 창호문에 다시 그늘이 어렸다. 나는 그가 방문 앞에 서 있는지 순간 궁금해졌지만 차마 돌아볼 수가 없었다. 그림자도 금방 사라졌다. 그후에는 다시 아까 꿈의 처음으로 돌아갔다. 연못가에 서서 이야기를 나누던 연인. 애원하는 목소리. 둘만의 비밀.

"그래서 파이도디도 닮은 형우라는 애가 자기가 훔쳐서 강아지같이 생긴 재승이의 가방에 넣었다고 고백을 했다는 건가요?"

"파이도디도라니 오랜만에 듣는 이름이네요. 재인 씨가 알기에는 너무 옛날 캐릭터 같은데."

성현이 슬쩍 웃었다.

"뭐, 어렸을 때 집에 그 캐릭터가 찍힌 손거울이 있었어요. 제 또래는 잘 모르겠지만."

나는 정색하며 대답했다.

관광객 무리를 이끌고 아까 스쳐간 대숲 가이드는 유월은 대나무에게 봄이라 했다. 죽피를 아직 쓰고 있는 죽순 때문에 대숲은 완연히 푸르기 직전의 갈색 빛깔이었고, 아직 다 자라지 않은 소년처럼 가늘었다. 돌계단 앞에는 알수 없는 미소를 띤 판다들이 드문드문 거리를 두고 서 있었다. 판다와 대나무를 연결하는 건 흔히 있는 일이지만, 쓰촨 성 출신의 판다는 이곳에서는 다른 반 교실에 들어와 앉아 있는 전학생처럼 불안하게 보였다.

그렇게 생각하는 순간, 등산복을 입은 중년의 남녀는 나를 어깨로 밀치다시피 나아가 계단을 올랐다. 여자가 판다의 어깨에 한 팔을 올리자 남자는 거대한 렌즈가 끼워진 카메라를 자동적으로 들었다. 판다는 새 친구에게 잘 보이고 싶어 하는 전학생 웃음을 띠고 있었다.

우리는 죽녹원의 죽마고우길을 걸었다. 대부분의 입장

객이 향하는 운수대통길보다는 더 짧고 뒤편에 위치한 길로, 백 미터 남짓 걸으면 트인 공터가 나오고 그 위를 약간 올라가면 해수욕장의 파라솔을 닮은 정자가 서 있다. 성현과 만난 지 세 달도 되지 않는데 죽마고우길을 함께 걷자니 어제의 어색함이 다시 밀려왔다. 그런 기분을 떨치려 새벽에 있었던 사건에 대해서 다시 말을 꺼냈다.

"네, 원래 혜윰이가 맡아서 가지고 있었는데……."

"혜윰이요?"

"그 왜, 머리가 길고 예쁘장하게 생긴……."

"아. 걔 이름이 혜윰이구나, 몰랐네."

나는 성현을 아래위로 훑어보았다. 죽녹원에 들어오기 전에는 아침인데도 햇볕이 따가웠지만, 대숲에 들어서면 서늘해질 거라고 예상했는지 긴소매의 화이트 셔츠를 입고 있었다. 어제 입었던 반팔 폴로셔츠와는 다르니 가방에 넣어 왔을 텐데 구깃한 주름 없이 판판했다. 어떤 면에서 어젯밤에 내가 혜윰이라는 아이에게서 느낀 인상과 비슷했다.

"네, 혜윰이는 저녁 식사 후에도 가방 속에 돈이 있는 걸 확인했다고 합니다. 돈이 없어진 걸 안 건 어젯밤에 우리가 다 같이 얘기한 후에 방에 들어간 후라고 하고요."

이 이야기를 언제 들었을까 싶었지만, 성현은 언제 파악

했는지도 모를 사건의 이야기를 정리했다.

"혜윰이가 먼저 온 아이들 여섯 명의 회비를 관리하기로 하고 현금을 걷은 후 봉투에 넣었다고 합니다. 요새는 대학생들도 총무를 맡은 아이의 통장에 입금하고 총무가 카드로 계산하기 마련인데, 혜윰은 최근에 체크카드를 잃어버리기도 했고 지방은 카드가 안 되는 곳이 많을지도 모르니까 현금으로 모으자고 제안했다고 하더군요. 액수는 1인당 5만 원씩, 총 30만 원. 저녁 식사비를 지불한 터라 실제로는 25만 원밖에 없었대요."

"생각보다는 많지 않네요."

금전 감각이 날카롭지 않은 나지만, 물가를 생각하면 적지 않나 싶었다.

"기차표와 숙박비는 미리 계산한 상태고, 이건 현지에서 쓸 공동 경비였나 봅니다. 입장권이나 식비 등. 혜윰은 여기 동네에 들어오기 전 시내의 한지 공예점에 잠깐 들렀다는군요. 봉투를 사야 한다고. 그런 후에 다들 보는 앞에서 아까 그 봉투에 5만 원권 다섯 장을 넣어서 가지고 온 짐 가방의 앞쪽 주머니 안에 넣어두었답니다. 봉투가 거기 있다는 사실은 아마 다들 알았을 거랍니다.

그러다 어젯밤 11시경 모두 방안에 들어간 후 재승이라는 아이가 혜윰에게 아침 일정을 묻고 입장권을 사야 한다고 말했다고 하더군요. 자기가 남들보다 먼저 가서 사놓겠다고 지금 돈을 주지 않겠느냐고 했대요. 혜윰이 생각난 김에 가방을 확인했는데 돈 봉투가 사라지고 없었다는 겁니다.

혼자 찾아봐도 봉투를 찾을 수 없자 아침에 말할까 고민하다가 아무래도 빨리 이야기하는 게 좋을 것 같아서 1시경 선배에게 솔직하게 고백했다더군요. 그러면 선배가 조용히 처리하고 의논해줄 줄 알았는데 갑자기 모든 아이를 깨우고 돈이 없어졌다고 알렸다고 합니다. 그리고 그 한밤에 또 신고를 해야 한다고 강경히 나와서 당황했다더군요. 다른 아이들은 민박집에는 지나가는 사람이 없는 곳이고 다른 손님들도 의심스럽지 않다고 말했다 하고."

성현은 길을 따라 걸으며 이 긴 이야기를 하면서도 숨차는 기색 하나 없었다. 잘 따라가지 못하는 쪽은 내 쪽이었다. 그가 나를 돌아보더니 내 얼굴에 떠오른 기묘한 표정을 눈치챈 모양이었다.

"그러게요, 우리가 학생들에게서 돈을 훔칠 사람처럼 보이진 않았던가 봅니다. 아이들이란 이상하죠. 사람 얼굴만 보고는 믿을 수가 없는 법인데.

결국 어쩔 수 없이 모든 사람의 가방을 검사해보기로 했는데, 재승의 가방 안쪽 주머니에서 봉투가 나왔다는 겁니다. 우연히 들어갔다고 변명하기에는 기이한 위치였지만 재승은 극구 자기가 한 짓이 아니라고 펄펄 뛰었다더군요. 정말 재승이 돈을 가지고 간 것이라면, 군이 회비의 행방을 혜윰에게 물어서 주의를 환기할 이유는 없지요. 그때 형우가 불현듯 나서서 자신이 돈을 훔쳐 그 가방에 넣었다고 고백하면서 사건이 급반전되었다고 합니다. 하지만 그렇게 한 이유는 말하지 않았고, 그 때문에 선배는 더 화를 낸 거죠. 그다음이 우리가 어제 새벽에 본 주먹다짐 장면."

우리가 걷던 죽마고우길은 샛길로 이어졌다. 매표소에서 받은 지도에 따르면 이쪽 길로 가면 바로 철학자의 길로 이어진다고 했다. 하지만 여기까지 올라와서 걸었던 철학자가 정말 있었는지는 의문이 들었다. 그러나 심오하지는 않아도 머리를 쓰기엔 좋은 곳이었다. 길 한옆에 꼿꼿이 서 있는 대나무들이 비밀을 지켜줄지는 알 수 없는 노릇이지만.

"이상한 이야기지 않아요?"

내 말에 성현은 입꼬리가 또다시 올랐다. 의식하지 못한 사이에 또 말버릇이 나온 모양이다.

"흔한 일이지만, 이상하다고 하면 할 수도 있겠죠."

"일단 그런 상황에서 돈을 훔친다고 하는 건 상식적으

로 이해가 안 돼요." 나는 머릿속에서 여섯 명의 대학생들의 인상을 그려보았다. 선배라는 역할을 즐기는 것 같긴 하지만 버거워 보이는 규민, 우리는 모두 친구라는 스머프 마을에 살면 어울릴 듯한 단발머리 지은, 또래 중 눈에 띄게 귀엽지만 눈은 순진해 보이지 않는 혜윰, 그런 혜윰을 강아지처럼 졸졸 따라다니는 재승, 외모적으로는 특별한 인상을 주지 않지만 가끔 놀라게 하는 애정, 그리고 무심하게만 보였는데 돈을 훔쳐서 친구의 가방에 넣었다는 형우. 여섯 명은 〈프렌즈〉 같은 시트콤에 딱 어울리는 숫자이지만, 그들은 과연 '프렌즈'일까? 물리적인 공간을 공유하는 사람이 친구의 정의는 아닐 것이다.

"그 상황에서는 돈을 훔쳐도 가져가기가 힘들 거예요. 돈이 없어졌다고 하면 결국 모든 이의 가방을 뒤집어야 할 테니까. 만에 하나 그렇더라도 몸에 지니고 있는 편이 안전하겠죠. 이런 곳에서 돈 25만 원 때문에 몸까지 뒤지자고 할 만큼 용기 있는 아이는 없을 테니까요."

성현은 내 말에 귀를 기울이며 옆길로 가자는 손짓을 했다. 철학자의 길 끝에 있다는 분기점까지 가려면 시간이 걸릴 모양이었다. 나는 어느덧 등에 땀방울이 맺히고 일전에 다쳤던 발목도 살짝 저렸지만, 쉬었다 가자는 말을 하기가 어려워서 흙길을 아치랑아치랑 걸었다. 그 길은 죽녹원 내 다른 지역보다는 지형이 높아서 아래 길을 포함, 저 멀리 담양 시내가 내려다보였다.

비탈진 길에 들어서자 그가 끊겼던 이야기를 이었다.

"하지만 사람은 그런 이성적인 생각을 못 할 때가 있죠. 순간적인 충동에 의해서 범죄를 저지르기도 하니까. 속단하기는 싫지만, 형우라는 아이가 혜윰이 돈을 가지고 있는 걸 보고, 자기도 모르게 집었다가 돌려놓기는 그렇고 두려운 나머지 다른 남자애의 가방에 넣었을 수도 있는 것 아닙니까?"

일리 있기는 해도 딱 성에 차지는 않았다.

"이미 자기가 가져갔다고 고백도 한 마당에, 간단하게 그렇게 설명하면 되지 않을까요?"

"사람 성격과 환경은 다양합니다. 그 조합은 더욱 다양할 테고."

비뚤어진 사람이라면 얄밉다고도 할 수 있을 느긋한 말투였다. 내 성격은 약간 비뚤어졌는지도 모른다.

"하지만 형우는 아니에요."

나는 잘라 말했다. 그는 흥미 있어 하는 얼굴이었다.

"어떻게 확신합니까?"

"저녁 식사 후 우리가 마루에 모여 있을 때 돈이 없어졌다면서요. 하지만 그 아이는 여자애들보다 먼저 나와서 여자애들이 들어가기 전에 그 방에 들어간 적이 없는데."

"어떻게 알죠?"

"제가 계속 봤으니까요."

고백하기에는 민망한 말이지만 내가 그 애를 보고 있었다는 건 사실이었다. 우리의 기억력이 부리는 속임수 중 하나는 침묵하는 사람의 존재를 잊는다는 것이다.

"중간에 자리를 두어 번 떴던 걸로 기억하는데."

하지만 그의 기억력도 잘 속지 않는 편이라는 것을 나야말로 잊고 있었다.

"맞아요. 하지만 그 애가 갔다 온 건 매번 방이 아니라 바깥쪽이었죠. 대문 옆 대나무 숲 쪽에서 우리가 마루에 있는 동안에는 방에 들어간 적은 없어요. 오히려 방에 들어갔다 나온 건 다른 애들이었던 것 같은데요."

성현이 갑자기 내 팔꿈치를 잡아서, 나는 반사적으로 흠칫 놀라며 팔을 빼려 했다. 그는 한 손가락을 자기 입에 갖다 대고 내 팔을 한쪽으로 끌었다. 위에서 내려오는 길과 아래에서 쭉 뻗은 길이 만나는 분기점에서 한 이십 미터 떨어진 자리였다. 그가 끄는 바람에 우리는 길 옆 풀숲에 몸을 반쯤 가리고 바짝 붙어 서게 되었다.

나는 평소에도 은유의 연결 고리를 쉽게 떼어낼 수 있는 사람이라고 자처한다. 인간관계가 넓은 사람이 신체적 의미의 발이 넓은 게 아니듯이, 가슴이 설렐 때 진짜 물리적 의미의 전류가 흐르는 게 아님을 똑똑히 안다는 뜻이다. 그래서 그 순간에 그의 손이 닿은 내 팔에 느껴지는 짜릿한 감각은 마음과 상관없는 그저 정전기이다. 그렇게 믿었다.

물론 그의 갑작스런 접촉도 설레게 할 의도와는 아무런 상관이 없었다. 바로 앞, 풀숲이 가려서 보이지 않는 아래 오솔길에서 목소리가 들려왔기 때문이다.

"솔직히 말해."

화난 목소리가 밀어붙였다.

"뭘 말이야?"

다시 태어나도 배우는 못 될 것 같은 사람이 있다면, 아마 요크셔테리어 같은 외모의 재승이란 아이일 것이다. 무엇을 말하는지 역력히 알고 있으면서.

"형우가 돈 가져간 거 아니라고. 네가 잘 알잖아."

따지는 사람은 애정이었다. 어젯밤 그 애 표정으로 봐서는 놀랄 일도 아니었다.

"무슨 말이야, 그게? 그럼 내가 가져갔다는…… 거냐?"

재승의 목소리가 한 옥타브 높아졌지만 끄트머리는 누가 들을까 두려운 듯 흐려졌다.

"그거야 네가 더 잘 알겠지."

애정의 말에는 어떤 확신이 있었다.

"알기는 뭘 알아. 형우가 자기가 가져갔다고 고백도 했는데……. 네가 뭘 봤는진 모르지만……."

"증거 있어. 어제 네가 남자애들 중에서는 방에서 가장 마지막으로 나왔잖아. 혜윰이가 불렀을 때. 내가 열린 문틈으로 봤어. 너 형우 가방에 손대다가 나랑 눈이 마주치니 허둥지둥 네 가방에 넣던 것."

"야, 그거 아냐!"

하지만 이미 재승의 목소리는 아닌 사람의 목소리가 아니었다.

"새벽엔 형우가 말하고 싶지 않아 하는 것 같아서 나도 규민 선배에게 말하진 않았어. 하지만 형우가 계속 누명을 뒤집어쓰고 있다면 나도 더이상 가만히 있을 순 없어."

"야, 네 말대로라면 돈을 훔친 건 내가 아니잖아. 형우가 훔친 거지. 나는 잘못 알고 그걸 가져온 거고."

재승이 다급해졌다. 애정은 코웃음으로 대답했다.

"이제 와서 돈인지 몰랐다면 누가 믿을 것 같아?"

"정말 아니야. 나도 돈이 내 가방에서 나왔을 때 정말 놀랐다고. 나는 그게 돈인지 몰랐고……."

"거짓말, 그런 말도 안 되는 변명 하지 마. 그럼 뭐라고 생각한 건데. 형우에게 사과해."

사과하라면 할 것 같나, 라고 생각한 순간 아니나 다를까 바로 말이 날아왔다.

"거참, 돈을 훔치려던 건 아니었다니까! 그리고 애초에 형우 가방에서 봉투가 나온 것도 사실이고! 걔네 집이 요새 꽤 힘들다는 말 들었는데. 어제도 걔네 집에서 전화가 와서 여러 번 왔다갔다한 거 아냐. 돈 때문 같던데. 그래서 혜윰이가 걔한테 돈을 준 건진 모르지만……."

남자애가 너무 강하게 부인해서, 뒤에 서 있던 우리까지 움찔할 정도였다. 여자애가 다치기라도 할까 순간 걱정이 되었지만 그가 내 어깨를 잡았다. 뒤를 돌아보니 그가 고개를 저었다. 둘이 해결하게 놔두자는 뜻이다. 남자애가 계속 말을 이었다.

"그럼 넌 왜 알고 있으면서 가만히 있었냐? 네가 알고 있었다면 혜윰이한테 돈 없어졌다고 알려줄 수도 있었잖아? 너도 혹시 뭔지 알았던 거 아냐?"

살다가 내가 비열한 인간이라고 느끼는 시점이 있는데, 바로 지금이었다. 그 순간 애정이 어떤 얼굴 표정을 짓고 있는지 보고 싶었으니까.

"알려주려고 했어. 그렇지만……."

"막상 알려주려니까 왜 곤란했어? 아니면 네가 걜 곤란하게 만들어주고 싶었냐? 아니면 일부러 돈 봉투 넣은 거

너냐?"

이제는 추궁하는 자와 추궁받는 이의 입장이 바뀌었다. 그렇지만 그 순간 둘 사이에는 어떤 이해가 흐르는 듯했다. 불리한 싸움을 시작한 사람들 사이에 흔히 있는 연대감이었다.

"어젯밤에 기차 타고 왔잖아."

애정이 문득 생각난 듯 말했다.

"너희들은 통로 건너편에 앉아서 의자를 돌리고 앉았잖아. 서로 마주보고. 나랑 지은이는 건너편에 나란히 앉았고. 형우는 나랑 같은 줄 통로였지. 혜윰이는 반대편 자리 창가에. 창가에 앉고 싶다고 했으니까."

재승은 아무 말 하지 않았다. 아마도 고개만 끄덕이는 듯했다.

"차 안에서 졸았는데, 잠깐 눈이 떠지더라. 그대로 고개만 살짝 돌려 건너편 자리의 형우를 봤어. 형우가 계속 혜윰이 쪽만 쳐다보더라. 얼굴에 살짝 웃음을 머금고. 애의 옆모습을 가만히. 그러다 갑자기 남이 볼까 봐 싶은지 웃음을 싹 지우는 거야. 나도 그래서 혜윰이 얼굴 바라봤는데."

애정의 목소리가 잦아들었다. 살다 보면 인정하고 싶지 않은 말을 인정해야 할 때가 있다.

"예쁘더라. 달처럼 하얗고 예쁜 것 있지."

그래, 내가 그 애 편지 훔쳤어. 돈 봉투처럼 같은 한지로 만든 보라색 봉투에 들어 있던 편지. 애정의 말이 고요한 대나무 숲에 가라앉았다. 대나무 숲은 여전히 비밀을 털어놓고 싶은 자들을 위한 곳이었다.

꿈에 나서 꿈에 살고 꿈에 죽어가는 인생
부질없다 깨려거든 꿈은 깨어서 무엇을 헐 거나?

다시 출구로 내려가는 길, 옆에 선 건물의 기와지붕 처마에 매달린 풍경이 쩔렁 흔들렸고 장구 소리와 함께 노랫가락이 들려왔다. 힘찬 목소리가 지르면, 여러 명이 입을 모은 서툰 소리가 잇따른다. 꿈만큼이나 삶이 부질없다면, 꿈에서 깨어서 맞대면할 것은 무엇일까?

"잠깐 앉았다 갈까요?"

성현이 소리가 흘러나오는 건물 건너편, TV 쇼에 등장했다는 팻말이 있는 연못 아래 정자를 가리켰다. 초등학교 저학년 정도 되어 보이는 여자아이 둘을 데리고 온 가족이 거기에 앉아 사진을 찍는 중이었다. 그들을 방해하고 싶지 않았다.

"저 앞에 더 큰 연못이 있고 건너 끝에도 비슷하게 생긴
정자가 있는데요. 그쪽으로 가죠. 거기가 더 조용할 것도
같고, 시원할 것도 같고."

"괜찮겠어요?"

그의 시선이 내 발밑을 향했다. 생각하지 못했던 질문이
라 약간 놀랐다. 나는 어느새 오른발을 질질 끌면서 걸었
던 모양이었다.

"아……. 그 정도는 괜찮죠."

나무다리를 건널 때는 내가 앞에 섰다. 나보다 키가 큰
남보다 앞에 서서 걸을 때는 묘하게 신경쓰인다. 정수리
미인이 따로 있지는 않겠지만, 오전임에도 땀을 흘렸다는
것이 약간 더 의식되었다. 나는 꽃이 아직 피지 않은 연잎
에 시선을 두었다. 꽃이 피었더라면 그쪽으로 눈길을 돌릴
수 있었을 텐데, 생각했다.

"면앙정"이라고 쓰인 레플리카 정자 옆의 자동판매기
에서 그가 음료수 두 병을 뽑아 왔다. 그는 콜라, 나는 과
실 주스였다. 정자 옆 키오스크에서는 글씨를 써 직접 꾸
미도록 하얗게 빈 부채를 팔고 있었다. 완성된 부채들도
몇 개 걸려 있었는데, 영업에 도움이 될 만한 작품은 딱히

많지 않았다. 우리는 정자가 아니라 앞의 벤치에 앉아 캔 음료를 마시면서 연못을 건너오는 바람을 맞았다. 노랫소리가 여기까지는 들리지 않았다.

"의외로 복잡하네요." 내가 먼저 말을 꺼냈다.

"그런가요?" 반면 그는 담담했다.

"혜윰이 돈을 잃어버렸다고 하는데 봉투를 가져간 건 재승. 그러나 그 봉투는 형우 가방 속에 또 있었고. 애정은 그걸 눈치챘지만 혜윰에겐 말하지 않았다? 그리고 편지를 훔쳤다, 무슨 말이죠?"

그가 다 마신 캔을 들고 일어섰다. 나는 아직 내용물이 남아 있다는 것을 흔들어 보여주었다. 그는 캔을 휴지통에 넣고 돌아와서 다시 자리에 앉았다.

"어제 얘기했던 신부 이야기 기억납니까?"

"그럼요."

"거기서 애초에 오해가 왜 생겼을까요?"

이 이야기가 어디로 흘러가는지 알 수가 없었다. 나는 고개를 돌려 그의 얼굴을 바라보다 눈길을 다시 앞으로 돌렸다.

"신랑이 신부를 믿지 못해서? 여자의 감정에 자신이 없어서?"

"그럴 수도 있겠지만, 자기 눈을 너무 믿어서 그런 거 아닐까요."

나는 눈앞의 연못에서 보글보글 오르는 거품을 보았다. 밑에 무언가가 헤엄치는 것 같았다. 무언지는 보이지 않았다. 보이는 것은 물거품뿐, 흔적만이 존재를 증거한다.

"대나무를 칼로 오인한 것 말이에요?"

"그렇습니다. 순간의 착각은 누구나 할 수 있지만, 그 착각으로 행동하는 건 자신의 감각에 대한 확신에서 오죠."

머릿속에 하늘을 나는 종달새처럼 뭔가 스쳐갔지만 무언지는 잡히지 않았다.

"우리가 지금 본 걸 착각하고 있단 말인가요?"

"어떤 사람은 그렇죠."

그는 다시 벤치에서 일어서서, 한 손을 눈 위에 대고 연못 건너를 보았다. 예의 대학생 일행이 그 건너에 뭉쳐 서 있었다. 처진 아이들을 기다리는 듯했다. 아이들은 놀랍게도 새벽의 소동 따위는 잊은 모습이었다.

"모든 복잡한 사건이 다 그렇지만, 이런 일에는 거짓말을 하는 사람과 참말을 하는 사람이 있습니다." 그가 검지와 엄지를 오므려 누군가를 집어내는 흉내를 냈다.

"강아지 닮은 저 아이가 한 말은 거짓말은 아닐 겁니다. 형우 가방에 손을 댔다는 정도는 인정했으니까요. 그리고 돈을 훔칠 애가 아니라는 건 우리 둘 다 아침에 말했듯이 뜻이 일치하죠. 돈을 훔치는 위험한 짓까지 하면서 일을 꾸밀 애도 아니고 지금 와서 거짓말을 해도 의미 없죠. 형우 가방에 손을 댔지만 돈인지는 몰랐다는 건 사실일 겁니다. 다만 인정하기 싫은 게 있겠죠."

"그게 뭔데요?"

"흥미롭게도 그건 저 아이와…….” 그의 손가락이 슬머시 다른 애들 뒤에서 걸어오는 애정을 가리켰다. "그리고 저 남자아이가……" 그 손가락은 살짝 옆으로 움직여 재승의 머리 위로 옮겨갔다. "똑같은 의도와 비밀을 가지고 있다는 거죠.”

머릿속에 무언가 잡힐 듯 말 듯한 그림이 떠올랐다.

"재승이도 편지를 훔치려고 했단 말인가요?"

"편지인지 뭔진 명확하게 몰라도 혜윰이가 형우 가방 속에 넣은 걸 꺼내려 했겠죠.”

우리와 대학생들 사이의 거리는 꽤 떨어져 있는데도 마치 혜윰이 자기 이름을 말한 걸 들은 듯 우리를 돌아봤다. 거기서부터 그 애의 눈빛이 우리에게 와닿는 느낌이었다. 그러더니 손을 흔들었다. 작은 얼굴에 웃음을 띤 것 같았다. 그도 손을 들어 보였다.

"혜윰이가 형우 가방 속에 돈을 넣었다고요? 왜?"

자꾸만 뻔한 질문을 하는 내 자신이 멍청해진 기분이 들었다. 이 사건에는 모든 것을 아는 사람과 알지 못하는 사람들이 편을 나눈 듯했다. 혜윤, 애정, 재승, 형우는 진상을 알고 있다. 그리고 그까지도.

"돈을 넣으려고 하진 않았겠죠."

그가 내 쪽으로 돌아섰다. 햇빛이 비쳐 얼굴은 잘 보이지 않았다.

"비슷하게 생긴 다른 것. 재승이와 애정이가 그 가방에 들어 있다고 생각한 것."

편지. 내 머릿속에 떠올랐다. 보랏빛 한지 봉투 속에 들어 있을 그것.

"아, 그래서……."

그가 고개를 끄덕였다. "돈을 넣을 거면 굳이 혼자 가서 봉투를 사 올 필요가 없죠. 그것도 예쁘고 귀여운 것으로. 하지만 봉투를 살 필요가 있었기 때문에 거기까지 간 거고, 그 사실을 둘러대기 위해 돈 봉투가 필요하다고 한 겁니다. 혜윤이답죠."

귀여운 진주 핀. 마리메코 세면도구 가방. 세세한 데까지 귀여운 여자아이가 편지를 전하려는데 아무렇게나 쪽지를 접을 리가 없다.

벤치에서 일어나려 하자 그가 손을 내밀려는 듯 움직였

지만 나는 모르는 척했다.

"우리도 이제 나갈까요."

되돌아갈 때도 내가 앞에 섰다. 발걸음과 피지 않은 연
꽃은 여전히 신경쓰였지만 그보다는 달리 신경쓰이는 게
있었다.

"혜윰이 형우에게 줄 편지를 썼지만 돈 봉투랑 헷갈리
는 어처구니없는 실수를 했군요. 그런 일이 가능할까요?"

"흔하지는 않지만 있을 수 없는 얘기도 아니죠."

그가 뒤에서 조용히 말했다. "아마 어제 너무 번잡했기
때문일 겁니다. 기회를 봐서 형우를 주려고 했는데, 형우
는 계속 전화를 받으면서 왔다갔다했기 때문에 적당한 틈
을 볼 수 없었던 것 같습니다."

그가 마루에 앉아서 읽은 것은 책이 아니라 사람들의 움
직임이었던 건가.

"또, 여자애들도 계속 붙어다녔기 때문에 봉투를 꺼낼
틈이 없었죠. 게다가 5만 원짜리 다섯 장이니까 부피도 크
지 않고, 봉투가 의외로 두꺼웠기 때문에 자신이 쓴 편지
와 두께로는 구분이 안 되었던 듯합니다. 아이들이 세수하
러 오가는 동안에 혜윰은 남자 방으로 들어가서 재빨리 편
지를 넣었어요. 하지만 그 모습을 재승이 본 거죠. 그 성격

에 봉투를 미리 준비하지 않은 건 광주까지 오는 기차에서
편지를 썼다는 거고 본 사람도 있었겠죠. 관심이 있다면."

아까 애정이 한 말이 떠올랐다. 달처럼 하얀 혜윰의 얼
굴. 좋아하는 마음은 그 사람의 눈길이 머무는 곳에 먼저
가 있기 마련이다. 재승과 애정, 둘 다 혜윰이 쓰던 편지를
놓칠 리 없었다.

나도 저 앞으로 눈을 두었다. 아이들은 이미 죽녹원 서
쪽으로 향하는 것 같았다. 나염 무늬 원피스 아래 혜윰의
맨다리가 눈에 들어왔다. 재승과 애정은 서로 등돌린 공범
처럼 그 뒤에 멀찍이 떨어져서 길 가장자리로 걸어갔다.
가장 뒤에 걷는 것은 역시 형우였다. 그 애의 얼굴은 잘 보
이지 않았다. 나는 구두시험을 보는 학생처럼 천천히 읊조
렸다.

"혜윰이 먼저 형우의 가방에 바뀐 돈 봉투를 넣었다. 재
승은 그걸 오인해서 빼내려다 애정에게 들키자 허겁지겁
자기 가방에 넣었다. 그런데 혜윰은 어제 대나무 숲 얘기
하면서 뭔가 착각이라는 것을 깨달았다. 그때 잠깐 옷을
가지러 간다면서 방에 들어갔죠. 그때 편지를 가지고 나와
다시 남자 방으로 들어가서 형우 가방의 돈봉투와 바꿔치
기하려고 했는데, 빼내려던 봉투는 이미 없었어요. 그래서
아마 형우가 그걸 받아놓고도 모른 척한다고 생각했겠죠.

여기서 혜윰은 약간 혼란스러웠을 텐데, 봉투를 더 찾아볼 시간도 없고 들고 간 봉투를 다시 가지고 나올 수도 없어 그냥 방에서 빠져나온 것 같습니다. 그래서 한밤에 선배에게 말하기 전까지 어떻게 할지 고민했겠죠. 하지만 자기가 실수했다고 말하느니, 형우가 도둑 누명을 쓰는 편이 낫다고 생각합니다. 그 시간이 되면 형우도 편지를 읽었을 텐데 자기에게 아무 말을 하지 않고 돈 봉투만 챙긴 셈이 됐으니까요."

　이제 그는 내 옆에서 나란히 걷더니 걸음을 천천히 늦추었다.

　"그럼 편지의 행방을 볼까요. 애정은 혜윰이 이야기 도중 남자아이들 방에 들어가는 걸 보았어요. 혜윰이 바로 나오자 이번엔 애정이 들어갔어요. 순식간에 가방을 뒤져 형우 가방에 넣은 편지를 빼냈죠. 결국 편지는 전달되지 않았습니다."

　나는 발밑을 보면서 걸었다. 작년 봄에 샀다가 많이 신지 않아서 내 운동화는 비교적 깨끗했다. 이렇게 흙을 밟은 지도 오랜만이었다.

　"부끄러웠겠네요. 그런 짓까지 했다는 게."

　고개를 숙인 채로 도화지 같았던 애정의 얼굴을 떠올렸다. 도화지 위에 쭉 그어진 질투라는 선.

그가 말할 땐 주변이 유난히 조용했다. "그래서 시시한 마음인 거죠."

나는 머리를 들었다. 점심때가 가까워서 그런지, 어떤 우연인지 근처에는 사람이 별로 없었다. 아이들은 벌써 서쪽 문으로 빠져나가고 있었다. 뒷모습만 멀리 보일 뿐이었다. 우리는 주차장으로 돌아가야 해서 다른 문으로 나가야 했다.

조용한 허공 위에 서툰 남도 민요의 끝자락이 들려왔다. 아까부터 계속 이어졌는데 미처 듣고 있지 않았다. 대나무 숲을 스치는 바람처럼 희미하고 아련한 노랫소리였다.

청산은 나를 보고 말없이 살라 하고
창공은 나를 보고 티 없이 살라 하네
탐욕도 벗어놓고 미움도 벗어놓고
물같이 바람같이 살다가 가라 하네.

노래 가사를 알아들을 수 있었던 건, 작년에 남도 민요 교습소에서 들은 적이 있는 곡조이기 때문이다. 지금은 그 노래를 들었다고 생각할 뿐이지, 실제로 가사를 알아듣지는 못했다. 내가 들은 건 몇 마디 단어뿐이었다. 청산, 미움, 물, 바람. 그러나 이전의 기억으로 단어들은 마치 지금

들은 듯 제자리를 찾아갔다.

"그럼 형우가 자기가 했다고 말한 건⋯⋯."

"봉투를 보고 어쨌든 혜윰이 관련되었다는 걸 알았겠
죠. 혜윰이 방에서 다시 마루로 나왔을 때 형우가 집 앞 대
나무 숲 쪽에서 올라오고 있지 않았습니까. 그리고 다른
애들 말대로 형우가 혜윰을 계속 바라보고 있었다면⋯⋯.
정확한 이유는 몰랐겠지만 그 돈을 재승의 가방에 넣은 걸
감싸주고 싶었을 겁니다."

아이들이 구부러진 모퉁이로 사라지고 있었다. 모두의
모습이 없어졌다 싶은 순간, 혜윰이 고개를 돌렸다. 아니,
푸른 나염 원피스의 치마가 살랑 흔들려서 그 애인 것을
알았다. 나는 중얼거렸다.

"예쁜 애니까요."

물같이 바람같이 살아야 하는데, 그래도 그의 목소리에
주저하는 기색이 없다는 것이 얄미웠다.

"네, 예쁜 애니까."

❦

담양을 떠나기 전 소쇄원에 잠깐 들렀다. 산으로 향하는
진입로에는 할머니들이 가판을 늘어놓고 찐 옥수수와 어

디서 따 왔는지 모를 오디 등을 팔고 있었다. 평일에도 소
쇄원으로 향하는 사람들을 따라 대나무 숲을 올라갔고, 습
한 바람이 불어와 나무들 사이에서 무심한 타인들이 스치
는 소리가 났다. 나는 기사에 쓸 사진을 찍느라 별말 하지
않았고, 그도 소쇄원 입구의 정자를 훑어보기만 할 뿐이었
다. 우리는 운치 있는 담장 너머로 돌아가 광풍각 마루에
잠깐 앉았을 때도 산이라서 시원하네요, 비가 올 것 같네
요, 같은 유의 대화만 나누었다.

내려오는 길은 올라갈 때만큼 쉽지 않았고 서로 데면데
면하게 굴기가 어려웠다. 바람이 불며 대나무 잎들이 가늘
게 떨렸고 비의 전조가 다가왔다. 비를 맞는 것 정도는 아
무렇지도 않았지만, 미끄러운 내리막길은 두려웠고 서툴
러지는 발걸음이 신경쓰였다. 조심스레 걸음을 떼는데 빗
방울은 이를 모른 척하고 무심하게 툭툭 떨어졌다. 그때
무언가 내 팔꿈치를 건드렸다.

"올라올 때는 몰랐는데 길이 미끄러울 수도 있겠네요."

고개를 돌리자 성현이 한 팔을 살짝 들었다. "제 팔 잡
으실래요."

나는 잠시 머뭇거렸다. 순전한 친절의 의미라는 것은 알
고 있었지만, 다시 그가 보는 앞에서 넘어지는 것만은 사
양이었다.

"괜찮으시면 저를 잡아주실래요? 제가 잡는 건 더 불안하거든요."

성현이 그럼, 하고 말하더니 한 팔로 내 어깨를 감쌌다. 2인 3각 하듯 발걸음을 맞출 때 나는 내 신발코만을 내려다보았다. 깨끗했던 운동화에는 흙이 묻었다.

주차장까지는 멀지 않았지만 진입로에서 갑자기 빗줄기가 굵어져서 우리는 가판의 파라솔 아래서 잠깐 비를 그었다. 가판에 앉은 할머니가 사람 좋게 오디 몇 알을 들었다.

"아가씨, 이거 쪼까 먹어봐. 시지도 않고 달달혀. 그저께 직접 따 온 건디."

나는 손사래를 치려 했지만 할머니는 손에 묻는다며 입안에 직접 넣어주었다. 새큼한 맛이 입안에 퍼졌다. 시지 않다는 말은 맞지 않았지만 달다는 말은 사실이었다.

"맛있네요."

주차장으로 뛰어갈 수는 있을 정도의 비였지만 나는 사람들 앞에서 뛰고 싶진 않았다. 여기 조금 더 서 있어야만 했다.

"오디 한 봉지만 주세요."

할머니가 비닐봉지에 오디를 담을 때 나는 가방에서 주섬주섬 지갑을 꺼내려 했다. 하지만 그가 먼저 바지 뒷주머니에서 지갑을 꺼내 천 원짜리 세 장을 건넸다. 할머니가 건넨 봉지는 가격보다 묵직했다.

"좀 드시겠어요."

나는 그에게 비닐봉지를 내밀었다. 길에서 주전부리를 할 것 같지 않은 사람이라 체면치레상 권한 것뿐인데, 성현은 선선히 봉투 속에 손을 넣더니 여러 알을 입에 넣었다. 나도 그를 따라 두 알 정도 입에 넣었다. 손끝에 빨갛게 물이 묻었다. 봉지를 든 채로 난처해하고 있었더니 그가 자기 손수건을 건넸다.

"자."

나는 가방 속에 손수건이 있었지만 잠자코 그가 내민 수건을 받았다.

차를 타고 광주송정역까지 오는 동안 비가 서서히 갰다. 차 안에서는 말없이 클래식 FM 라디오만 들었다.

렌터카 사무소에 도착했을 때는 저녁이었다. 차를 반납하고 돌아가는 길, 햇살이 잦아드는 음악처럼 여운만 남았다.

역사 대기실에서 대학생들을 다시 만나지 않을까 싶었지만 그들의 모습은 찾을 수 없었다. 상행 호남선은 그다지 붐비지 않았다. 우리가 탄 객차에는 평일이라 그런지 빈자리가 많았다. 나는 내가 통로 쪽에 앉겠다고 했다. 빈 공간이 많은데 나란히 앉아 있으려니 가까운 거리가 더욱 강조되는 느낌이었지만 별다른 도리도 없다. 객차에는 냉방이 되는지 약간 쌀쌀했다.

잠깐 눈을 감은 것 같았는데 이미 천안을 지난 다음이었고 창밖은 더욱 어둑해져 있었다. 햇볕은 인사도 없이 산너머로 사라져간 것 같았고 간간이 보이는 집들에서는 불빛이 신호처럼 한둘 떠올랐다. 옆을 슬쩍 보니 그도 눈을 감고 있었다. 갑자기 떨어진 온도 때문인지 온몸이 오슬오슬하더니 재채기가 났다.

"에취!"

소맷부리로 재빨리 막았지만 통로 건너 자리의 남자가 언짢은 듯 옆을 쳐다보았다. 나도 모르게 주머니에 손을 넣어서 잡히는 대로 꺼냈다. 아까 오디를 먹을 때 받았던 그의 손수건이었다. 돌려주는 걸 잊은 모양이다. 기왕 이렇게 된 것 다시 터지려는 재채기를 손수건으로 막았다. 그는 눈을 뜨지 않은 채였다. 나는 가방을 들고 슬며시 자리에서 일어나 객차 문을 열고 화장실로 향했다.

거울 속에 비친 여자는 오랜만의 여행에 진이 다 빠졌어, 라고 말하고 있었다. 입가에 번진 립스틱을 고친다고 해도 담양을 나올 때 두고 온 생기는 돌아올 것 같지 않았다. 손끝은 오디를 닦아냈는데도 불그스름했다. 손수건에도 물이 들어 번져 있었다. 이 물을 빨아내야 할 것 같았지만 젖은 수건을 돌려줄 수도 없는 일이라 일단 집까지는 가지고 가야 할 듯싶었다.

문밖에서 두드리는 소리에 좁은 화장실에서 재빨리 나오자 밖에 서 있던 사람이 한발 옆으로 비켜났다. 덜컹덜컹 흔들리는 연결 칸을 지나며 문을 쳐다보니 캄캄했다. 객차로 들어와 내 자리로 앉으려 할 때 예의 통로 건너 자리에 앉은 남자가 뒤돌아보았다. 사십 대 후반이나 오십 대 초로 되어 보이는 남자는 회사원의 교복 같은 피케 셔츠를 입고 있었다. 남자는 안경 너머로 나를 오 초간 훑어보는가 싶더니 별 흥미가 없다는 듯 고개를 돌렸다. 흥미없기는 이쪽도 마찬가지입니다만……. 외모를 보고 흥미를 판단하기 전에 아예 시선을 두지 않아야 예의 있는 행위라는 걸 알 만한 정도의 분별력이 없나? 세상의 분별력은 화석 연료처럼 점점 고갈되고 있는 자원인지도 모른다. 삶에 꼭 필요하지만 사라지고 있다.

더욱이 남자의 앞좌석은 가족이 탔다가 내렸는지 마주 보는 쪽으로 돌려져 있었다. 남자는 심지어 신을 벗은 채 발까지 올려놓으려 했다. 전형적인 한국의 비매너 승객이었다. 누가 타면 어쩌려고. 내 얼굴이 불쾌감을 표현하려고 최선을 다해 찌푸리고 있었다. 남자가 앉은 쪽의 창에 비친 내 얼굴을 보고 나는 나의 표정이 무척 험악하다는 사실을 깨달았다.

그리고 또 하나의 사실도 깨달았다.

"뭘 그렇게 보고 있어요?"

성현의 얼굴이 건너편 차창에 비친 내 얼굴 옆에 겹치자 가슴이 덜컥했다. 단지 놀라서만은 아니었다. 얼마 전까지만 해도 낯선 사람이었던 그와 나란히 있는 내 모습이 낯설었고, 파파라치에게 스냅샷을 찍힌 것 같기도 했다. 무방비 상태에 있을 때 무심코 드러난 속마음이 찍힌 듯처럼. 나는 고개를 돌렸지만 그를 마주볼 순 없었다.

"그림자요."

"그림자?"

"칼로 착각한 대나무 그림자."

"아아, 황씨 부인 설화."

그의 얼굴이 내 얼굴에서 멀어져 다시 의자에 기댔다.

"이 주변에는 대나무도 칼도 없는 것 같은데."

나는 생각에 잠겨 조용한 목소리로 말했다.

"그 이야기에서 알 수 있는 건…… 그림자는 실체와 같은 모양이지만 실체는 아니라는 거예요. 그림자의 주인은 다른 진실을 갖고 있죠."

"그렇죠."

질문과 긍정 사이의 애매한 어조. 하지만 그도 이제 뜬

금없는 내 이야기엔 익숙해질 법도 했다.

"저는 계속 이상하다고 생각했어요."

나는 말을 이으며 이제야 그와 시선을 마주쳤다. 이제 내 얼굴은 그의 옆 차창에 비쳤다. 달리는 기차 뒤로 달이 어딘가에 달리고 있으리라.

"형우가 방에서 나오는 혜윰을 보고 감싸주었다는 설명. 이상하지 않은가요? 그 애가 들어오면서 혜윰이 남자 방에서 나오는 것을 보았다면, 그 뒤에 애정이 들어가는 것도 볼 수밖에 없었을 거예요. 그 장면에서 이상하다는 것을 느꼈다면 계속 주시할 테죠. 혜윰이 자리를 비웠을 땐 규민과 지은이 말다툼을 벌이는 바람에 우리 신경이 거기 다 쏠려 있었지만, 형우는 아니었으니까요. 혜윰에게 신경쓰느라고 누가 오가는지 몰랐다면 모를까."

그가 고개를 갸웃했다.

"형우가 감싸준 동기의 핵심은 애정이다?"

나는 고개를 끄덕였다.

"그랬을 가능성이 높죠. 혜윰은 봉투를 가지고 들어가서 방에 넣고 왔어요. 방에서 나올 때는 빈손이었죠. 하지만 애정이가 그 봉투를 도로 들고 나왔으니, 형우가 무언가 의심을 했다면 빈손으로 나온 혜윰이 아니라 뭔가 들고 나온 애정이겠죠."

"그렇군요. 일리 있습니다. 형우라는 아이가 모든 사람에게 그렇게 자상한 성격일 수도 있겠죠."

하지만 그의 말투에 섞인 의구심은 약오르는 점이었다.

"성현 씨는 형우가 혜윰을 좋아해서 감싸줬다고 생각하겠지만……."

"아니, 그건 애정이 먼저 한 이야기 아니었나요? 내려오는 기차 안에서 형우의 시선이……."

내 말을 자른 그에게 복수하듯 나도 그의 말을 잘랐다.

"아니죠. 그게 바로 대나무 그림자 같은 거예요."

나는 손가락을 들었다.

"형우는 건너 자리에 앉아 있었고."

나는 눈치채이지 않도록 손가락을 접어 피케 셔츠의 남자를 가리켰다. 피케 셔츠의 남자는 지금 KTX 잡지를 넘기는 중이었다.

"혜윰은 건너편에 앉았죠. 그리고 애정은 지금 제 자리에."

나는 남자를 가리키던 손가락을 움직여 남자 옆 창을 가리켰다. 차창에 비친 얼굴은 아까보다는 덜 피곤해 보였다. 객차 안 조명 때문인지 눈이 반짝이는 것도 같았다. 건너편 남자는 우리의 눈길을 느꼈는지 못마땅한 표정으로 돌아보았고 나는 제 딴에는 천연덕스럽게 행동한다고 우리 쪽 창문으로 고개를 돌렸다. 하지만 나를 빤히 보고 있던 그의 눈과 정통으로 마주쳤다.

"이제 알겠군요."

그는 조용히 말했다. 나는 눈을 아래로 내리며 손으로 손수건을 비틀었다.

"네, 애정은 형우가 혜윰을 바라보고 있다고 착각했지만, 형우가 본 건 혜윰 옆 창에 비친 애정의 얼굴일 수도 있어요. 밤과 달의 조화로 애정의 얼굴이 옆자리 창에 비친 거죠. 대나무가 칼이 되는 마법."

그다음 말을 덧붙일까 말까 아주 잠깐 망설였지만 이번에도 비열한 내가 점잖은 나를 이겼다.

"혜윰은 무척 예쁘고 실제로 인기도 좋겠죠. 재승도 규민도 혜윰을 좋아하는 티를 많이 냈고. 하지만 예쁜 소녀가 모든 걸 갖는 건 아니에요. 예쁘다는 건 사랑받기 쉬운 자질이니까 전부 예쁜 아이를 좋아할 거라는 생각을 하기도 쉽죠. 이전에 학교 다닐 때 누구나 좋아하는 소녀를 떠올리듯이, 그렇게."

'예쁜 소녀가 모든 것을 갖는다.' 언젠가 본 전시 작품의 제목이다. 우리는 말하지 않아도 그렇게 믿으며 살아왔는지 모른다. 그러나 언제나 그렇지만은 않다. 누구라도 원하는 것을 간절히 바라면 가질 수 있다. 많은 사람들이 인정하는 예쁜 소녀도 자기 몫만을 가질 뿐이다. 예쁜 소녀도 모든 것을 갖지는 못한다. 달이 속인 그림자의 뒤를 넘겨다 보면, 거기서 진정한 모습을 볼 수 있다. 나를 기다리는 사람의 얼굴, 혹은 그 사람을 생각하는 나의 얼굴.

기분 나빠 할지 모른다고도 생각했지만 그는 다만 빙그레 웃으며 말했다.

"그렇군요. 제가 착각했습니다."

"물론 증거는 없지만……."

그가 순순히 인정하자 나는 갑자기 자신감을 잃고 말꼬리를 흐렸다.

"없지 않을지도 모르겠는데요. 잠깐요."

그는 자신의 휴대전화를 꺼내 무언가를 클릭했다. 그러더니 고개를 끄덕였다.

"역시."

그는 전화기를 내게 건넸다.

"새벽에 도난 사건이 일어났다 하길래 우리한테 귀찮은 일이 생길지도 몰라서, 만약의 경우를 생각해 아이들 동아리 페이스북을 마크해두었습니다. 여기 어제 찍은 사진이 있네요."

어젯밤 딸기 달 아래서 모두가 같이 환히 웃으며 찍은 사진. 한 줄로 사진을 찍을 때는 모두 프레임 안에 들어갈까 생각했는데, 그 구도 때문인지 서로의 마음의 거리가 일직선으로 명확히 보였다. 혜윰은 사진에 잘 나오는 법을 아는 아이였다. 적절한 조명까지 찾아간 덕에 약간 기울인 얼굴선이 예뻤다. 애정은 달빛 때문인지 붉은 얼굴로 고개를 살짝 숙인 채로 앞을 바라보고 있었지만, 형우의 어깨가 애정에게로 살짝 기울어 있었다. 그 미묘한 자세가 모두의 마음이 흐르는 방향을 보여준다.

나는 어느새 성현과 나를 사진에서 찾고 있었다. 그와 나는 그저 어쩌다 같은 패키지여행에 낀 사람 같은 어색한 거리였다. 우리의 몸은 누구를 향해서도 쏠려 있지 않았다. 그래도 그와 내가 함께 있는 첫 번째 사진이었다.

"사진…… 말도 없이 올렸네요."

"그러게요. 버릇없지만……."

그는 전화기를 돌려받으며 말했다.

"한 장 정도는 남겨두어도 괜찮겠죠."

말할 때의 표정은 보지 못했다. 나는 다시 창밖을 보았다. 산너머에 뜬 달을 내 얼굴이 따라 흘러간다. 나는 돌아보지 않은 채로 말했다.

"애정에게 얘기해줬어야 했는데."

그는 말없이 눈썹만 치켰다. 그렇다는 것을 창문에 비친 그림자를 보고 알 수 있었다.

"오해하고 있는 것 슬프지 않나요. 자기 마음을 시시하다고 말하는 게. 비겁한 짓을 한 자기를 발견한다는 게."

그는 두 손을 깍지 껴 머리 뒤에 대며 의자에 다시 기댔다.

"뭐, 괜찮지 않을까요?"

나는 이제야 고개를 돌려 그를 보았다.

"네?"

"어린 친구들이니까. 한때 비겁하고 한심한 마음을 품을 순 있지만, 회복되는 것도 빠르겠죠. 특히 형우가 한 말 생각해보세요."

"기다리는 건 증명이라고 했죠. 오해는 풀리며 나는 어떤 사람인지 보여줄 수 있다고."

"네, 그런 아이니까 오해도 스스로 풀 겁니다. 기다리든지 보여주든지. 남이 상관할 일이 아닙니다. 생각하는 마음이 가볍지 않은 한, 스스로 길을 찾을 겁니다."

그는 손을 내리고 다시 눈을 감았다. 하지만 잠은 오래 가지 못할 것 같았다. 나는 그의 얼굴을 지나 차창을 바라보았다. 어두운 창밖엔 드문드문 고층 건물들의 환한 간판이 보였다. 집으로 돌아가는 길을 밝히는 헨젤과 그레텔의 조약돌 같았다. 자연에 가까운 곳을 떠나 대도시로 돌아가는 길. 찜질방, 요양 병원, 피트니스 클럽, 그리고 아파트.

점점 풍경이 익숙해지고 있었다.

　다리가 뻣뻣한 느낌에 기지개를 켜다 무릎 위에 놓았던 손수건이 바닥에 떨어졌다. 슬그머니 주워 들면서 다시 한 번 살폈다. 베이지색 면에 물든 분홍색 반점들. 집에 가서 표백제에 담가야 하나. 그러나 한번 든 물은 쉽게 빠지지 않는다는 것도 나는 알고 있었다.

나를 재충전하는 여행

한국의 파워 스폿, 담양의 대나무 숲을 찾아서

몸과 마음이 지치기 쉬운 계절, 여름이 돌아왔다. 이제는 한 해의 달력도 벌써 반은 사라진 때, 신년에 세웠던 계획도 어느 덧 유야무야되고 나머지 반년을 살아갈 새로운 계획이 필요하다. 그러나 아침마다 몸이 무겁다면, 도시의 콘크리트 건물 숲이 내 생기를 자양분으로 빨아들인 듯한 암담한 기분이 든다면, 어디에서 잃어버린 기운을 충전해야 할까? 이 답답한 도시를 떠나 어디론가 청명한 기운이 충만한 데 가서 재충전하고 싶은 마음은 간절하지만, 어디에서 그런 곳을 찾을 수 있을지 영 알 수가 없다.

파워 스폿이란 2000년대 초반 일본에서 유래한 개념으로서 이름이 보여주듯이 인간에게 힘을 주는 특정한 지점을 말한다. (……)

나의
오컬트한
일상
봄·
여름
편

1판 1쇄 2017년 7월 10일
1판 2쇄 2017년 10월 17일

지은이 박현주
펴낸이 염현숙

책임편집 임지호 | **편집** 지혜림 이현
표지디자인 이혜경디자인 | **본문디자인** 이보람 | **표지일러스트** 뿌얀 | **본문일러스트** 도대체
저작권 한문숙 김지영
마케팅 우영희 정진아 김혜연 | **홍보** 김희숙 김상만 이천희
제작 강신은 김동욱 임현식 | **제작처** 영신사

펴낸곳 (주)문학동네
출판등록 1993년 10월 22일 제406-2003-000045호
임프린트 엘릭시르

주소 10881 경기도 파주시 회동길 210
문의 031-955-8892(편집) 031-955-8896(마케팅) 031-955-8855(팩스)
전자우편 editor@elmys.co.kr
홈페이지 www.elmys.co.kr

이 도서의 국립중앙도서관 출판예정도서목록(CIP)은 서지정보유통지원시스템 홈페이지(http://
seoji.nl.go.kr)와 국가자료공동목록시스템(http://www.nl.go.kr/kolisnet)에서 이용하실 수
있습니다. (CIP제어번호: CIP2017015113)